खतरे
अल्पसंख्यकवाद
के

खतरे अल्पसंख्यकवाद के

मुजफ्फर हुसैन

प्रभात प्रकाशन, दिल्ली™
ISO 9001:2000 प्रकाशक

प्रकाशक • **प्रभात प्रकाशन**TM
४/१९ आसफ अली रोड,
नई दिल्ली–११०००२

संस्करण • २०१०
मूल्य • दो सौ रुपए
मुद्रक • यंग आर्ट प्रेस, दिल्ली

KHATRE ALPSANKHYAKWAD KE *by* Muzaffar Hussain Rs. 200.00
Published by Prabhat Prakashan, 4/19 Asaf Ali Road, New Delhi-2
ISBN 81-7315-528-3

मुख्य न्यायाधीश चंद्रशेखर धर्माधिकारीजी की कलम से

समझौते का दस्तावेज

आजादी के ५७ वर्षों के बाद भी अल्पसंख्यक और बहुसंख्यक इस देश में कायम हैं, इससे अधिक वेदनादायी विषय किसी राष्ट्रभक्त भारतीय नागरिक के लिए अन्य कोई नहीं हो सकता। यही वेदना इस पुस्तक में झलकती है, प्रतिबिंबित होती है। भारत के संविधान ने एक ही नागरिकता मानी है, वह है भारतीय नागरिकता। तो भारतीय संविधान की धारा ५१ (२) के अनुसार—संविधान का पालन करना; उसके आदर्शों, संस्थाओं, राष्ट्रध्वज और राष्ट्रगीत का आदर करना; भारत की प्रभुता, एकता और अखंडता की रक्षा करना; उसे अक्षुण्ण रखना; भारत के सभी लोगों में समरसता और समान भ्रातृत्व, जो धर्म, भाषा, वर्ग अथवा प्रदेश सभी भेदभाव से परे हो, और ऐसी प्रथाओं का त्याग करना, जो स्त्रियों के सम्मान के विरुद्ध हैं तथा हमारी गौरवशाली परंपरा का महत्त्व जानना, उसका परीक्षण करना—यह भारत के प्रत्येक नागरिक का मूलभूत कर्तव्य है। लेकिन दुर्भाग्य से हमने अधिकारों पर ज्यादा जोर दिया और यह भूल गए कि हर अधिकार का जन्म कर्तव्य की कोख से होता है। इसलिए ऐसा कोई अधिकार नहीं है, जिससे कर्तव्य जुड़ा हुआ नहीं हो। दुर्भाग्य से हमें अधिकारों का एहसास अधिक है और निहित कर्तव्य हम भूल रहे हैं, और यही अल्पसंख्यकवाद की जड़ है।

आज यह स्थिति है कि हम छोटे-छोटे घरौंदे बनाए जा रहे हैं। हमारी चारदीवारी राष्ट्र से दूर-दूर जा रही है। इस देश में नागरिक हैं, लेकिन शुद्ध भारतीय नागरिक नहीं हैं। सबके पीछे कुछ-न-कुछ विशेषण लगा हुआ है। मौलाना मोहम्मद अली ने कहा था कि धार्मिक दृष्टि से मुसलमान के नाते महात्मा गांधी की तुलना में मामूली-से-मामूली मुसलमान भी श्रेष्ठ है; क्योंकि वह मुसलमान

है और गांधी हिंदू है। ऐसी वृत्ति सभी धर्म और संप्रदायों में है। दूसरी ओर थे बैरिस्टर मोहम्मद अलम साहब। पाकिस्तान बनने से पहले उनसे किसी ने पूछा, 'तुम पहले मुसलमान हो या भारतीय?' उन्होंने जवाब दिया, तुम्हें सवाल पूछना नहीं आता। तुम यह पूछो कि पहले अपने बाप का हूँ या पहले अपनी माँ का हूँ? मेरा जवाब है कि मैं माँ का भी हूँ और बाप का भी, और इसलिए उनका लड़का हूँ। उन्होंने यह जवाब अवश्य दिया, लेकिन आज नागरिकता बँटी हुई है। उसके ठीकरे-ठीकरे हो रहे हैं।

१. सांप्रदायिक नागरिकता—जो नागरिक धर्म या संप्रदाय को नागरिकता का आधार बनाना चाहता है वह सांप्रदायिक नागरिक है। यह धर्माश्रित नागरिकता है।

२. हाइफोनेटेड नागरिकता—दो शब्दों को जब मिलाना होता है तो बीच में हाइफन लगाते हैं। यह होती है छोटी लकीर, इसके कारण महाराष्ट्रीयन भारतीय, बंगाली भारतीय, पंजाबी भारतीय, तमिल-गुजराती भारतीय हैं। लेकिन जैसे गणित में कॉमन टर्म कैंसिल या रद्‌द हो जाती है और बचते हैं मराठी, बंगाली, पंजाबी, तमिल नागरिक।

३. गौण नागरिकता या दोयम नागरिकता—जहाँ जो अल्पसंख्या में है वहाँ वह सेकंडरी या दोयम होता है। चाहे वह भाषिक अल्पसंख्यक हो, सांप्रदायिक अल्पसंख्यक हो। महाराष्ट्र में गैर मराठी, गुजरात में गैर गुजराती, इस तरह अल्पसंख्यकवाद हमारे देश में पनपा है। हमारे संविधान में 'अल्पसंख्यक' शब्द की कोई व्याख्या नहीं है। लेकिन जिस क्षेत्र में जो धर्म, संप्रदाय, भाषा, जाति के लोग पचास फीसदी से कम हैं वे 'अल्पसंख्यक' हैं। ऐसी सामान्य जन की अभिप्रेत व्याख्या है और यही न्यायालयों ने भी मान्य की है, ऐसा लगता है। इसलिए हमारे देश में किसी भी जगह 'बहुसंख्यक' कोई भी नहीं है। सब अल्पसंख्यकों का जमावड़ा है तो स्त्री संपूर्ण मानव ही नहीं है, 'वह सेकंड क्लास ह्यूमेनिटी' ही है।

हिंदुओं में वास्तविक घटक या इकाई जाति ही है। हिंदू तो जातियों का मेलजोल है। इस धर्म में जाति वास्तविक है, धर्म तो कल्पना है। इसलिए वह समाज (कम्युनिटी) भी नहीं है। डॉ. अंबेडकरजी ने कहा था कि हिंदू धर्म ऐसी चार मंजिला इमारत है कि जो व्यक्ति जिस मंजिल पर जन्म लेता है, वहीं रहता है, जीता है, क्योंकि एक मंजिल से दूसरी मंजिल पर जाने के लिए जीना या सीढ़ी ही नहीं है। इसलिए पिछड़ी जातियाँ, पिछड़ा वर्ग, अल्पसंख्यक का वहाँ

जमघट है। हिंदू सबसे बड़ा अल्पसंख्यक समाज है। माइनॉरिटी कम्युनिटी है, क्योंकि वह समाज या कम्युनिटी ही नहीं है। तो दूसरी ओर अन्य धर्मों या संप्रदाय के लोग अल्पसंख्यक ही कहलाना चाहते हैं, रहना चाहते हैं। इसलिए वे शुद्ध भारतीय नागरिक बनना ही नहीं चाहते। जो धर्म को राष्ट्र से ऊँचा मानते हैं, इसलिए उनके लिए परधर्मी भारतीय नागरिक से उनके अपने धर्म के परदेसी अधिक नजदीक का है। भारतीय नागरिकों की समरसता का मतलब है कि परधर्मी भारतीय नागरिक अपने धर्म के परदेशीय व्यक्ति से स्नेह का अधिक अधिकारी है। यह मानना अपने धर्म का हो जो नागरिक है वह भी शुद्ध भारतीय नागरिक नहीं है। फिर वह किसी भी धर्म का हो, इसी में से संप्रदायवाद और प्रति संप्रदायवाद का जन्म होता है। और भारतीय नागरिकता के ठीकरे-ठीकरे हो जाते हैं। दुर्भाग्य से सांप्रदायिकवाद और धार्मिक अलगाववाद का आद्य प्रवर्तक मुसलमान ही है, जिसने धर्म के नाम पर पाकिस्तान की माँग की थी। इसके पीछे की भूमिका वही थी कि दो धर्म के लोग एक साथ नहीं रह सकते। यही जिन्ना साहब की भूमिका थी। तो दूसरी ओर गांधीजी कहते थे—धर्म के नाम पर अधिकृत द्विराष्ट्रवाद उन्हें मान्य नहीं है। यह गांधीजी या भारत के नेता मानने को तैयार नहीं थे कि दो धर्म के लोग एक राष्ट्र में नहीं रह सकते।

संख्या बल की शून्यता के कारण जिन्हें विशेष संरक्षण की आवश्यकता महसूस होती हो, ऐसे रक्षाकांक्षी गुट अल्पसंख्यकों या पिछड़ों की श्रेणी में आ जाते हैं और बाद में उनकी भूमिका प्रतिगामी स्वरूप धारण करने लगती है। किसी भी समाज में जितने अधिक गुट इस स्थिति में आएँगे वह समाज और राष्ट्र उतना ही बिखरा हुआ और असंगठित माना जाएगा। हिंदू समाज भी अल्पसंख्यकों का ही है। वह जाति और उपजाति में बिखरा है। उसमें बहुसंख्य कोई है ही नहीं। सभी अल्पसंख्यक बनना चाहते हैं। कोई संख्या बल के अभाव में, कोई पि ड़े हैं, इसलिए सभी रक्षाकांक्षी हैं। सभी को एक-दूसरे से रक्षण चाहिए। इसी में अनंत राष्ट्रवाद का बीज है। इस विष बीज को जलाकर खत्म करना होगा। इसलिए अब हमें दृढ़तापूर्वक करना होगा कि पाकिस्तान में वृत्ति का ऊधम जितना मचा उतना बहुत हुआ, अब उसकी हमें अंत्येष्टि करनी है, वरना भारत की सीमा में फिर से नया पाकिस्तान निर्माण होने का भय है। हमें द्विराष्ट्रवाद मान्य नहीं है। इसलिए उसकी दीमक हम अपने नागरिक जीवन में नहीं लगने देंगे। भारतीय समाज की रचना खालिस और व्यापक लोकतंत्र की बुनियाद पर होगी, तो ही उसका सामर्थ्य और तेज सारी दुनिया में फैलेगा।

भारत में धर्मभेद या संप्रदाय के कारण किसी भी नागरिक के अधिकारों को हानि नहीं पहुँचेगी। वहाँ सभी बराबरी के होंगे। सभी को बराबरी के अधिकार होंगे—ऐसे सच्चे लोकतंत्र, सर्वधर्म समभाव और पंथनिरपेक्ष लोकतंत्रात्मक गणराज्य स्थापित करने का यह हमारा ध्येय है। इस लोकतंत्र की इकाई नागरिक है, 'वोटर या मतदाता' है, कोई संस्था या समुदाय नहीं। लोकतंत्र की बुनियाद बहुसंख्या नहीं, बहुमत है। वोट का अधिकार व्यक्ति को है और सभी वोट का मूल्य समान है। मत या राय में परिवर्तन हो सकता है, इसलिए हर पाँच साल बाद चुनाव होते हैं। संख्या कई बार अपरिवर्तनीय होती है। इन सारे सिद्धांतों की बहुत ही तर्कसंगत चर्चा इस पुस्तक में जाने-माने लेखक मुजफ्फर हुसैनजी ने की है। उनकी भूमिका खालिस राष्ट्रीयता और भारतीयता की है, जो अपने आप में अहम भूमिका है। वे प्रवाह की धारा के विरुद्ध तैरना चाहते हैं।

इस संबंध में एक और बात का उल्लेख मैं करना चाहूँगा। हाल में दिल्ली की एक सभा में मौलाना बुखारी साहब ने ऐलान किया कि मुसलमानों का अलग तथा स्वतंत्र पक्ष होना चाहिए। मौलाना साहब की यह शिकायत है कि इस देश के सारे राजनीतिक पक्ष मुसलमानों की हिफाजत करने में नाकामयाब रहे हैं। इस ऐलान के पीछे जो मानसिकता छिपी है वह है द्विराष्ट्रीय तथा पाकिस्तानी वृत्ति की द्योतक मानसिकता। सारे राजनीतिक पक्ष हिंदुओं के ही हित में काम कर रहे हैं, ऐसी छुपी भावना इसमें गर्भित है। दूसरी ओर, तथाकथित धर्मनिरपेक्ष—सेक्यूलर राजनीतिक पक्ष सिर्फ वोट बैंक मानकर मुसलमानों का तुष्टीकरण करते हैं, यह शिकायत है। इस देश में सामान्य मुसलमानों का तुष्टीकरण कभी हुआ ही नहीं, तुष्टीकरण हुआ मुल्ला-मौलवियों का। मुसलमानों का हित भारत के खालिस नागरिक बनकर जीने में है, यह उन्हें कभी किसी ने बताया ही नहीं। उन बेचारों का राजनीतिक स्वार्थ के लिए उपयोग या इस्तेमाल ही किया गया। धर्म के क्षेत्र में फिर वह कोई भी धर्म हो, मुल्ला-मौलवीशाही, धर्माचार्य इनकी एकाधिकार शाही ही है। जो वृत्ति से धार्मिक नहीं, धर्मांध हैं। हम भूल रहे हैं कि इस फिरकापरस्ती के कारण गाँव-गाँव में, मोहल्ले-मोहल्ले में अलग से छोटे हिंदुस्तान-पाकिस्तान पनप रहे हैं, जो भारतीयता का गला घोंट रहे हैं। एक ही राष्ट्र की सीमा में धर्म पर आधारित दो राष्ट्र नहीं हो सकते। इसे ही व्यवच्छेदक अलगाववाद कहते हैं। हम सिर्फ धर्म मानते हैं, राष्ट्र नहीं, यह उसकी परिणति होगी। राष्ट्र-भावना से जात-जमात व धर्म की भावना प्रबल हो रही है। जो भारत को अपनी राष्ट्रभूमि मानता है, भारत

से विशेष प्रेम करता है और अन्य देशों में बसनेवाले अपने धर्म के स्वधर्मियों की अपेक्षा भारत में रहनेवाले अन्य नागरिकों को अपने प्रेम और सेवा का सबसे प्रथम और विशेष अधिकारी मानता है, वह इस राष्ट्र का शुद्ध भारतीय नागरिक है। पाकिस्तान बनने के बाद भी यदि दकियानूसी फिरकापरस्ती की भावना रहेगी तो धर्मों की टक्कर में, धर्मांधता में भारतीय राष्ट्र नष्ट-भ्रष्ट हो जाएगा। भारतीय संविधान के नागरिकों के मूल कर्तव्यों के मुताबिक कितने मुसलिम मोहल्लों में, कितने मदरसों में स्वतंत्रता दिवस पर राष्ट्रध्वज फहराया जाता है ? राष्ट्रगान सामूहिक तौर पर गाया जाता है ? इसका जवाब यह नहीं हो सकता कि कुछ धर्मांध हिंदू संस्थाओं में भी यह नहीं होता है। एक ने गाय काटी, इसलिए दूसरे को बछड़ा काटने का अधिकार नहीं मिलता है। दोनों राष्ट्रीय वृत्ति के हत्यारे ही हैं। अन्य भारतीय धार्मिक समाज में झंडावंदन और राष्ट्रीय गान सामान्य नियम है। फिर मुसलिम संस्था और मोहल्लों में इससे परहेज क्यों है? संविधान के मूल कर्तव्यों में कहा गया है कि स्त्रियों के सम्मान के खिलाफ जो प्रथा या रूढ़ि में परंपरा या प्रावधान है उसका त्याग करना होगा। फिर जबानी तलाक और चार बीवीवाले प्रावधान, जो स्त्री की प्रतिष्ठा और सम्मान के विरुद्ध हैं, उनमें तब्दीली करने के लिए समान सिविल संहिता बनाने के लिए विरोध क्यों? यह सच है कि एक से अधिक गैर-कानूनी क्यों न हो। बहुपत्नी होनेवाले महाभाग हिंदुओं में भी हैं। आदिवासियों में यह प्रथा प्रचलन में है। लेकिन यह संहिता, जो सारे धर्म के अच्छे प्रावधानों के न उम्मीद से उभरेगी, वह किसी धर्म विशेष की नहीं होगी। वह धर्मनिरपेक्ष स्त्री-पुरुष समता पर आधारित होगी। शायद ऐसे समान संहिता का विरोध हिंदू भी करेंगे। किंतु व्यक्तिगत कानून में तब्दीली करने का अधिकार संसद् या न्यायालय को नहीं। यह कहना संसदीय लोकतंत्र प्रणाली में सार्वभौमिकता का ही विरोध करता है और कानून का राज मानने से इनकार करता है। जो भारतीय संविधान का मूल तत्त्व और बेसिक स्ट्रक्चर है। व्यक्तिगत कानून, धर्म या शरीयत श्रेष्ठ है, यह मानना संविधान की सर्वश्रेष्ठता और सार्वभौमिकता को ही नहीं मानना है। निष्पक्ष, निर्वैर और निर्भय न्याय संस्था संविधान और लोकतंत्र की बुनियाद है, प्राण है। वह मान्य नहीं होगी तो लोकतंत्र नष्ट-भ्रष्ट हो जाएगा। हम यह नहीं भूल सकते कि सांप्रदायिकता किसी की भी हो, टूटना तो देश और राष्ट्र ही है। १२ करोड़ मुसलमान देश छोड़कर नहीं जा सकते, न उन्हें देश के बाहर निकाला जा सकता है। ऐसी स्थिति में बहुसंख्यक और अल्पसंख्यक अपनी-अपनी संख्या भूलकर समान नागरिक बनकर साथ

क्यों नहीं रह सकते? यही तो असली यक्ष प्रश्न है। इसकी भी बहुत अनमोल समीक्षा और विश्लेषण मुजफ्फर हुसैन साहब की इस पुस्तक में निहित है। इसलिए लेखक ने कहा है कि अल्पसंख्यकों की आवश्यकताओं और भावनाओं का उस देश और राज्य के हितों के लिए पोषक होना चाहिए। आखिरकार एक ही अधिकार अहम है और वह है मानव अधिकार। इस दृष्टि से सभी मानवों के अधिकार और कर्तव्य समान होने से अल्पसंख्यकवाद अप्रासंगिक हो जाता है।

इसको पुष्टि देने के लिए लेखक ने अल्पसंख्यकवाद की पृष्ठभूमि, उसके इतिहास का विशद चिंतन किया है और कहा है कि ''समान मानव अधिकारों के साथ किसी-किसी समुदाय के विशेषाधिकार स्वीकार करना परस्पर विरोधी सिद्धांत है।'' इसके कारण एक विरोधाभासी स्थिति पैदा होती है और बहुसंख्यक वर्ग स्वयं को असुरक्षित महसूस करता है तथा बचाव की भूमिका अपनाता है। इसी दृष्टि से लेखक ने धर्मांतरण का भी विचार किया है। धर्मांतरण की भूमिका संख्या बढ़ाने के लिए तो है ही, लेकिन इसके पीछे यह भी भूमिका है कि मेरा धर्म तुम्हारे धर्म से श्रेष्ठ है। जो भावना सर्वधर्म समभाव की विरोधी है—अर्थात् सभी धर्म समान हैं तो धर्मांतरण की जरूरत क्यों है? असल में धर्मांतरण तो समानांतर ही होता है। गैर मुसलमान को मुसलमान बनाना धार्मिक कुकृत्य है। इस भावना का संपूर्णतः त्याग करना होगा। यह भावना रहेगी, तब तक भिन्न धर्मियों का सहजीवन और सह नागरिकत्व संभव नहीं है। मुसलमानों में विचार स्वातंत्र्य का तत्त्व पूर्णत: मान्य नहीं है। वह राष्ट्रीय आंदोलन के साथ समरस नहीं हो पाता, क्योंकि वह परधर्मी पर प्रेम करना ही पड़ोसी पर प्रेम करना है, यह नहीं समझ पाया। वह वंदे मातरम् या जय हिंद नहीं कहेगा, अल्लाहोअकबर कहेगा। उसके धर्म और राष्ट्र का झंडा एक ही रहेगा तो मुसलमान राष्ट्रीय वृत्ति में ओत-प्रोत होकर प्रगतिशील नहीं बनेगा। सुधारक वृत्ति अगर निर्माण नहीं होगी, सर्वधर्म समभाव की भावना नहीं जागेगी तो इसलाम की प्रगति और विकास भी कुंठित हो जाएगा। सब धर्मों के लिए समान आदर हो, लेकिन उसमें मानव निष्ठा और नैतिकता का अधिष्ठान हो, यह भी जरूरी है। सेक्यूलेरिज्म में धर्म निष्ठा है तो समधर्म समभाव में किसी भी धर्म का विशेष आग्रह नहीं। मेरा ही धर्म सर्वश्रेष्ठ है, यह भावना नहीं। अब विज्ञान के युग में धर्म पर, संप्रदाय पर आधारित अस्मिताएँ संदर्भहीन हो गई हैं। सारी मानव जाति के खून के चार ही ग्रुप हैं और वे सभी धर्मियों के लिए समान हैं। धर्म की अस्मिता, आग्रह, दुराग्रह से उसके खून का कोई रिश्ता नहीं जाने बगैर धर्मीय राष्ट्र के मूल प्रवाह में हम

शामिल नहीं हो सकेंगे। सारे धर्मों का मानवीकरण करना होगा, जो आज की अहम समस्या है।

लेखक ने यह भी बड़ी खूबी से दरशाया है कि कैसे यह अल्पसंख्यकवाद संयुक्त राष्ट्र तक पहुँच गया, और कैसे एक प्रदेश का बहुसंख्यक दूसरे प्रदेश में अल्पसंख्यक बन जाता है, साथ ही कैसे इस अल्पसंख्यक भावना का वैश्विक विस्तार हुआ और अल्पसंख्यक किस प्रकार बहुसंख्यक पर हावी हो जाते हैं? अन्य देशीय और अन्य धर्मीय अल्पसंख्यक को ही समस्याओं का विचार करने के बाद भारतीय परिप्रेक्ष्य में जो भारतीय मुसलिमों का विचार मुजफ्फर हुसैनजी ने किया है वह मुझे अपने आप में चिंतनीय लगा। यह जरूरी नहीं है कि लेखक के हर विचार से हम सहमत हों, लेकिन यह आवश्यक है कि हम उसका चिंतन और विचार समझें। कई बार प्रश्न समझ लेने से ही उसका उत्तर ढूँढ़ने में मदद मिलती है। धर्म के नाम पर जो अल्पसंख्यकवाद का सिद्धांत आया उसे उन्होंने कैंसर की उपमा दी है। विभिन्न राज्यों में मुसलिम नागरिकों की संख्या कितनी है? यह विचार करने के बाद मुसलमान असंख्य पंथ, संप्रदाय और विचारधाराओं में किस प्रकार बँटे हैं, यह भी स्पष्ट किया है। मुसलिम अल्पसंख्यक समाज अशिक्षित और पिछड़ा रहे तथा प्रगति की प्रभावधारा से वंचित रहे, इसमें राजनीतिज्ञ और मुल्ला-मौलवियों का स्वार्थ निहित है। लेकिन इस विचारधारा में परिवर्तन आएगा और राष्ट्र तथा देश से धर्म की राजनीति का अध्याय समाप्त होगा। मुसलमानों की समस्याओं को राष्ट्रवादी दृष्टिकोण से देखने का युग प्रारंभ होगा, ऐसी आशा उन्होंने व्यक्त की है, जिस पर गहराई और गंभीरतापूर्वक विचार करना होगा। मजहब मनुष्य को पहचान देता है। हिंदू, मुसलमान, ईसाई बनकर जीना आसान होता है, सिर्फ इनसान बनकर जीने से। ऐसी गलतफहमी है। इसके कारण हैं।

ईसाइयों के धर्मांतरण का क्रम जारी रखने की समस्या, पारसी समाज की घटती जनसंख्या आदि का विचार प्रस्तुत करके, पारसी समाज में अन्य समाज से विवाह करने के हिमायती कैसे पनप रहे हैं, यह भी लेखक ने सूचित किया है। आज इससे हम ऐसे अंतरधर्मीय विवाहवालों को 'फ्रेंड्स ऑफ पारसीज' मानकर नजदीकी बढ़ाने का विचार तो चल ही रहा है , यहूदियों को जो कष्ट उठाने पड़े और अंततः भारत के अलावा उन्हें अपनत्व का वातावरण कहीं नहीं मिला, इसलिए उनके लिए भारत में बहुसंख्यक समाज के साथ शांतिपूर्वक रहने में ही उनका कल्याण है, यह विचार भी विचारणीय है। उच्चतम न्यायालय के फैसले

और अल्पसंख्यक समाज के प्रश्न की मीमांसा और समीक्षा इस पुस्तक में है। भारत के बहुसंख्यक धर्म को जब कभी संविधान में लिखने की जरूरत पड़ेगी तब यही कहा जाएगा कि यह देश केवल बेशुमार अल्पसंख्यकों का देश है। यह अनुमान दुःखदायक है, पर विचारणीय है। मानव अधिकार आयोग और अल्पसंख्यक आयोग पर की गई टिप्पणी भी विचार करने योग्य है। समस्याओं को सुलझाने के लिए आयोग बने, लेकिन वे स्वयं ही समस्या बन गए, यह लेखक की वेदना है। 'जो अल्पसंख्यक समाज को मिलनेवाली सुविधाएँ बहुसंख्यक समाज को तोड़ने में बड़ी सहायक होती हैं', यह अनुमान सोच में डाल देता है। श्री मुजफ्फर हुसैनजी की वृत्ति से भले ही न हो, दुर्भाग्य से अल्पसंख्यक समाज के ही माने जाते हैं। इसलिए उन्होंने उसी समाज की समस्याओं पर विचार किया है। ऐसा ही विचार-मंथन और समस्या बहुसंख्यक समाज के लिए जरूरी है। दुर्भाग्य से बहुसंख्यक यह चाहते हैं कि अल्पसंख्यक उनकी मेहरबानी पर जिएँ तो दूसरों की ओर 'वोट बैंक' के आधार पर अल्पसंख्यक 'प्रेशर ग्रुप' बनना चाहता है। इन दो विचारों की टक्कर में कौन सा विचार जीतता है, यह संदर्भहीन है; क्योंकि आखिरकार जिस समाज में टक्कर होती है वह तो खत्म हो ही जाता है। आज सवाल समाज और देश को बचाने का है। यह सच है कि समान अवसर प्राप्त कर सकनेवाली तथाकथित समता या समानता विषमता ही पैदा कर सकती है। जिनके जीवन की शुरुआत एक ही बिंदु से नहीं होती, ऐसे असमान जीवन जीनेवाले से समान बरताव करना एक दृष्टि से असमानता ही पालना है। सम समान लोगों से समान या सरीखा बरताव करना यानी समता या समानता। इसलिए समता के इस मानवीय मूल्य को हासिल करने के लिए संविधान में विशेष सुविधाओं का प्रावधान किया गया, ताकि उनका पिछड़ापन अधिक सुविधाएँ देकर समाप्त किया जा सके। आरक्षण के पीछे भी यही भूमिका थी। अस्पृश्य भावना कायम रखकर इनका विरोध करना बेईमानी है। लेकिन वह वज्रलेप बनकर रहेगा। यह कभी लगा नहीं था। कारण डॉ. अंबेडकरजी के संविधान सभा के अंतिम भाषण में देखा जा सकता है, जिसमें उन्होंने कहा था कि संविधान में निहित समता या समानता अगर सामाजिक जीवन में नहीं उतरी और समाज में विषमता या असमानताएँ शायद ही रहीं तो यह समता का तथाकथित मत अमानवीय बन सकता है। लेकिन यह विचार अलग है, जिसका विचार बहुसंख्यक समाज के विचारों को अवश्य करना होगा। वह इस पुस्तक का विषय नहीं है। इस पुस्तक में अधिकतर मुसलिम समाज की

मानसिकता पर जोर दिया गया है। हाल ही में सर्वोच्च न्यायालय ने जो निर्णय दिया, उसमें न्यायालय ने समान सिविल संहिता की आवश्यकता पर जोर दिया। इस निर्णय में न्यायालय ने संविधान की धारा २५ या २६ में दिए गए धर्म की स्वतंत्रता के अधिकार की मर्यादा में स्पष्ट कहा है कि एक राष्ट्रीय भावना और भारत के सभी लोगों में समरसता तथा भ्रातृत्व भावना का निर्माण करने के लिए एक समान नागरिक संहिता आवश्यक है, जो धर्म पर आधारित भावना से परे हो। मैं तो मानता हूँ कि स्त्री-पुरुष समता के लिए भी यह आवश्यक है, जिसका विचार विशिष्ट धर्म-दृष्टि से करना अमानवीय होगा, वह स्त्रियों के सम्मान के लिए भी आवश्यक है। यह गलतफहमी दूर करनी चाहिए कि हिंदू कोड सभी को लागू करना यानी समान सिविल संहिता है। सारे धर्म और व्यक्तिगत कानून का नवनीत उसमें होगा, जो विशिष्ट धर्म पर आधारित नहीं रहेगा, सबके लिए समान होगा। उस संहिता का विरोध कर्मठ तथा धर्मांध हिंदू भी करेंगे। हिंदू कोड का भी इन लोगों ने विरोध किया था। लेकिन सर्वोच्च न्यायालय के निर्णय का मुल्ला-मौलवी क्यों विरोध कर रहे हैं, समझ में नहीं आता। वैसे हाल ही में सर्वोच्च न्यायालय ने हरियाणा प्रांत में जो दो से अधिक बच्चे रखते हैं, ऐसे व्यक्ति को पंचायत का सरपंच या उपसरपंच बनने पर रोक लगानेवाले कानून की पुष्टि की है, उन प्रतिनिधियों पर परिवार नियोजन के प्रावधानों को लागू करने का मार्ग प्रशस्त किया है। उसका भी विरोध मुल्ला-मौलवी कर रहे हैं। जनसंख्या पर रोक लगाना राष्ट्रीय प्रश्न है। जनसंख्या का विस्फोट इस देश की कई समस्याओं की जड़ है। और इस नियम को पालना यह पंचायत का भी काम है। फिर स्वयं पंचायत के सरपंच या उपसरपंच को यह नियम पालना ही होगा। वैसे जनहितकारी और राष्ट्र के हित में होनेवाले कानून तथा योजना का विरोध धर्म के नाम पर अल्पसंख्यक समाज करेगा तो उसकी नियति पर लोग शक तो करेंगे ही। धर्म के तारणहार धर्मांध ठेकेदार बनें, यह तो अधर्म है। वे 'लीडर' नहीं, 'डीलर' ही बन रहे हैं। जो धार्मिकता के नीलाम में बोली बोलने के लिए बाजार में खड़े हैं वैसे धर्मांध धर्माचार्यों से धर्म को ही बचाना होगा। धर्म का मानवीयकरण करना तो युग की माँग है। फिर वह धर्म अल्पसंख्यक का हो या बहुसंख्यक का। आखिरकार 'धर्म और अध्यात्म' यह गलत संकल्पना है। सारे धर्मों के मूल तत्त्व और शाश्वत मूल्य समान ही होते हैं। सच या झूठ बोलनेवाला हिंदू-मुसलमान, पारसी, ईसाई, यहूदी कोई भी हो सकता है। लेकिन हमने तो सभी धर्मों की अच्छाइयाँ रद्द करने के बाद जो कर्मकांड बचता है उसे

ही धर्म माना है। बौद्धिक स्वातंत्र्य के समाज उपयोगी तत्त्व जब तक खुले मन से स्वीकार नहीं करते तब तक धर्मनिष्ठा को बौद्धिकता का, विचारों का या विज्ञान का अधिष्ठान प्राप्त नहीं हो सकता और अनंत काल तक बौद्धिक गुलामी सुबुद्ध मनुष्य सहन नहीं कर सकता। हमारा देश मानवता की योग-भूमि और प्रयोग-भूमि है। इस देश में भिन्न-भिन्न वर्णों और धर्मों के लोग आपसी मन से एक साथ रहे हैं और वे परस्परता का जीवन सुखी व समृद्ध बनाए, ऐसा मानवीय संकेत है। यहाँ अगर धर्म-भेद और अल्पसंख्यकवाद पैदा होगा या फैलेगा तो धर्म के नाम पर, अल्पसंख्यक समाज के नाम पर मनुष्य पनपेगा और यह पुण्य भूमि नापाक भूमि बन जाएगी। इसके लिए बहुसंख्यक हिंदुओं को भी कुछ परहेज अपनाने होंगे। बहुसंख्यकों की अधिकारशाही या तानाशाही लोकनीति नहीं है। आज तो लोग और नीति दोनों नदारद हैं। आज नैतिकता समाज में मजाक की वस्तु बन गई है। एक राष्ट्र, एक जनता इस संकल्पना को ही चोट पहुँचा रही है। ऐसे समय भी लगता है कि कहीं मुजफ्फर हुसैन अंधों के बाजार में आईना बेचने का व्यवहार तो नहीं कर रहे हैं! लेकिन आज विज्ञान ने हमें इस मुकाम तक पहुँचा दिया है कि नेत्रदान करके दृष्टिदान भी किया जा सकता है।

इस पुस्तक के सारे विचारों से मैं भी सहमत नहीं हूँ। लेकिन अल्पमत का ही नहीं, भिन्न मत का भी आदर हो न हो तो स्वागत भी करना लोकतंत्र की महानता है। और ऐसे लोकतंत्र को मैं भारतीय राष्ट्रीय भावना की नींव का पत्थर मानता हूँ। आखिरकार मानव का मानवीयकरण करना ही तो प्रगति है। सारे अधिकारों से मानवीय अधिकार सर्वश्रेष्ठ है, जो इस पुस्तक का भी अधिष्ठान है। अल्पसंख्यकवाद के कौन से खतरे हैं और उनसे किस प्रकार निपटा जाए, इसका भी दिग्दर्शन लेखक ने किया है। अंत में खतरे की घंटी बजाकर कहा है कि 'अल्पसंख्यकवाद मानव की सभ्यता के लिए धोखा है।' वैसे देखा जाए तो बहुसंख्यकवाद भी खतरनाक है; क्योंकि दोनों में जोर संख्या पर है, गुणवत्ता पर नहीं है। संख्यावाद लोकनीति को खत्म कर देता है। ऐसे सवालों के 'रेडीमेड' यानी बने-बनाए नुस्खे नहीं होते। वे विचार चिंतन-मनन से खोजने पड़ते हैं और कई बार इन सवालों के जवाब भी सवाल बन जाते हैं। लेखक के सारे विचारों से सभी सहमत हों, यह अपेक्षा नहीं है। लेकिन इस पुस्तक को पढ़ने के बाद चिंतन की प्रक्रिया शुरू हो, यही अपेक्षा है। इसके लिए लोक-जागृति की जरूरत है। यह हमें नहीं भूलना चाहिए कि जब आवाज उठाने की जरूरत होती है तब चुप्पी रखना या मौन रखना पाप है, क्योंकि 'मौनं सम्मति लक्षणम्' होता है।

जिस समाज में सज्जन या विचारक निष्क्रिय होते हैं वहाँ दुर्जन सक्रिय हो जाते हैं। और निष्क्रिय सज्जन तथा सक्रिय दुर्जन है। यही आज की समस्या है। इन सारे प्रश्नों का बहुत अच्छा विचार-मंथन इस पुस्तक में है, जिसके लिए पुस्तक के लेखक मुजफ्फर हुसैनजी का जितना भी अभिनंदन करें, थोड़ा ही होगा। आज तो मानव निष्ठा की जरूरत है, जो भारतीय राष्ट्रीयता की सही बुनियाद है। पारस्परिकता मनुष्य की विशेषता है और वह भारतव्यापी बने, इसी का नाम मानवनिष्ठ भारतीयता है, जो अल्पसंख्यक और बहुसंख्यक का गणित नहीं मानती, नहीं जानती। आज का मुख्य प्रश्न है कि इस देश में लोकतंत्र का और राष्ट्रीयता का भविष्य क्या होगा? हमारे संकल्प क्या होंगे? इनके उत्तर ढूँढ़ने में यह पुस्तक मददगार हो सकती है। इसके लिए मुजफ्फर हुसैनजी को धन्यवाद देकर सुबुद्ध पाठक, देशभक्त, विचारक इस पुस्तक का हृदय से और खुले हाथों से स्वागत करेंगे, ऐसी मुझे आशा है। इस महनीय तथा अनमोल पुस्तक को मेरी अगणित तथा अनंत शुभकामनाएँ।

— न्यायमूर्ति चंद्रशेखर धर्माधिकारी

भारत के अल्पसंख्यकों की तसवीर

यह एक संयोग की बात है कि दुनिया में अल्पसंख्यक विषय पर लिखी जानेवाली पुस्तकें भी अल्पसंख्या में ही उपलब्ध हैं। भारत में अल्पसंख्यक संबंधी विषय उस समय चिंता और चिंतन का कारण बन गया जब इस आधार पर सन् १९४७ में देश का विभाजन हुआ और अल्पसंख्यक कहे जानेवाले वर्ग ने एक अलग देश बना लिया। यह पुस्तक, जो मूल रूप से हिंदी में लिखी गई है, वह भारत के अल्पसंख्यकों पर विशेष रूप से केंद्रित है। इसे तैयार करने में अनेक व्यक्तियों, संस्थाओं एवं पुस्तकों का मार्गदर्शन तथा सहयोग प्राप्त हुआ है। वे सभी पुस्तकें और दस्तावेज, जो इसे तैयार करने में सहायक सिद्ध हुए हैं उनकी संदर्भ सूची पुस्तक के अंत में दी गई है। मैं इन पुस्तकों के लेखक और प्रकाशकों का हृदय से आभारी हूँ। विश्वास है, यह पुस्तक देश की अल्पसंख्यक समस्या को समझने और उसके निराकरण करने में उपयोगी सिद्ध होगी।

दुनिया जब से बनी है तब से 'अल्पसंख्यक' और 'बहुसंख्यक' शब्द का रिवाज चल पड़ा है। लेकिन इसका सबसे खतरनाक रूप उस समय देखने को मिलता है जब 'अल्पसंख्यक' शब्द का राजनीतीकरण हो जाता है। आर्थिक रूप से लाभ उठाने के लिए भी इसका उपयोग बड़े पैमाने पर होता है। लोकतंत्र में तो यह शब्द वोटों की टकसाल बन गया है। राजनीतिज्ञों ने इसे अपने लाभ के लिए खूब तोड़ा-मरोड़ा है। सत्ता में भागीदारी के लिए और ऊँचे पद पर पहुँचने के लिए यह सरल सीढ़ी के रूप में अपनाया जा रहा है। भारत के परिवेश में अल्पसंख्यक और आरक्षण—ये दो ऐसे शब्द हैं जो पिछले ५७ वर्षों से सुनाई दे रहे हैं। ऐसा लगता है कि जब तक वोटों की राजनीति नहीं बदलेगी तब तक यह धारदार हथियार राजनीतिज्ञों के लिए उपयोगी रहेगा। किसी भी भारतीय नागरिक को ये दोनों लाभ एक साथ नहीं मिल सकते। इसलिए जो आरक्षित हैं, उनका

सोचना है कि अल्पसंख्यक बनने में अधिक लाभ हैं और जो अल्पसंख्यक हैं उनका मानना है कि जो लाभ आरक्षण प्राप्त करने में है वह अल्पसंख्यक बनने में नहीं। इसलिए ये दोनों वर्ग लाभान्वित होने पर भी संतुष्ट नहीं हैं। बहुसंख्यक वर्ग यह मानने लगा है कि एक ओर हमें अधिक संख्या धरानेवाला वर्ग मानकर हमारे हितों की अवहेलना की जाती है। साथ ही बहुसंख्यकों को संपन्न मानकर उनका आर्थिक विकास भी अवरुद्ध कर दिया जाता है। कुल मिलाकर यही खाई समाज को एक-दूसरे का प्रतिस्पर्धी बनाती है। जो असंतोष हमें दिखलाई पड़ता है उसके मूल में इसी प्रकार के गढ़े गए शब्द हैं। राष्ट्र ही नहीं, धर्म के आधार पर बने समाज और जातियों में भी लोग स्वयं को कम और अधिक की दृष्टि से देखने लगे हैं। इसलिए सामाजिक घृणा भी इसका एक कारण है। यह सारी स्थिति राष्ट्रीय एकता को प्रभावित करती है। इसलिए हमें राष्ट्र को सुदृढ़ और शालीन रखना है तो इन शब्दों पर विचार करके कोई नई राह निकालनी होगी।

अल्पसंख्यकवाद के खतरों से पटी इस धरा पर यह पुस्तक बरसात की पहली बूँद साबित होगी।

—मुजफ्फर हुसैन

अनुक्रम

विश्व राजनीति में अल्पसंख्यक की परिभाषा

राजनीति विज्ञान में अनेक प्रकार के वाद और विचारधाराएँ हैं। लेकिन इनमें कहीं भी अल्पसंख्यकवाद अथवा बहुसंख्यकवाद का विवरण पढ़ने को नहीं मिलता है। आज की दुनिया में जब विचारधारा और शासन-पद्धति की बातें करते हैं तब अनायास ही ये दोनों शब्द 'अल्पसंख्यक' और 'बहुसंख्यक' आकर खड़े हो जाते हैं। दुनिया में अल्पसंख्यक और बहुसंख्यक के नाम पर राजनीति चलेगी, ऐसा कभी किसी ने सोचा भी नहीं था; लेकिन राजनीतिक हथकंडे अपनानेवाले धूर्त राजनीतिज्ञ हर शब्द और उसकी व्याख्या का उपयोग अपने ढंग से करने की कला ढूँढ़ निकालते हैं। भारत के पास अपना एक संविधान है, उसके अंतर्गत बतलाई गई एक शासन-पद्धति है, फिर भी हम देखते हैं कि 'अल्पसंख्यक' शब्द के सामने सबकुछ गौण हो जाता है। अल्पसंख्यक किसे कहा जाए, इसके लिए कोई मान्य कसौटी अथवा परिभाषा नहीं है। कोई वस्तु अधिक की तुलना में कम अथवा अल्प होगी तो इससे अल्पसंख्यक का बोध अवश्य हो जाएगा, लेकिन अधिक की तुलना में वह कितनी कम होनी चाहिए, इसकी मात्रा और संख्या निश्चित नहीं है। इसका सबसे अधिक प्रभावी अनुभव राजनीतिक क्षेत्र में होता है। मात्रा और संख्या तय नहीं होने से टकराव बढ़ता है, जो आगे चलकर अल्पसंख्यक और बहुसंख्यक में संघर्ष का कारण बनता है।

इंटरनेशनल एनसाइक्लोपीडिया ऑफ सोशल साइंसेज, मेकमिलन एंड फ्री प्रेस में प्रकाशित माइनॉरिटी की परिभाषा में कहा गया है, ''अल्पसंख्यक वह समूह है जो उसी समाज में रहनेवाले दूसरे समूह से प्रजाति, राष्ट्रीयता, धर्म और भाषा की दृष्टि से भिन्न है तथा दोनों समूह एक-दूसरे के परस्पर एक-दूसरे को नकारात्मक दृष्टि रखते हुए अलग समझते हैं। इसके अतिरिक्त सत्ता की दृष्टि से दोनों की स्थितियाँ अलग-अलग हैं और वह समूह जो दूसरे के अधीन

है, उसके साथ भेदभावपूर्ण व्यवहार होता है।''

उपर्युक्त एनसाइक्लोपीडिया में ही आगे 'नेशनल माइनॉरिटी' शब्द का प्रयोग किया गया, जिसमें कहा गया है कि इस शब्द की उत्पत्ति यूरोप में हुई है। यहाँ यह शब्द अलग-अलग क्षेत्रों में रहनेवाले उन 'राष्ट्र समूहों' के लिए प्रयोग किया जाता है जो लंबे समय से एक स्थान पर रह रहे हों, लेकिन दूसरी राष्ट्रीयतावाले समूह ने उनके हाथों से सत्ता छीन ली हो। प्राय: यह अल्पसंख्यक समूह उन्हीं स्थानों पर रहते हुए भी अब सत्ता से बाहर हैं। वहाँ का शासन और अर्थव्यवस्था उस समूह से भी बड़े समूह (बहुसंख्यकों) द्वारा स्वयं के हितों को ध्यान में रखते हुए चलाई जा रही है। वहाँ बहुसंख्यकों द्वारा ही अल्पसंख्यक समूह का राजनीतिक अस्तित्व निर्धारित किया जाता है। उदाहरण के लिए, उन्हें संसद् अथवा विधानसभा चुनावों में अपने उम्मीदवार के लिए वोट देने का अधिकार नहीं है, वरन् वे अपने समूह के एक-दो नेताओं को प्रतिनिधि के रूप में भेज सकते हैं।

यूरोप के देशों में युद्ध के पश्चात् देशों की आपस की नई सीमाओं के निर्धारण से अल्पसंख्यक समूहों का निर्माण हुआ था। प्रथम महायुद्ध से पूर्व राजाओं के बीच लड़ाइयों के समझौतों में यह शर्त रखी जाती थी कि इन अल्पसंख्यक समूहों की सुरक्षा का दायित्व संबंधित सरकार पर होगा तथा दूसरी सरकार को इस बात को देखते रहने का अधिकार होगा कि समझौते का ठीक से पालन होता है या नहीं? यह अल्पसंख्यक गुट सीमावर्ती क्षेत्रों में भी बसे लोगों की भाषा, नस्ल की भिन्नता के आधार पर स्वीकार होते थे। प्रथम महायुद्ध से पूर्व उपासना-पद्धति के आधार पर अल्पसंख्यकों को मान्य कर युद्ध संधियों में उनकी सुरक्षा की गारंटी दी जाती थी। उदाहरण के लिए, १७६३ की पेरिस की संधि में निम्नलिखित धारा ४ रखी गई थी—''कनाडा के मूल निवासियों को कैथोलिक मजहब की आजादी प्रदान करने के लिए सहमत हैं, फलस्वरूप वह रोमन चर्च की परंपरानुसार एवं जहाँ तक ग्रेट ब्रिटेन के कानूनों का अनुमोदन करते हैं, अपनी नई रोमन कैथोलिक प्रजा को अपने धर्म का आचरण कर सकें, इसके लिए स्पष्ट और प्रभावी आदेश देगा। (द प्रोटेक्शन ऑफ माइनॉरिटीज— जे.एन. लोपोंस, पृष्ठ २३)

भारत में मुसलमानों के राज्य में गैर-मुसलमानों पर जजिया लगाया जाता था अर्थात् हिंदू को केवल इस कारण विशेष कर देना पड़ता था, क्योंकि वह मुसलमान नहीं है। इसी भाँति डेनमार्क में १८६६ के संविधान की धारा ७७ के

अनुसार धार्मिक अल्पसंख्यकों को उस समय के सरकारी धर्म नेशनल चर्च को पैसा देना पड़ता था। इसी प्रकार १९५८ तक कोई यहूदी ब्रिटेन के हाउस ऑफ कॉमंस का सदस्य नहीं बन सकता था। आज भी पाकिस्तान और अन्य इसलामी राष्ट्रों में कोई गैर-मुसलमान राष्ट्रपति अथवा प्रधानमंत्री नहीं बन सकता।

प्रथम महायुद्ध के पश्चात् मजहब के आधार के अतिरिक्त भाषा और नस्ल के अनुसार भी अल्पसंख्यकों की रक्षा संबंधी समझौते किए गए। लीग ऑफ नेशंस द्वारा भी उस समय ऐसी व्यवस्था को मान्यता दी गई थी। महत्त्व की बात यह है कि लीग ऑफ नेशंस ने अल्पसंख्यकों की सुरक्षा के साथ यह भी स्पष्ट कर दिया था कि अल्पसंख्यकों की आवश्यकताओं और भावनाओं का समाधान उस देश और राज्य के हितों के लिए पोषक होना चाहिए, उसके हितों के विपरीत कदापि नहीं। इसका सीधा अर्थ यह हुआ कि अल्पसंख्यकों की कोई भी राष्ट्र-विरोधी हरकत को उस देश की सरकार सहन नहीं करेगी। दूसरे महायुद्ध के पश्चात् पूजा-पद्धति के स्थान पर भाषा और नस्ल पर आधारित अल्पसंख्यकों का प्रश्न मुख्य बन गया। साथ ही एक देश में बहुभाषी तथा विभिन्न नस्ल के लोगों के रहने की स्थिति स्वीकार की गई। परिणामत: राष्ट्र संघ के निर्माण के समय अल्पसंख्यकों के अधिकारों का सिद्धांत शेष नहीं रहा, बल्कि उसके स्थान पर मानव अधिकारों को स्वीकार कर लिया गया। ९ दिसंबर, १९४८ को राष्ट्र संघ की महासभा द्वारा यह स्वीकार कर लिया गया कि हर मनुष्य को जीवित रहने और सम्मान से जीवन-यापन करने का अधिकार सर्वोपरि है। आदमी किसी नस्ल का हो, किसी भाषा का बोलनेवाला हो और किसी भी पूजा-पद्धति का माननेवाला हो, सबके मूल मानव अधिकार समान हैं। मानव अधिकार आयोग के गठन के पश्चात् 'अल्पसंख्यक' शब्द अपने आप में अप्रासंगिक हो जाता है। मानव अधिकार आयोग की बैठक में बार-बार यह सवाल उठाया गया कि किसी देश में अल्पसंख्यक कहनेवाले समुदाय को विशेष अधिकार दिए जाने चाहिए या नहीं। इसका उत्तर आयोग ने 'नहीं' में दिया है। मानव अधिकार आयोग की छठी, सातवीं और आठवीं रपट में एक नई धारा के अंतर्गत यह लिखा गया है कि ''अल्पसंख्यकों से संबंधित व्यक्तियों के अधिकारों को राज्य क्षेत्र में बसे किसी समूह के अधिकारों के रूप में परिभाषित नहीं करना चाहिए, विशेषकर उन कानूनों के संदर्भ में जो राज्य के अंतर्गत पृथक् समुदाय बनाते हों, जो राष्ट्रीय एकता को कमजोर करते हों। (नेशनल माइनॉरिटी क्लाड, पृष्ठ १६१) इसकी व्याख्या इस प्रकार की जा सकती है कि अल्पसंख्यक अपनी

भाषा, धर्म अथवा रीति-रिवाज को प्रचलित रखने के अधिकारी हो सकते हैं। इससे अधिक उन्हें कोई विशेष अधिकार नहीं दिया जा सकता। मानव अधिकार आयोग की व्यवस्था के पश्चात् अल्पसंख्यक के संबंध में अलग कानून व्यवस्था राष्ट्र संघ के प्रस्तावों का अपने आप में उल्लंघन है।

भारत में 'अल्पसंख्यक' शब्द के इतिहास पर नजर डालें तो यह व्यवस्था अंग्रेजी शासन काल से चली आ रही है। सन् १८५७ के स्वतंत्रता संग्राम के पश्चात् अंग्रेजों ने विधिवत् अल्पसंख्यकों की कल्पना को जन्म देना प्रारंभ किया। एक तो नस्ल के आधार पर और दूसरा सामाजिक एवं आर्थिक दृष्टि से पिछड़े लोगों में ईसाइयत का प्रचार कर अंग्रेजों ने अपने राज्य के प्रति सहानुभूति और निष्ठा पैदा करने की योजना बनाई। दूसरी ओर भारतीयों को धर्म के नाम पर विभक्त करने का यत्न किया। सर्वप्रथम सन् १९०९ में तत्कालीन गवर्नर ने आगा खान को मुसलमानों के लिए अल्पसंख्यकों के रूप में विशेषाधिकार दिए जाने की बात सुझाई। मुसलिम लीग का जन्म १९०६ में हुआ था। उसके पूर्व अंग्रेजी राज्य की योजनानुसार लॉर्ड ह्यूम ने १८८५ में कांग्रेस की स्थापना की थी। १९०९ के कानून के अनुसार केंद्रीय परिषद् के लिए मुसलमानों को दो प्रकार के वोट देने का अधिकार दिया गया था। प्रथम, हिंदुओं के साथ सामान्य निर्वाचन के लिए और दूसरा केवल मुसलमानों के प्रतिनिधि चुने जाने के लिए। इसमें हिंदू वोट नहीं दे सकता था। प्रथम महायुद्ध के पश्चात् १९१९ के कानून के अंतर्गत मुसलमानों को अलग मताधिकार के साथ मद्रास के भारतीय ईसाइयों को और मद्रास तथा बंगाल में एंग्लो-इंडियनों को तथा पंजाब को छोड़कर शेष सब प्रांतों में यूरोपियनों को अलग मताधिकार दिया गया। इसी भाँति उस समय के मद्रास प्रांत में गैर-ब्राह्मणों को भी पृथक् मताधिकार दिया गया। इस प्रकार लेजेस्लेटिव कौंसिल के ३४ निर्वाचित व्यक्तियों में १४ पृथक् सांप्रदायिक मतदान के द्वारा चुने जाने थे। लेजिस्लेटिव असेंबली में भी लगभग यही अनुपात था। सांप्रदायिक मतदान के अनुसार ४१ और ५२ व्यक्ति सामान्य मिले-जुले मतदान से चुने जाते थे। बाद में १९१९ में १९०९ की अपेक्षा मुसलमानों की सीटों का अनुपात बढ़ा दिया गया जो उनकी आबादी के अनुपात से कहीं अधिक था।

सन् १९३५ में इस सांप्रदायिक विभाजन का स्वरूप थोड़ा बदला। इसमें पिछड़ी जातियों को भी स्थान दिया गया। अत: लेजिस्लेटिव कौंसिल में ७४ स्थान सांप्रदायिक आधार पर आरक्षित रखे गए तथा ७५ बिना आरक्षण के सामान्य रूप से चुने जाने थे। जो १०९ स्थान अल्पसंख्यकों के लिए आरक्षित थे

उनमें ८२ मुसलमानों के लिए, ८ यूरोपियनों के लिए, ८ भारतीय ईसाइयों के लिए, ४ एंग्लो इंडियन के लिए और ७ स्थान सिखों के लिए थे। १०५ सामान्य स्थानों में से १९ हरिजनों के लिए थे।

दुनिया में कहीं भी किसी जनसमूह को उसके कहने मात्र से अल्पसंख्यक स्वीकार नहीं किया गया। अल्पसंख्यकों का विचार करते समय देश की एकता और सुरक्षा को सर्वोपरि माना जाना चाहिए। लेकिन दुर्भाग्य इस बात का है कि इसके विपरीत अल्पसंख्यकों के तुष्टीकरण को देश की एकता का आधार माना जा रहा है। समान मानव अधिकार के साथ किसी समुदाय के विशेषाधिकार स्वीकार करना परस्पर विरोधी सिद्धांत है। जहाँ धार्मिक अधिकारों की बात हो तो मामला और भी जटिल हो जाता है। भारत के संविधान की धारा २५, २६, २७, २८, २९ और ३० के अनुसार भाषा एवं धार्मिक स्वतंत्रता की सुविधा को अधिकार के रूप में स्वीकारा गया है। आजादी से पहले मुसलमानों ने अल्पसंख्यकों के नाम पर विशेष अधिकार माँगे और प्राप्त किए। इसी आधार पर मुसलमानों के लिए अलग देश पाकिस्तान बना दिया गया। अब एक बार धार्मिक आधार पर अल्पसंख्यक के नाम पर अलग देश दे दिए जाने के बाद मुसलमानों को किसी भाँति राजनीतिक अथवा आर्थिक क्षेत्र में विशेष अधिकार या संरक्षण माँगने का कानूनी और नैतिक अधिकार नहीं रह जाता है। यदि भारत में रहनेवाला मुसलमान अपने को उसी अल्पसंख्यक की कड़ी मानता है जिसके आधार पर पाकिस्तान बना तो वह भारतीय नागरिक नहीं हो सकता। यदि वह उससे अलग और पूर्ण भारतीय है तो उसे अपने आपको पुरानी कड़ी से अलग करना होगा। उस स्थिति में वह १९४७ के पश्चात् पुन: धार्मिक अल्पसंख्यक बनकर राजनीतिक अथवा आर्थिक संरक्षण नहीं माँग सकता। यदि हम धर्म-निरपेक्षता को अपने संविधान की आत्मा मानते हैं तो फिर धर्म के आधार पर अल्पसंख्यक और बहुसंख्यक के सिद्धांत को स्वीकारा ही नहीं जा सकता। जब दूसरे महायुद्ध के पश्चात् अल्पसंख्यक और बहुसंख्यक के स्थान पर 'मानव अधिकार' शब्द आ गया तब तो अल्पसंख्यक और बहुसंख्यक का विचार ही अपने आप में बेबुनियाद हो जाता है। भारत में संविधान और व्यवहार, दोनों में हर एक नागरिक को समान मानव अधिकार प्राप्त हैं तब तो अल्पसंख्यक और बहुसंख्यक की शब्दावली और भी अप्रासंगिक हो जाती है। अल्पसंख्यक की परिभाषा को लेकर बार-बार विवाद उठता है। उच्चतम न्यायालय मानव अधिकार के आधार पर इस प्रावधान को ही निरस्त कर सकता है।

भारत में जो वर्ग अल्पसंख्यक माने गए हैं उनके साथ न तो राजनीतिक और न ही सामाजिक एवं सांस्कृतिक आधार पर सरकार द्वारा भेदभाव किया जाता है। इन अल्पसंख्यकों को संरक्षण देने का अर्थ बहुसंख्यकों की संस्कृति, उनके अधिकारों और उनकी स्वतंत्रताओं को अधिकाधिक कम करना है। संविधान के अनुच्छेद ३० (१) का मतलब यही समझा जाता है कि जितना बहुसंख्यकों को दबाया जाए, भारत की मूल संस्कृति को समाप्त किया जाए उतना ही अल्पसंख्यकों की संस्कृति का संरक्षण एवं पोषण होगा। वह चाहे वंदे मातरम् गीत को गाने की बाध्यता खत्म करने का मामला हो, शिक्षा मंत्रियों की बैठक में सरस्वती-पूजन का मामला हो, दूरदर्शन पर सत्यं शिवं सुंदरम् शब्द के उपयोग का मामला हो। इन सबसे कथित सेक्यूलरवादी इतने आहत हुए कि उन्होंने भारतीय संस्कृति के इन मूल्यों को हटाने और गरिमा को घटाने के लिए एड़ी-चोटी का जोर लगाया है। दुर्भाग्य यह है कि इन मूल्यों की रक्षा का जिस सरकार पर दायित्व है वह भी इस तरह के जारी किए गए आदेशों को नहीं रोक सकी है। वास्तविकता तो यह है कि अल्पसंख्यकवाद को सेकुलरवाद का दर्जा दे दिया गया है।

विश्व के अन्य राष्ट्र जबकि मानव अधिकार को ही सर्वोच्च प्राथमिकता दे रहे हैं उस समय हमारी सरकार मानव अधिकार के साथ अल्पसंख्यकवाद को भी समानांतर रूप से मान्यता देकर कार्यान्वित कर रही है, जिसका नतीजा यह आ रहा है कि टकराव बढ़ रहा है। दोनों को साथ में लेकर चलते हैं तो यह विरोधाभासी स्थिति बनती है। इस विरोधाभास से बहुसंख्यक वर्ग स्वयं को असुरक्षित मान रहा है। उनके हर क्षेत्र में अनिश्चितता बढ़ रही है। ऐसा लगता है कि सरकार ८० प्रतिशत जनता के लिए नहीं है बल्कि वह केवल २० प्रतिशत के लिए है। शिक्षा, स्वास्थ्य एवं जन-कल्याण के क्षेत्र में अल्पसंख्यक और बहुसंख्यक शब्द ने इतनी गहरी खाई पैदा कर दी है कि इससे राष्ट्रीय एकता खतरे में पड़ गई है। आर्थिक लाभ उठाने के नाम पर आर्य समाज से लेकर जैन समाज तक अपने आपको अल्पसंख्यक बतलाने की स्पर्धा में हैं। जहाँ सरकार धर्म, जाति और पंथ से नागरिकों को ऊपर उठने का आह्वान करती है वहीं अल्पसंख्यकों को मिलनेवाली सुविधा के नाम पर हर समाज अपने स्वयं को राष्ट्रीय प्रवाह से अलग कर लेता है। मुंबई जैसे अंतरराष्ट्रीय महानगर में अब बहुसंख्यक समाज की शालाएँ, स्कूल, कॉलेज और अस्पताल इतने कम हो गए हैं कि लोगों को प्रवेश मिलना कठिन है। जबकि अल्पसंख्यक बनकर जो वर्ग इस प्रकार की संस्थाएँ खोल रहे हैं उनमें खूब वृद्धि होती जा रही है। यानी जाने-अनजाने में हम अपने विद्यार्थी को पंथ और

जाति के बंधन में ढकेल रहे हैं। अनुच्छेद ३० में अल्पसंख्यक स्कूलों को जो सुविधाएँ मिलती हैं वे बहुसंख्यक समाज की संस्थाओं को नहीं मिलतीं। इसलिए स्पर्धा के इस युग में हर कोई देशहित की अवहेलना करके अपने उद्देश्य की पूर्ति कर लेता है। कॉन्वेंट शालाओं को जो अधिकार और सुविधाएँ दी गई हैं उससे तो ऐसा लगता है कि भारत सरकार स्वयं ईसाइयत के प्रचार के लिए भारतीय मिशनरी का भारतीय संस्करण तैयार कर रही है। इससे भारतीय संस्कृति और हमारे राष्ट्रीय मूल्य तहस-नहस हो रहे हैं। दूसरी ओर बहुसंख्यक समाज इस बात से चिढ़ता जा रहा है कि उसे अपने ही देश में बेगाना बनाया जा रहा है। आज भारत में दंगों से लगाकर वर्ग संघर्ष तक का हम विश्लेषण करें तो उसके पीछे अल्पसंख्यक और बहुसंख्यक भावना काम करती हुई नजर आ रही है। बहुसंख्यकों का यह आक्रोश जिस दिन फूटेगा, सरकार और समाज के लिए बड़ा चुनौतीपूर्ण होगा। इन सुविधाओं का लाभ पाने के लिए अल्पसंख्यक संस्थाएँ धर्मांतरण जैसा पाप करने से भी नहीं चूकतीं। बहुसंख्यक समाज यदि इस प्रकार से कम होता जाएगा तो देश का लोकतांत्रिक ढाँचा ही बदल जाएगा। जहाँ लोकतंत्र हैं वहाँ तो जनसंख्या के आधार पर ही सरकारें बनती हैं और देश की सुरक्षा की जाती है। जब धर्मांतरण से राष्ट्रांतरण होने लगेगा तो बहुसंख्यक समाज इसे किस प्रकार स्वीकार करेगा? भारत में मध्य एशिया से निकलनेवाले तीनों धर्म—यहूदी, ईसाई और इसलाम को अल्पसंख्यक माना गया है। इसके उपरांत पारसी भी अल्पसंख्यक हैं। लेकिन सिख और बौद्ध तथा जैन को राष्ट्रीय प्रवाह की धारा मानकर उन्हें अल्पसंख्यकों में शुमार नहीं किया गया है।

□

‘अल्पसंख्यक’ शब्द की यात्रा लीग ऑफ नेशंस से राष्ट्र संघ तक

दुनिया में किसी भी वस्तु का प्रारंभ अपने घर से होता है। सार्वजनिक स्तर पर भी कोई समस्या पहले स्वयं के देश में जन्म लेती है और फिर उसके समाधान के प्रयास भी अपने साधन और अपनी क्षमता के अनुसार किया जाता है। लेकिन ‘अल्पसंख्यक’ शब्द सबसे पहले विश्व राजनीति में चर्चित हुआ। बाद में हर देश और हर समाज ने अपनी तरह से उसे परिभाषित किया और अपने-अपने ढंग से उसके समाधान की कोशिश की। अल्पसंख्यक और बहुसंख्यक समस्या तो भिन्न-भिन्न राष्ट्रों के धरातल पर जनमी, लेकिन उसके लिए सबसे अधिक चर्चा अंतरराष्ट्रीय स्तर पर हुई। विश्व युद्ध को रोकने के लिए पहला प्रयास लीग ऑफ नेशंस के रूप में हुआ और दूसरा प्रयास राष्ट्र संघ के रूप में। हम देखते हैं कि दोनों ही बार विश्व शांति के लिए पहला मुद्दा अल्पसंख्यक समस्या के रूप में उपस्थित हुआ।

अल्पसंख्यक किसे कहा जाए? इसके लिए कोई मान्य कसौटी अथवा परिभाषा नहीं है। जहाँ १ और ९९ होंगे वहाँ एक अल्पसंख्यक होगा और ९९ बहुसंख्यक। ३० और ७० में ३० अल्पसंख्यक हो जाएगा। इसी प्रकार ४९ और ५१ में केवल एक का अंतर होने के बावजूद ४९ अल्पसंख्यक हो जाएगा। इसलिए अल्पसंख्यक की कोई एक सर्वमान्य परिभाषा नहीं हो सकती। कोई वस्तु अधिक की तुलना में कम अथवा अल्प होगी तो इससे अल्प मात्रा अथवा अल्पसंख्यक का बोध अवश्य हो जाएगा; लेकिन अधिक की तुलना में वह कितनी कम होनी चाहिए, इसकी मात्रा और संख्या निश्चित नहीं है। इसका सबसे अधिक प्रभावी अनुभव राजनीतिक क्षेत्र में होता है। मात्रा और संख्या तय नहीं होने से टकराव

की स्थिति आ जाती है, जो आगे चलकर अल्पसंख्यक और बहुसंख्यक में संघर्ष का कारण बनती है।

दुनिया में शायद ही कोई देश होगा, जहाँ अल्पसंख्यक नहीं रहते हों। जो वस्तुएँ और प्राणी इस दुनिया से नष्ट हो जाने के कगार पर पहुँच गए हैं, उन्हें दुर्लभ की संज्ञा देकर उन्हें बचाने और उनको पूर्ण रूप से सुरक्षा प्रदान करने की कोशिश की जाती है। यह मानव का स्वभाव है कि प्रकृति की किसी वस्तु को वह नष्ट नहीं होने देना चाहता है, क्योंकि उसमें न जाने कितने गुण होंगे जो इस दुनिया में बसे मानव और पर्यावरण के लिए अनिवार्य होंगे। प्रकृति ने दुनिया में कोई भी वस्तु व्यर्थ में नहीं बनाई है। उसके पीछे कोई-न-कोई रहस्य रहा है। खोजने पर पता चलता है कि ये सारे रहस्य मानव जाति के लाभ से कहीं-न-कहीं जुड़े हुए हैं। जब जानदार पशु-पक्षी, वनस्पति और निर्जीव वस्तुओं के लिए इनसान इतना जागरूक, सक्रिय और विशाल हृदय का हो तब वह अपने जैसे ही इनसान को, चाहे वह रंग-रूप, बोली-भाषा और धर्म के आधार पर कम संख्या में रह गया हो, तब उसकी रक्षा करना और हर उसके अस्तित्व के लिए हर तरह की सुविधाएँ जुटाना अपना दायित्व समझता है। इसी भावना ने शक्तिशाली बहुसंख्यकों के सामने कमजोर अल्पसंख्यकों की रक्षा किए जाने का आदर्श प्रस्तुत किया।

इनसानों की दुनिया में अल्पसंख्यक समस्या उसी दिन पैदा हो गई थी जिस दिन यह दुनिया बनी। कृषि युग में इसका विस्तार हुआ, फिर तो मनुष्य की प्रगति, विकास, धन अर्जित करने की लालसा और किस प्रकार सत्ता स्थापित कर स्वयं को अधिक प्रभावी एवं शक्तिशाली बना सके, इसके लिए वह समाज का बँटवारा करता चला गया। धर्म की सत्ता हो या धन की अथवा राज्य सत्ता, सभी स्थानों पर 'अल्पसंख्यक' शब्द प्रासंगिक होता चला गया। किसी भी रूप में अल्पसंख्यक अस्तित्व में हों वहाँ संघर्ष हमेशा होता रहा है और वे ही अधिक-से-अधिक संघर्ष और रक्तपात का कारण बने हैं। सन् १८३० से १८७० के बीच जो नए राज्य बने उनमें धर्म की समानता के आधार पर जो सुरक्षा थी उसके आधार अंतरराष्ट्रीय समझौते थे। बीसवीं शताब्दी में लड़े जानेवाले दो महायुद्धों में अल्पसंख्यक समस्या बहुत तेजी से उठी। उसके निवारण के लिए तरह-तरह के प्रयास किए गए; लेकिन वे सभी प्रयास मानवीय आधार पर कम और राजकीय आधार पर अधिक थे।

प्रथम महायुद्ध के बाद जब दुनिया शांति की खोज में अग्रसर हुई तब उसे

पहली बार इस बात का आभास हुआ कि जब तक अल्पसंख्यकों की समस्या का समाधान संतोषपूर्वक नहीं होता है तब तक युद्ध का खतरा समाप्त नहीं होगा। प्रथम महायुद्ध के पश्चात् लीग ऑफ नेशंस ने एक ऐसी व्यवस्था को जन्म दिया जिसमें आनुवंशिक, भाषाई और जातीय अल्पसंख्यकों को सुरक्षा प्रदान की जाए। प्रथम महायुद्ध के कारण अनेक देशों की भौगोलिक सीमाएँ बदल गईं। इन सीमाओं में पड़ोसी देश का सीमावर्ती भूभाग शामिल हो जाने के कारण वहाँ बसे लोग उस नए देश में अल्पसंख्यक हो गए। पुरानी सीमा में एक ही राष्ट्रीयता और एक ही जाति एवं समुदाय के लोग रहा करते थे, लेकिन जब उनकी सीमाओं का विस्तार हो गया तो अन्य देश के लोग भी उनके नागरिक और निवासी बन गए। भूभाग जीत लेने का अर्थ यह नहीं होता है कि उस पड़ोसी देश के सीमावर्ती क्षेत्रों में रहनेवाले लोगों के दिल भी जीत लिये। अब यदि यह जीता हुआ भूभाग उन्हें अपने देश की सीमाओं में स्थायी रूप से बनाए रखना था तो इसके लिए यह आवश्यक था कि वे उस भूभाग पर रहनेवाले लोगों की आस्था और विश्वास का सम्मान करें। उनके धर्म, जाति, भाषा और उनकी परंपराओं को अपने संविधान में मान्यता प्रदान करें। यदि ऐसा नहीं होता है तो उनमें अलगाव की भावना जन्म लेती है। यहीं से अल्पसंख्यक और बहुसंख्यक का टकराव शुरू होता है। लीग ऑफ नेशंस के झंडे तले इस सद्भावनापूर्ण कार्यक्रम के अंतर्गत अनेक समझौते और संधियाँ हुईं।

दूसरे महायुद्ध के बाद यद्यपि प्रत्यक्ष रूप से अल्पसंख्यक युद्ध के कारण नहीं रहे। लेकिन जब भी किसी देश ने किसी अन्य देश के भाग पर अपना अधिकार जतलाया तब उस माँग को वैध और तर्कशुद्ध बनाने के लिए अल्पसंख्यकों का उपयोग किया गया। राष्ट्र संघ की स्थापना के बाद अल्पसंख्यकों के अधिकारों की अधिक चर्चा होने लगी और इसके लिए १९४७ में एक उपसमिति गठित की गई, जो राष्ट्र संघ की भाषा में सब-कमीशन कहलाता है। समाज और राष्ट्र की जनता के भिन्न-भिन्न घटकों के बीच जो भेदभाव होता था, उसे रोकने की ओर ध्यान आकर्षित किया गया। समाज का जो वर्ग अथवा घटक अल्पसंख्या में होता था उसे रक्षा प्रदान किए जाने का संकल्प किया गया। यही वह बिंदु था जहाँ से अल्पसंख्यकों की सुरक्षा के प्रति मानव समाज जाग्रत् हुआ। इसमें महत्त्व की बात यह कही गई कि हर व्यक्ति के साथ समान व्यवहार हो। धर्म, भाषा, रंग, राष्ट्रीयता अथवा क्षेत्रीयता इसमें बाधक नहीं बने। सभी मामलों में समान स्तर से यह समानता कायम की जाए। अल्पसंख्यकों के फौलादी कवच के रूप में मानव अधिकार आयोग की स्थापना बहुत विलंब से हुई, लेकिन मानव अधिकार की चर्चा उसी

दिन शुरू हो गई जब राज्य को केंद्र में रखकर मानव अधिकारों की संतुलित और संगठित व्यवस्था पर विचार किया जाने लगा। इस प्रकार की नीति निर्माताओं का कहना था कि राज्य स्वयं कभी भेदभाव नहीं कर सकता। कोई भी राज्य जाति, भाषा और पंथ के आधार पर न तो किसी को सर्वोपरिता प्रदान कर सकता है और न ही किसी की अवहेलना कर सकता है। राज्य अपने यहाँ अपने नागरिकों को संपूर्ण सामाजिक सुरक्षा प्रदान करने में सक्षम है। यदि किसी व्यक्ति के साथ भेदभाव हुआ है अथवा उसकी अवहेलना हुई है तो राज्य उसे दूर करने का प्रयास करेगा और साथ ही इस कारण उसे नुकसान हुआ है तो उसकी भरपाई भी कर सकेगा।

राष्ट्र संघ ने जब अल्पसंख्यकों के संबंध में विचार करना शुरू किया उस समय इस बात पर जोर दिया कि अल्पसंख्यक उस राज्य से तभी सुरक्षा और सुविधा प्राप्त कर सकते हैं जब वे उस देश के नागरिक हों। उस देश की सरकार का यह दायित्व हो जाता है कि वह अपने बहुसंख्यक नागरिकों की तरह उन्हें समान रूप से अवसर प्रदान करे। अल्पसंख्यकों के अस्तित्व के लिए जो विशेष कानून और अधिकार दिए जाते हैं उनकी अवहेलना नहीं होनी चाहिए। लेकिन अपने ही नागरिकों के बीच किसी सरकार को यह समझाना कठिन हो जाता है कि वह एक वर्ग को तो अधिक सुविधाएँ प्रदान कर रहा है और दूसरे को उससे कम दर्जा दिया जा रहा है, इसलिए यह भावना संघर्ष का एक कारण बन जाती है। इससे निपटने के लिए कुछ राज्यों की सत्ताओं ने तो यह तय किया कि अल्पसंख्यकों को नागरिकता नहीं दी जानी चाहिए। दुनिया में अधिकांश अल्पसंख्यक अपनी सरकार और अपने देश के कटु आलोचक रहे हैं। इसलिए राष्ट्रवादी शक्तियों का यह मानना है कि जब कोई अपनी धरती और अपनी सरकार को ही मान्यता नहीं दे रहा हो तो फिर उसे नागरिकता देने की आवश्यकता ही क्या है? लेकिन जब कोई किसी देश का नागरिक ही नहीं होगा तो फिर उस देश की सरकार को उसकी चिंता करने की क्या आवश्यकता है? नागरिकता ही दोनों के बीच ऐसा शक्तिशाली बंधन है जो दोनों को जवाबदार भी बनाता है और एक-दूसरे के प्रति दायित्व को अनिवार्य भी बनाता है। अल्पसंख्यक समुदाय के अस्तित्व के लिए नागरिकता को अनिवार्य बनाकर राष्ट्र संघ ने एक बुनियादी काम किया है।

राष्ट्र संघ के महामंत्री द्वारा सन् १९५० में एक ज्ञापन तैयार किया गया, जिसका शीर्षक था—'परिभाषा और अल्पसंख्यकों का वर्गीकरण'। उप-आयोग

की बैठक में कहा गया कि 'अल्पसंख्यक' शब्द को जिस प्रकार इन दिनों उपयोग में लाया जाता है उससे एक विशेष समुदाय की पहचान होती है, जो राज्य के अन्य प्रभावी समुदायों से भिन्न है। प्रभाव का अर्थ यहाँ ताकत से नहीं है बल्कि जो वर्ग बहुसंख्या में है। आयोग की बैठक में यह भी कहा गया कि किसी भी देश में अल्पसंख्यक दो प्रकार से अस्तित्व में आ सकते हैं। एक तो किसी नए राज्य के निर्माण के कारण और कभी उनकी बड़ी संख्या का किसी अन्य स्थान पर पलायन कर जाने से। आयोग की इस बैठक में अल्पसंख्यक की परिभाषा तय नहीं हो सकी। राष्ट्र संघ को अस्तित्व में आए अर्द्ध शताब्दी से भी अधिक समय हो गया है, लेकिन शोकांतिका यह है कि इसकी अंतरराष्ट्रीय स्तर पर कोई सर्वमान्य परिभाषा नहीं बन सकी है। आज तक जो भटकाव और भ्रम है उसका मुख्य कारण यही है कि राष्ट्र संघ जैसी विश्व संस्था भी 'अल्पसंख्यक' शब्द को परिभाषित नहीं कर सकी है।

राष्ट्र संघ में अल्पसंख्यकों के अधिकारों का प्रश्न बार-बार उठता रहा है। १० सितंबर, १९४८ को अपने प्रस्ताव संख्या २१७ में 'अल्पसंख्यकों के भविष्य' शीर्षक के तहत राष्ट्र संघ ने जोर देकर यह कहा है कि अल्पसंख्यकों की अनदेखी नहीं की जा सकती। अंतरराष्ट्रीय स्तर पर यह प्रश्न बड़ा जटिल है और हर स्थान पर उसके रूप अलग-अलग हैं। इस विविधता के कारण न तो कोई इसका सर्वमान्य हल है और न ही उसकी कोई परिभाषा है। हर देश में अल्पसंख्यकों की स्थिति भिन्न है, इसलिए उनकी समस्याएँ भी भिन्न हैं। समस्याओं में एकरूपता नहीं होने के कारण उनके समाधान भी हर स्थान पर अलग-अलग हैं। इस विविधता के कारण ही अल्पसंख्यकों की समस्याओं को मानव अधिकार के अंतरराष्ट्रीय घोषणा-पत्र में शामिल नहीं किया गया। सन् १९६६ में बने नागरिक और राजनीतिक (इंटरनेशनल कॉनविनेट) अधिकारों संबंधी घोषणा के समझौते में ही केवल विशेष रूप से अल्पसंख्यकों के अधिकारों का उल्लेख किया गया है। जिन देशों में भाषाई और धार्मिक अल्पसंख्यक मौजूद हैं वहाँ अल्पसंख्यक समाज के व्यक्तियों को इन अधिकारों को भोगने की छूट होगी। इन अधिकारों के कारण वे अपनी संस्कृति, भाषा और व्यवसाय का स्वतंत्रतापूर्वक निर्वाह कर सकेंगे। परिच्छेद २७ में भी अल्पसंख्यकों को पूर्ण समर्थन दिया गया है, फिर भी यह कहना पड़ेगा कि यहाँ पर भी संगठित रूप से विस्तृत अधिकारों को स्वीकार नहीं किया गया है। स्वाभाविक रूप से कोई भी देश भेदभाव और अलगाव के कानून बनाकर अथवा लागू करके स्वयं को आलोचना

का शिकार नहीं बनाएगा। इस परिच्छेद में इस बात पर विशेष बल दिया गया है कि किसी भी राज्य को व्यवहार करते समय अल्पसंख्यकों को यह महसूस नहीं होना चाहिए कि वे अल्पसंख्यक हैं।

यह देखा गया है कि अल्पसंख्यक स्वयं अपनी पहचान और मान्यता को लेकर अधिक दबाव डालते हैं, जो संघर्ष का कारण बनता है। यह तो सर्वविदित है कि कोई भी देश किसी अल्पसंख्यक समुदाय के दबाव को लंबे समय तक बरदाश्त नहीं कर सकता है। दुनिया का हर देश जिस तरह से अपने यहाँ बसनेवाले अल्पसंख्यकों से यह अपेक्षा रखता है कि वे उसके विकास और प्रगति में पूर्ण सहयोगी बनें, ठीक उसी प्रकार अल्पसंख्यकों की भी यही अपेक्षा रहती है कि उनके अस्तित्व को सम्मान और स्वाभिमान से दुनिया का हर देश स्वीकार करे। जब दोनों के बीच की इस समझ का संतुलन बिगड़ता है तब अल्पसंख्यक और बहुसंख्यक में संघर्ष की शुरुआत होती है।

□

अल्पसंख्यक कब और कैसे?

यह स्वाभाविक है कि कोई भी अल्पसंख्यक बनकर नहीं रहना चाहता। आदमी हों या पशु-पक्षी, वे अपनी सुरक्षा के लिए झुंड में रहना ही पसंद करते हैं। मनुष्य ने पाषाण युग से ही अकेले रहना पसंद नहीं किया। यदि वह रहता तो उसकी रक्षा असंभव थी। संगठित रूप में इनसान ने पहले पशुओं का शिकार करना प्रारंभ किया। जंगली जानवर कहीं उसकी जान न ले लें, इसलिए दस-बीस की टोलियों में वह साथ-साथ रहता था। बाद में जब कृषि युग प्रारंभ हुआ तो उसका सामाजिक स्वभाव और भी विकसित होता चला गया। आज तो वह अंतरराष्ट्रीय आधार पर अपनी बिरादरी तैयार कर चुका है। टोलियाँ समाज का प्रारंभिक रूप थीं। इसलिए यह बात तय है कि सुरक्षा और विकास की दृष्टि से इनसान न कभी अकेला रहा है और न रहेगा। तब सवाल उठता है कि वह अल्पसंख्यक और बहुसंख्यक कैसे बन गया?

अपनी प्राथमिक आवश्यकताएँ जुटाने के लिए आदमी को हमेशा संघर्ष करना पड़ा है। एक ताकतवर टोली जब दूसरे पर भारी पड़ती थी तो कमजोर वहाँ से पलायन कर जाता था। जब कमजोर लोग किसी और स्थान पर जाकर बस जाते थे तो वे अल्पसंख्यक बन जाते थे। कृषि युग में यह सिलसिला और भी तेज हो गया। इस वृत्ति में से साम्राज्य स्थापित करने की शुरुआत हुई। विजेता जब किसी को पराजित करके भगा देता था तो उसके समर्थक, जो बड़ी संख्या में होते थे, बहुसंख्यक बन जाते थे और हारनेवाला या तो वहाँ से पलायन कर जाता था या फिर उनकी गुलामी स्वीकार कर लेता था। इसलिए जो युद्ध में सफल हो जाते थे उनकी संख्या बढ़ जाती थी और शरण में आने से इनकार करनेवाले या तो विजेता के अत्याचारों से भयभीत होकर, जो दूसरे स्थान पर चले जाते थे या वे अल्पसंख्या में हो जाते थे। लेकिन जब देशों को जीतने के

लिए आक्रांता अपनी सेना बनाकर दूसरों पर हमला करते थे और सफल हो जाते थे तो वे उस भूभाग के मालिक हो जाते थे। लेकिन यहाँ स्थिति भिन्न थी, क्योंकि बाहर से आनेवाले मुट्ठी भर होते थे और जिस भूभाग को जीत लिया गया वहाँ रहनेवाले अधिक संख्या में हुआ करते थे। इसलिए एक ऐसा दौर प्रारंभ हुआ जहाँ अल्पसंख्यक बहुसंख्यकों पर राज करने लगे। पराधीनता के कारण ही अल्पसंख्यकों के विरुद्ध बहुसंख्यकों में ईर्ष्या तथा प्रतिशोध की भावना पैदा होने लगी और एक मानसिक संघर्ष शुरू हो गया। आगे चलकर बहुसंख्यक जब अपना देश आजाद करा लेते हैं तो फिर भूतकाल में राज करनेवाले अल्पसंख्यकों के प्रति उनका दुराग्रह होना एक स्वाभाविक बात है। यह वह बिंदु है जहाँ से चक्र उलटा घूमने लगता है और फिर बहुसंख्यक अपने पर शासन करनेवाले अल्पसंख्यकों के साथ किसी-न-किसी मुद्दे पर संघर्ष में उतर जाते हैं।

संचार और यातायात के कारण जब मनुष्य एक भाग से दूसरे भाग में यात्राएँ करने लगा तो यह समस्या और अधिक बढ़ गई। आदमी को जहाँ रोजी-रोटी मिलने लगी वह उन स्थानों पर जाने लगा। सन् १९३२ तक कोई भी व्यक्ति अरब देशों में नहीं जाना चाहता था। सूखे मरुस्थल में जाकर बसने से उसे क्या मिल पाता? लेकिन ज्यों ही इन देशों में खनिज तेल मिला कि वहाँ की काया पलट हो गई। उन क्षेत्रों को विकसित करने के लिए बड़ी संख्या में मजदूरों और तकनीशियनों की आवश्यकता पड़ने लगी। अच्छा वेतन और अच्छी सुविधाओं से आकर्षित होकर दुनिया के कोने-कोने से लोग अरब देशों में पहुँचने लगे। कुछ नगरों की स्थिति तो थोड़े ही दिनों में यह होने लगी कि वहाँ के मूल निवासी अल्पसंख्या में आ गए और बाहर के लोग बहुसंख्यक बन गए। इसलिए वहाँ के शासन कर्ताओं को अपना देश, अपनी संस्कृति और अपनी भाषा को बचाने के लिए सख्त कानून बनाने पड़े। उनके यहाँ बाहर से आए हुए कहीं उनकी अर्थव्यवस्था को चौपट न कर दें, इस पर भी वहाँ के मूल निवासियों और शासकों को चिंता सताने लगी। जब विदेशियों के प्रति कानून बने तो बाहर से आए लोग और मूल निवासियों में संघर्ष शुरू हो गया। ऐसा मात्र अरबस्तान में ही नहीं हुआ—गुयाना, मॉरीशस, फीजी और त्रिनिदाद में लाखों भारतीय ब्रिटिश शासकों ने ले जाकर बसा दिए। उस समय उनसे गन्ने की खेती करवाना मुख्य उद्देश्य था, इसलिए बिहार और उत्तर प्रदेश के लोग वहाँ बँधुआ मजदूर बनाकर जोर-जबरदस्ती से ले जाए जाने लगे। आज स्थिति यह है कि वही भारतीय मजदूर आज वहाँ बड़ी संख्या में हो गए। इतनी अधिक संख्या में कि वे अब सत्ता में भागीदारी माँगते हैं। इसलिए उन देशों के मूल

निवासी बाहर से आए लोगों के प्रति असहिष्णु बन रहे हैं। पिछले दिनों फीजी में भारतीयों के साथ जो कुछ हुआ उसका उदाहरण हमारे सामने है। फीजी में बसे भारतीय अब स्वयं को न तो विदेशी मानते हैं और न ही अल्पसंख्यक। इसलिए यह समस्या विचित्र रूप धारण करती जा रही है। विश्व की नई व्यवस्था में अल्पसंख्यक कब बहुसंख्यक बन जाएगा और बहुसंख्यक कब अल्पसंख्यक बन जाएगा, यह कहा नहीं जा सकता। देशों के राजनीतिक विभाजन के कारण भी इस समस्या ने गंभीर रूप धारण किया। जब भारत विभाजित नहीं हुआ था तब मुसलिम यहाँ अल्पसंख्यक था। लेकिन ज्यों ही पाकिस्तान बन गया तो उस क्षेत्र में रहनेवाला हिंदू अल्पसंख्यक बन गया। कश्मीर ने अपना विलय पाकिस्तान के साथ नहीं किया, इसलिए बहुसंख्यक हिंदू भारत के कश्मीर राज्य में हिंदू अल्पसंख्यक और मुसलमान बहुसंख्यक हो गया।

अल्पसंख्यक और बहुसंख्यक मान्यता के कारण जो समस्याएँ पैदा होती हैं उन्हें अनेक देशों ने अपनी राष्ट्रीयता के तहत मिटाने का प्रयास किया है। उन देशों का यह मानना है कि जब तक कम और अधिक का भेद बना रहेगा, आपस में संघर्ष होता रहेगा। इसलिए अपनी धरती और अपनी राष्ट्रीयता को इतना महत्त्व दो कि यह भावना गौण हो जाए और एक ही राष्ट्र के लोग बनकर अपने राष्ट्र में शांति, व्यवस्था तथा सुचारु रूप से शासन व्यवस्था चलाते रहें। जापान में भाषा की दृष्टि से ९९ प्रतिशत जापानी हैं, लेकिन आधा प्रतिशत कोरियन हैं। इसलिए कोरियन अल्पसंख्यकों को जापानियों के साथ तालमेल बैठाने में कठिनाई आती है। लेकिन जापानी राष्ट्र के तहत वे यह समस्या पैदा नहीं होने देते। सांस्कृतिक दृष्टि से जापानी और कोरियन एक ही पिंड से बँधे हुए हैं, लेकिन कोरियन के अतिरिक्त वे अपने यहाँ किसी भी विदेशी को बरदाश्त नहीं करते। उन्हें लगता है कि वे भविष्य में उनके लिए खतरा बन सकते हैं। इसलिए जापान में दस लाख मुसलमानों से वे भयभीत हैं। वे यह अपेक्षा रखते हैं कि जो मुसलिम बाहर से आए हैं वे अपने देश वापस लौट जाएँगे। जापान की सरकार मुसलिम अल्पसंख्यकों के प्रति हमेशा मन में संशय रखती है। जापान की सरकार इस बात पर विशेष ध्यान देती है कि उनकी संख्या अधिक नहीं बढ़नी चाहिए। इसलाम राष्ट्र और राष्ट्रीयता में विश्वास नहीं रखता, इसलिए वे नहीं समझते कि वे जापान की राष्ट्रीय धारा में शामिल हो सकेंगे। अमेरिका में वहाँ के मूल निवासियों को अल्पसंख्यक की परिभाषा नहीं दी जाती है। वहाँ उन्हें 'नेटिव अमेरिकन' की संज्ञा देकर उन्हें अपना ही अंग मान लिया गया है। स्विट्जरलैंड की

सरकार ने भी अपने यहाँ रहनेवाले भिन्न-भिन्न लोगों को अल्पसंख्यक कहकर उनकी महत्त्वाकांक्षा को नहीं बढ़ने दिया है। स्विट्जरलैंड में जर्मन, इटली और फ्रेंच भाषा-भाषी लोग हैं। साथ ही धर्म के नाम पर वे कैथोलिक और प्रोटेस्टेंट के रूप में भी बँटे हुए हैं। अनेक कारणों से आस-पास के देशवासी यहाँ आकर बस गए। यद्यपि उनका चरित्र अल्पसंख्यक है, लेकिन स्विट्जरलैंड में रहना सबसे अधिक महत्त्व की बात है।

बदलते राजनीतिक एवं धार्मिक परिवेश, उठती-गिरती आर्थिक परिस्थिति एवं प्राकृतिक विपदाओं ने आप्रवासियों की संख्या बढ़ा दी है। ग्रेट ब्रिटेन में जब धर्म के नाम पर अत्याचार बढ़े तो अनेक लोग पलायन कर गए। सत्रहवीं शताब्दी में इंगलिश प्यूरीटंस और फ्रेंच ह्यूजिनोटस शांति को प्राप्त करने एवं अपनी सभ्यता को बचाने के लिए एक नई दुनिया को खोजने लगे। स्केनडेनेविया के असंख्य किसान उन्नीसवीं शताब्दी में मध्य-पश्चिम यूरोप में इसलिए चले गए, क्योंकि वहाँ का मौसम उनके लिए उपयुक्त था। इसलिए जहाँ प्रकृति मनुष्य के लिए अनुकूल नहीं थी वहाँ के लोग भी अपने पुराने स्थान छोड़ने पर मजबूर हो गए। भारतीय किसानों को जिस प्रकार मॉरीशस, फीजी और अन्य देशों में खेती करने के लिए ले गए उसी प्रकार ब्रिटेन और अन्य देश अफ्रीका के अपने उपनिवेशों में से सैकड़ों नीग्रो लोगों को खेती करने और अन्य काम करवाने के लिए अमेरिका तथा अन्य देशों में ले गए। इस काम के लिए ये गोरे नीग्रो के बच्चों का अपहरण कराने तक से नहीं चूके। अपहृत बच्चों को अपनी संपत्ति मानकर वे उनसे हर तरह का काम करवाते थे। यानी ताकत ने अनेक देशों के नागरिकों को अनेक देशों में पहुँचा दिया। यूरोप में जब औद्योगिकीकरण का युग आया तो अनेक देशों के आप्रवासी वहाँ आकर काम-धंधों के लिए बस गए। पश्चिमी अमेरिका में रेल मार्ग और सड़कें बनाने के लिए अनेक चीनी मजदूरों को यहाँ लाकर बसा दिया गया।

बीसवीं शताब्दी ने अनेक साम्राज्यों को नष्ट होते हुए देखा, साथ ही धरती पर अनेक नए देशों को जन्म लेते हुए भी। इस उथल-पुथल ने कुछ ताकतों को अल्पसंख्यक से बहुसंख्यक बना दिया और कुछ ने बहुसंख्यकों को अल्पसंख्यक में बदल दिया। इस तरह कहा जा सकता है कि कौन से समूह कब अल्पसंख्यक बन जाएँगे और कौन सी प्रजा कब बहुसंख्यक रूप धारण कर लेगी, इसके लिए कोई पैमाना तय नहीं है। सबकुछ समय और परिस्थितियों के बदलाव पर निर्भर है। अल्पसंख्यक और बहुसंख्यक होना परिस्थिति-सापेक्ष है,

कोई स्थायी तत्त्व नहीं।

मानव इतिहास में अब तक चार बड़े साम्राज्य स्थापित हुए। इनमें ऑटोमन, ओस्टो हंगेरियन, ब्रिटिश और रूसी साम्राज्य का समावेश होता है। जब ये चारों बने और फिर टूटे, उसके साथ उनकी सीमाओं में अल्पसंख्यक भी अस्तित्व में आए। जब भूगोल बदलता है तो उस पर रहनेवाली जनता भी उससे प्रभावित होती है। इनमें जो कल तक अल्पसंख्यक थे वे बहुसंख्यक बन जाते हैं और जो बहुसंख्यक थे वे अल्पसंख्यक हो जाते हैं। इसलिए साम्राज्यों के भाग्य के साथ उन देशों में रहनेवाले नागरिकों के जीवन में भी उठा-पटक होती रहती है। एक प्राकृतिक भूभाग को जब राजनयिक इकाई बनाया जाता है तब उसमें रहनेवाले इनसान का धर्म, भाषा, वंश और उसकी संस्कृति मिट तो नहीं सकते, लेकिन किसी अन्य के दबाव में आ जाते हैं, जहाँ से कभी समाप्त नहीं होनेवाला संघर्ष शुरू हो जाता है।

□

अल्पसंख्यकों का वैश्विक विस्तार

विश्व स्तर पर अल्पसंख्यक किसे कहा जाए? इस विषय में दुनिया के सभी देशों की राय भिन्न-भिन्न है। विश्व शांति और मानव एकता के लिए राष्ट्र संघ से यह अपेक्षा थी कि वह इस शब्द की व्याख्या करे और अल्पसंख्यकों के मामले में अपने सदस्य देशों को दिशा-निर्देश करे। लेकिन अब तक ऐसा नहीं हुआ है। भविष्य में यह जटिल समस्या हल होगी या नहीं, इसके विषय में भी कुछ कहना कठिन है। लेकिन सामान्य रूप से यह देखा गया है कि अधिकांश देशों की यह मानसिकता है कि जो समूह १० प्रतिशत से अधिक संख्या नहीं रखता हो उसे अल्पसंख्यक की श्रेणी में रखा जाना चाहिए। कम-से-कम जनसंख्या कितनी होनी चाहिए, इस मुद्दे पर विवाद नहीं है; क्योंकि बहुत कम जनसंख्या किसी देश में समस्या पैदा नहीं करती, बल्कि वह अपने अस्तित्व के लिए जो काम करते हैं उसमें देशसेवा निहित होती है। पारसी इसके अति उत्तम उदाहरण हैं। यही स्थिति भारत में यहूदियों की रही है। अल्पसंख्यकों की इतनी संख्या कि वह किसी देश की राजनीति, प्रशासन और अर्थव्यवस्था को प्रभावित कर सके, तभी इस पर ध्यान केंद्रित किया जाता है। अल्पसंख्यक होने और उन्हें मान्यता दिए जाने की कसौटियाँ हर राष्ट्र और प्रदेश में भिन्न-भिन्न हैं। धर्म इसका सबसे बड़ा आधार है। लेकिन एक धर्म में भी अनेक पंथ होते हैं जो स्वयं को अति अल्पसंख्यक मानकर अपने अधिकार प्राप्त करना चाहते हैं। उनकी लड़ाई दो मोरचों पर होती है—एक तो सरकार और प्रशासन से तथा दूसरी स्वयं उनके बहुसंख्यक पंथ से। उदाहरण के लिए, भारत में मुसलिम स्वयं को अल्पसंख्यक मानकर सरकार से संघर्ष करते हैं, लेकिन यहाँ सुन्नियों की आबादी अधिक है, इसलिए अल्पसंख्यक के नाम पर सारे अधिकार और सुविधाएँ उन्हें मिल जाती हैं। इन सुन्नी अल्पसंख्यकों में शिया संप्रदाय उनकी तुलना में भी अति अल्पसंख्यक (माइक्रोकोपिक

माइनॉरिटी) का दर्जा रखते हैं। इसलिए उनका संतुष्ट होना बड़ा कठिन होता है। वे वही दलीलें प्रस्तुत करते हैं जो अल्पसंख्यक बहुसंख्यक के सामने करते हैं। शिया संप्रदाय सुन्नी मुसलमानों से हमेशा शिकायत करता रहता है कि अल्पसंख्यक के नाम पर वे तो सारी सुविधाएँ उठा रहे हैं, लेकिन उनसे भी जो कम हैं वे बेचारे बुरी तरह से त्रस्त हैं। भारत और दुनिया के अन्य इसलामी देशों में शिया सुन्नियों के लिए इस प्रकार की दलीलें देते हैं तो ईरान में शिया सरकार के सम्मुख वहाँ के रहनेवाले सुन्नी, जो अल्पसंख्या में हैं, वे शिकायतें करते हैं। सुन्नी देशों में भी अनेक सुन्नी पंथ जो अति अल्पसंख्यक हैं, वे इसी प्रकार की माँग करते हैं जैसी कि भारत के शिया सुन्नियों से करते हैं।

यही स्थिति ईसाइयों की भी है। रोमन कैथोलिक और प्रोटेस्टेंट में यह खींचातानी चली आई है। जिन देशों में कैथोलिक के पास सत्ता है वहाँ प्रोटेस्टेंट अपने अधिकारों की माँग करते हैं और जहाँ प्रोटेस्टेंट की सत्ता है वहाँ कैथोलिक अल्पसंख्यक बनकर अपनी आस्था की रक्षा के लिए निरंतर माँग करते रहते हैं। भारत में जैन, बौद्ध और अन्य वर्ग, जो हिंदू धर्म के दायरे में ही हैं, वे भी स्वयं को हिंदुओं से अलग बतलाकर राजनीतिक, आर्थिक और सामाजिक एवं शैक्षणिक अधिकारों के लिए गुहार लगाते हैं।

इसलिए धर्म दुनिया में अल्पसंख्यक और बहुसंख्यक होने का सबसे बड़ा आधार है। दो धर्मों के बीच ही नहीं बल्कि एक धर्म के दो संप्रदायों के बीच भी अनेक लड़ाइयाँ हुई हैं। यह वर्ग संघर्ष आज भी जारी है। एक ही देश में रहनेवाले दो धर्मों के अनुयायी जिस प्रकार एक-दूसरे को अपना दुश्मन मानते हैं लगभग उसी प्रकार से एक धर्म के दो संप्रदाय भी एक-दूसरे को अपना जानी दुश्मन मानते हैं। राजनीतिशास्त्र ने दुनिया में नागरिकता और राष्ट्रीयता जैसी ताकतवर व्यवस्था प्रदान की, ताकि राष्ट्र को महान् रखकर अपने आप सारे विवाद गौण हो जाएँ। लेकिन हम देखते हैं कि धर्म का मुद्दा कल की तरह आज भी प्रभावशाली है और इसी को मानव सभ्यता का बड़ा आधार मानकर रक्त-रंजित युद्ध होते हैं। धर्म के बाद भाषा ने दुनिया में अल्पसंख्यक और बहुसंख्यक का भेद कायम किया। इससे आगे चलकर रंग, रक्त और नस्ल के आधार ने भी अल्पसंख्यक-बहुसंख्यक की खाई को चौड़ा करने में महत्त्वपूर्ण भूमिका निभाई। जब आदमी में यह भाव पैदा हो जाता है कि वह दूसरों से अलग है, उसी क्षण अलगाववाद की मानसिकता पैदा होती है और फिर यह संघर्ष देखते-ही-देखते बढ़ जाता है।

यह एक स्वयंसिद्ध बात है कि दुनिया का कोई ऐसा देश नहीं है जहाँ अल्पसंख्यक न हों। किसी भी आधार पर और किसी भी रूप में अल्पसंख्यकों का अंतरराष्ट्रीय अस्तित्व है। भिन्न-भिन्न समय पर ऐसी परिस्थितियाँ निर्माण होती हैं जिसके तहत एक स्थान पर रहनेवाला दूसरे स्थान पर जाकर बस जाता है। लेकिन यह भी जानना अनिवार्य है कि कौन सी प्रजा किस स्थान पर गई और अपने पड़ोसी अथवा दूर के क्षेत्र में जाकर अल्पसंख्यक बन गई।अध्ययन करने से यह पता भी चलता है कि एशियाई अल्पसंख्यक और बहुसंख्यकों के टकराव में संस्कृति एक बुनियादी तत्त्व है; लेकिन यूरोप के अल्पसंख्यक बहुसंख्यकों के बीच में टकराव के मुद्दे कुछ और हो सकते हैं, परंतु वे सांस्कृतिक आधार पर संगठित हैं। एशिया का अल्पसंख्यक अपनी वेश-भूषा, त्योहार और परंपराओं को बहुसंख्यक से इस तरह अलग-थलग रखता है कि उसकी पहचान शीघ्र हो जाए। लेकिन यूरोप के अल्पसंख्यक इन सभी बातों में बहुसंख्यक से अलग दिखलाई पड़ने की चेष्टा नहीं करते। उनका संघर्ष मुद्दों के आधार पर होता है।

संख्या की दृष्टि से एशिया महाद्वीप दुनिया में अव्वल नंबर है, इसलिए विश्व में सबसे अधिक अल्पसंख्यक एशियन ही हैं। एशियाई न केवल एशिया के देशों में बल्कि विश्व के अन्य भागों में भी भिन्न-भिन्न कारणों से पहुँचे हैं। यूरोप के लोग महायुद्ध एवं राजनीतिक उथल-पुथल (रूस तथा फ्रेंच क्रांति) तथा अपने उपनिवेश कायम करने की ललक में दूसरे देशों में जाकर अल्पसंख्यक बने हैं। अफ्रीकन लोग अपनी मरजी से अन्य देशों में बहुत कम गए हैं, लेकिन मजदूरी और गुलामी के कारणों से वे अन्य देशों में जोर-जबरदस्ती से ले जाए गए हैं। अमेरिका महाद्वीप के लोग दुनिया में कम-से-कम अल्पसंख्यक बने हैं। लैटिन अमेरिका के लोग उत्तरी अमेरिका में अवश्य पहुँचे हैं। यहाँ विश्व युद्धों का प्रभाव कम पड़ा है और साथ ही रोजगार के साधन उनके यहाँ अधिक थे, इसलिए दूसरे देशों में पलायन करने का कोई कारण पैदा नहीं हुआ, बल्कि दुनिया के अन्य देश के निवासी वहाँ पहुँचे। बाहर के लोग अमेरिका में अल्पसंख्या में तो हैं, लेकिन वहाँ की सरकार न तो उन्हें अल्पसंख्यक मानती है और न ही उन्हें इस प्रकार की मान्यता देकर कोई राजनीतिक अथवा आर्थिक सुविधाएँ जुटाती है। संपूर्ण अमेरिका में कुछ विश्वविद्यालय अवश्य हैं, जहाँ अमेरिका के मूल निवासी रेड इंडियन और हिसपोनिक के लिए कुछ सीटें आरक्षित हैं। इसके अतिरिक्त वहाँ किसी प्रकार के न तो अल्पसंख्यक हैं और न ही अल्पसंख्यकवाद।

विश्व स्तर पर अब तक कोई ऐसा दस्तावेज तैयार नहीं हुआ है जिसके

आधार पर यह पता लगाया जा सके कि किस देश में कौन सा वर्ग अल्पसंख्यक है और उसका प्रतिशत कितना है। फिर भी, जो जानकारी मिलती है उस आधार पर हम यह कह सकते हैं कि अमेरिका में नीग्रो १८ प्रतिशत हैं। नस्ल और रंग का कितना बड़ा संघर्ष यहाँ चला, इससे दुनिया परिचित है। किंग मार्टिन लूथर को इसके लिए बलिदान होना पड़ा। नीग्रो ने श्वेत अमेरिकन से अपने अधिकारों के बारे में एक जबरदस्त लड़ाई लड़ी। बाद में उन्हें वे सारे अधिकार मिल गए जो बहुत हद तक अमेरिकन को मिले हैं। यद्यपि अब यह विवाद धरातल के ऊपर नहीं दिखलाई पड़ता, लेकिन यह नहीं कहा जा सकता है कि यह हमेशा के लिए समाप्त हो गया है। वर्तमान नीग्रो पीढ़ी को आज भी इस बात पर आक्रोश है कि उनके बाप-दादा को यहाँ गुलाम बनाकर लाया गया और उनके साथ लंबे समय तक अमानवीय व्यवहार होता रहा। उनके मन में अपनी माटी और मूल देश की याद आज भी ताजा है। 'द रूट' नामक उपन्यास इसका जीता-जागता प्रमाण है, जिसमें एक नीग्रो अपनी मूल जन्मस्थली और मूल वंश की खोज के लिए अफ्रीका में भटकता रहता है। अपने मूल गाँव और अपनी जन्मभूमि से बहुत दूर चले जाने के बावजूद भी वह कितना बेचैन रहता है, यह सबकुछ बतलाने के लिए एक अल्पसंख्यक का चरित्र पर्याप्त है, जो किसी अन्य देश में सबकुछ पा लेने के बाद भी वहाँ का नहीं हो पाता है।

उपनिवेशवादी ताकतें जिस देश में भी पहुँचीं उन्होंने उसे आजाद करते समय उसका विभाजन अवश्य कर दिया। यानी एक देश में से दो देश बनाए। इसलिए इस विभाजन-स्वरूप भी अल्पसंख्यकों का प्रश्न पैदा हुआ। सीमावर्ती इलाके के लोग जब विभाजित हुए तो वे अधिकांश अल्पसंख्यक बन गए। इसका ठोस उदाहरण कनाडा है। कनाडा में पहले ही फ्रेंच लोग पहुँच चुके थे। इस विभाजन के बाद फ्रेंच वहाँ अल्पसंख्यक बन गए। इसका परिणाम यह हुआ कि आज फ्रेंच भाषी, जो क्वीबेक में ८० प्रतिशत हैं वे अलग होना चाहते हैं। उनकी शिकायत है कि बहुसंख्य अंग्रेजी भाषी फ्रेंच भाषी लोगों का शोषण और दमन करते हैं। जनसंख्या के आँकड़े बतलाते हैं कि कनाडा में ४६ प्रतिशत ब्रिटिश और २७ प्रतिशत फ्रेंच हैं। शेष वहाँ जर्मन और स्केनडेनेवियन हैं। यहाँ यह तथ्य भी याद रखने योग्य है कि अमेरिका की स्वतंत्रता की लड़ाई में फ्रेंच लोगों ने जॉर्ज वाशिंगटन का साथ दिया था।

इंग्लैंड और आयरलैंड का संघर्ष बहुत पुराना है। उक्त संघर्ष ईसाई धर्म के दो पंथ प्रोटेस्टेंट और रोमन कैथोलिक के बीच है। ट्रांसवेल सहित सभी स्थानों

पर इन दोनों पंथों के बीच अल्पसंख्यक-बहुसंख्यक का विवाद है। यूरोप में अल्पसंख्यक समूह के बीच एक-दूसरे से विवाद होने के उपरांत भी उनमें सांस्कृतिक एकता बनी रहती है। लंदन के उपनगर ब्रेडफोर्ड, मानचेस्टर और नषयूकेसल में मुसलिम बड़ी संख्या में बस गए हैं। भले ही वे आज लंदन में अल्पसंख्यक हैं, लेकिन ब्रिटिश सरकार उनकी बढ़ती संख्या से चिंतित है। मुसलिम पार्लियामेंट को स्थापित करना और कुछ दिन पूर्व रेल में जहरीली गैस का छोड़ना तथा उस आरोप में तीन मुसलिमों का पकड़ा जाना ब्रिटिश सरकार के लिए चुनौती है। मार्शल टीटो का यूगोस्लाविया अब छह भागों में बँट गया। पुन: दो भागों ने मिलकर फेडरल रिपब्लिक ऑफ यूगोस्लाविया की रचना की।

अफ्रीकी देश लीबिया कहने को तो मरुस्थल का ही एक बड़ा भाग है, लेकिन वहाँ तेल निकलने के बाद आस-पास के अरब देशों के लोग बड़ी संख्या में पहुँच गए हैं। यद्यपि अस्थायी तौर पर वहाँ अमेरिका और यूरोप के तकनीशियन बड़े पैमाने पर काम करते हैं। लेकिन बरसों से रह रहे मिस्रवासी वहाँ के सबसे बड़े अल्पसंख्यक हैं। उनकी संख्या लगभग तीन लाख बतलाई जाती है। वे इजिप्शियन लीबिया के नागरिक बन गए हैं और अब वहाँ सभी सुविधाएँ प्राप्त करते हैं। इजिप्ट (मिस्र) और लीबिया इसलामी देश हैं, इसलिए धर्म के नाम पर तो नहीं किंतु भाषा के आधार पर वे वहाँ के अल्पसंख्यक हैं। इजिप्शियन को अपने देश से निकालने के संबंध में वहाँ समय-समय पर आक्रोश व्यक्त होता रहता है। केंप डेविड समझौते के तहत जब अनवर सादात ने इजराइल से मित्रता कर ली थी उस समय लीबिया के कर्नल गद्दाफी ने इन इजिप्शियन को लीबिया से निकाल देने की धमकी दी थी। उत्तरी अफ्रीका के तीनों देश मोरक्को, अल्जीरिया और ट्यूनीशिया जो कभी फ्रांस के उपनिवेश थे वहाँ आज फ्रेंच अल्पसंख्यक हैं। इसी प्रकार रोडेशिया और दक्षिण अफ्रीका में ब्रिटिश जनता अल्पसंख्यक है। किसी समय युगांडा में भारत से गई गुजराती जनता अल्पसंख्यक थी, लेकिन ईदी अमीन ने उन्हें वहाँ से रातोरात चले जाने के लिए मजबूर किया। आज भी वहाँ भारतीय अल्पसंख्या में बसे हुए हैं। अफ्रीकी देश इथोपिया में इरीटियन और सोमालियन का विवाद है। सोवियत रूस में १४ अल्पसंख्यक समुदाय हैं। इनमें चेचेन्या, उक्रेनियन, ताजिक, कज्जाक और आरमीलियन आदि प्रमुख हैं। साइप्रस में ग्रीक और तुर्क के अल्पसंख्यक-बहुसंख्यक हैं। जर्मनी में तुर्क अल्पसंख्यक हैं।

इजराइल में १५ प्रतिशत अरब अल्पसंख्यक हैं। यहूदी जनता के साथ

उनका अच्छा तालमेल है। यहूदी और अरबी संस्कृति में अधिक अंतर नहीं है, इसलिए उन १५ प्रतिशत अरब अल्पसंख्यकों को कोई कठिनाई नहीं होती। वे इजराइल सरकार के साथ अपने अच्छे संबंध बनाए हुए हैं।

इसलामी सिद्धांत के अनुसार मुसलिम देश 'अल्पसंख्यक' शब्द में विश्वास नहीं रखते। उनका मानना है कि यदि तुम वहाँ इसलामी राज स्थापित नहीं कर सकते हो तो जहाँ रह रहे हो वहाँ से हिजरत (पलायन) कर जाओ, इसलाम में दारुल हरब और दारुल इसलाम नामक शब्दावली हैं, जहाँ मुसलिम अल्पसंख्या में होता है तब उसे 'दारुल हरब' अर्थात् दुश्मन का देश कहा जाता है। दारुल हरब को दारुल इसलाम बनाने के लिए उन्हें धर्मांतरण से जेहाद तक का हथियार उपयोग करना चाहिए। आज की दुनिया में अपने देश को छोड़ना तो आसान है, लेकिन वह किस देश में जाएगा और वहाँ की राष्ट्रीयता एवं नागरिकता उसे कैसे मिलेगी—यह एक सवाल हमेशा खड़ा रहेगा। इसलिए इसी बात पर जोर दिया जाता है कि तब्लीग (धर्मांतरण) के माध्यम से अपनी संख्या बढ़ाओ और फिर वहाँ अपनी हुकूमत कायम कर लो। कठमुल्ला इसीलिए परिवार नियोजन का विरोध करते हैं। इसलाम बुनियादी रूप से 'अल्पसंख्यक' शब्द में विश्वास नहीं रखता। जहाँ मुसलिम अल्पसंख्यक हैं वहाँ इसीलिए बहुसंख्यकों से टकराव बढ़ता है। अपने धार्मिक अधिकारों की आड़ में वे अधिक-से-अधिक सुविधाएँ प्राप्त करने की मुहिम चलाते हैं। इस प्रकार अलगाववाद को बढ़ावा देकर वे एक नए देश की रचना में लग जाते हैं। मुसलिम जिन देशों में अल्पसंख्यक हैं वहाँ तो वे सबकुछ अपने धर्म के नाम पर प्राप्त कर लेना चाहते हैं, लेकिन जिन इसलामी राष्ट्रों में अल्पसंख्यक रहते हैं उनके अधिकारों के बारे में कभी बात नहीं करते। खाड़ी के देशों में हिंदुओं की अच्छी जनसंख्या है, लेकिन अल्पसंख्यक अथवा मानव अधिकार के नाम पर उन्हें कोई सुविधा देने को तैयार नहीं। वहाँ रहनेवाला हिंदू मर जाने के बाद अपनी आस्था के अनुसार अपनी दहन-क्रिया नहीं कर सकता। वहाँ श्मशान गृह की कोई व्यवस्था नहीं। वह अपने पूजा स्थल नहीं बना सकता, अपने त्योहारों का प्रदर्शन सार्वजनिक स्थान पर नहीं कर सकता। वे किसी गैर-मुसलिम को नागरिकता नहीं देते। रमजान के दिनों में कोई गैर-मुसलिम सार्वजनिक स्थानों पर दिन में खाना नहीं खा सकता। हिंदू, बौद्ध और ईसाई देश में वे अल्पसंख्यक के नाते सबकुछ पाने की अपेक्षा करते हैं, लेकिन इसलामी देशों में अन्य अल्पसंख्यकों को कोई स्थान नहीं मिलता। इस क्रूर स्वभाव के कारण ही दुनिया में अल्पसंख्यकों के

रूप में मुसलमानों के सबसे अधिक झगड़े और विवाद हैं। इसलाम राष्ट्र और राष्ट्रीयता को नहीं मानता, इसलिए पड़ोसी देशों से हर मुसलिम देश का झगड़ा चलता रहता है। यह सिद्धांत उस समय तक है जब तक उनका देश नहीं बन जाता। एक बार देश बन गया तो फिर आधुनिक राष्ट्र की सारी शर्तें स्वीकार करके वे अपनी सत्ता कायम कर लेते हैं। इसलिए इसलामी व्यवस्था का यह सिद्धांत दो मुँहा है। देश प्राप्त करने तक मापदंड कुछ और होता है, लेकिन देश मिल जाने के बाद उनका पैमाना बदल जाता है। इस दोहरेपन के कारण मुसलिम हमेशा शंका के कठघरे में खड़े होते हैं।

अल्पसंख्यक के रूप में मुसलिम जब किसी एक विशेष क्षेत्र में रहते हैं तो शनैः-शनैः उनकी जनसंख्या बढ़ती जाती है। जब जनसंख्या अच्छी हो जाती है तब वे अपने को स्वतंत्र देश के रूप में परिणत करने की मुहिम चलाते हैं। इसी समस्या से इन दिनों चीन अपने झियांग प्रांत में और रूस चेचेन्या में जूझ रहा है। वहाँ की सरकार जब उनसे निपटने के लिए सक्रिय होती है तब मुसलिम आतंकवादी बनकर उनका सामना करते हैं। पाकिस्तान बन जाने के बाद अन्य मुसलिम-बहुल प्रदेशों में यह विश्वास बढ़ गया है कि वे निरंतर आंदोलन चलाते रहे तो एक दिन उन्हें अपना देश मिल जाएगा। इसलिए मुसलिम जहाँ अल्पसंख्यक हैं वहाँ की सरकारें उन्हें एक क्षेत्र में बसने पर चिंतित होने लगती हैं। लंदन इसका उत्तम उदाहरण है, जहाँ मुसलमान कुछ उपनगरों में बसकर ब्रिटिश सरकार के लिए चुनौती बन गए हैं।

इसलामी राष्ट्रों में भी भाषाई आधार पर अल्पसंख्यक होने का बोलबाला रहा है। अतातुर्क कमाल पाशा ने अरबी को तुर्किस्तान की भाषा नहीं माना। अरबी मुसलमानों के लिए धार्मिक भाषा हो सकती है, लेकिन राष्ट्र की भाषा नहीं। अरबी भाषा के दमखम पर अरबों ने अपने साम्राज्य का जाल फैलाया है। कमाल पाशा ने तुर्किस्तान में अरबी को ठुकरा दिया, उसी प्रकार इराक में कुर्द लोगों को भी अरबी भाषा स्वीकार नहीं है। कुर्द जनता इराक, ईरान और तुर्की में फैली हुई है। जहाँ कुर्द हैं वहीं पर खनिज तेल के भंडार हैं। ये तीनों देश कुर्दों के भागों को पचा लेना चाहते हैं। कुर्दों की संख्या तीनों देशों में मिलकर तीन करोड़ के लगभग है। कुर्द जनता अपने सारे क्षेत्र का एकीकरण करके कुर्दिस्तान की स्थापना करना चाहती है। कुर्द भाषा पर उन्हें गर्व है। वे कुर्दी में ही बात करना अपना दायित्व समझते हैं। इराक में कुर्दी बोलने पर सद्दाम हुसैन कई लोगों को फाँसी दे चुके थे। इन तीनों देशों में कुर्द जनता अल्पसंख्यक है। कुर्द

अरबी और फारसी से नफरत करते हैं। उनके सादी पीरा नामक नेता का कहना है कि वे अरबी और फारसी को विदेशी भाषा मानते हैं, इसलिए उनका साम्राज्य कभी स्थापित नहीं होने देंगे। ईरान में बहाई धर्म के लोग अल्पसंख्यक हैं।

अफगानिस्तान में कबाइली और आनुवंशिक आधार पर अल्पसंख्यक देखने को मिलते हैं। इनमें पश्तून, जिन्हें पठान कहा जाता है, किसी समय वे ही वहाँ के बहुसंख्यक थे, लेकिन अब तो उनकी जनसंख्या केवल ४० प्रतिशत रह गई है। ताजिक वहाँ २६ प्रतिशत हैं, हजारा १९ प्रतिशत, उजबेक ६ प्रतिशत तथा ईरानी, बलूची और मंगोल ८ प्रतिशत हैं। इनके आपसी झगड़ों के कारण अफगानिस्तान गृह युद्ध का मैदान बना रहा। भविष्य में भी कोई सरकार स्थायी रूप धारण कर सकेगी या नहीं, अभी तो फिलहाल उसके सामने एक प्रश्नवाचक चिह्न है।

पूर्वी एशिया का सबसे बड़ा देश चीन है। चीन अपनी जनसंख्या में सबसे अव्वल है। प्रारंभ से ही विशाल जनसंख्या के कारण वहाँ के लोग आस-पास के देशों में जाकर बस गए। इसलिए हम देखते हैं कि मलेशिया, इंडोनेशिया, कोरिया, वियतनाम, ताइवान, सिंगापुर, म्याँमार, श्रीलंका, नेपाल, भूटान और तिब्बत में चीनी अल्पसंख्यक के रूप में विद्यमान हैं। तिब्बत पर जब से चीन ने हमला करके अपने कब्जे में कर लिया है, वहाँ हान जाति के चीनियों को बसाकर मूल तिब्बतवासियों को अल्पसंख्यक बनने पर मजबूर कर दिया गया है। साम्यवादी रूस ने भी इसी प्रकार से बहुसंख्यक जनता का एक स्थान से स्थानांतरित करके उन्हें अल्पसंख्यक बनाने का असफल प्रयास किया और वही काम चीन ने भी तिब्बत सहित कुछ अन्य प्रदेशों में किया है।

इराक अल्पसंख्यक-बहुसंख्यक की दृष्टि से एक विचित्र देश है। इराक में ४५ प्रतिशत सुन्नी हैं, जबकि ५५ प्रतिशत शिया हैं। इसके बावजूद सरकार हमेशा सुन्नियों की बनती है। यदि वहाँ सच्चा लोकतंत्र आ जाए तो स्थिति बिलकुल भिन्न हो सकती है। लेकिन शिया बहुसंख्यक होने के बावजूद इराक-ईरान के युद्ध में इराक समर्थक रहे। यानी उन्होंने अपने धर्म की अपेक्षा देश को प्राथमिकता दी। एक बहुसंख्यक देश अपने यहाँ अल्पसंख्यकों को हुकूमत करने देता है, ऐसा राष्ट्र विश्व में इराक अकेला है।

□

भारत के पड़ोसी देशों में अल्पसंख्यक

भारत को एक उपखंड कहने का रिवाज अंग्रेजों के समय से चला आ रहा है। लेकिन यदि भारत क्षेत्रफल में बड़ा है और इस कारण से उसके आस-पास के देशों को मिलाकर उसे उपखंड की संज्ञा दे दी गई है, तब सवाल पैदा होता है कि भारत से भी अधिक बड़े तो चीन, रूस और अमेरिका हैं। उन्हें उपखंड का दर्जा क्यों नहीं दिया जाता, तब यह बात समझ में आती है कि केवल भारत को तोड़ने के लिए ही उपखंड की संज्ञा दी जाए। जिस भारत की राष्ट्रीयता और संस्कृति सभी स्थानों पर समान थी, उसमें अलग देश बनने की न तो कोई संभावना थी और न ही आवश्यकता। लेकिन इस एक देश में और भी देश हैं, यह बात मन में बसाने के लिए एक सोची-समझी शरारत के तहत उसे उपखंड का नाम दे दिया गया। उपखंड कहनेवालों का षड्यंत्र उस दिन सफल हो गया जब भारत की सीमाओं के भीतर ही पाकिस्तान, म्याँमार, श्रीलंका, भूटान और नेपाल बन गए—आज जिन्हें सार्क देशों का नाम दिया जाता है। भारत ज्यों-ज्यों टूटता चला गया, उसमें बहुसंख्यक और अल्पसंख्यक बनते चले गए। भारत सदियों से हिंदू धर्मी रहा है, लेकिन समय-समय पर यहाँ आक्रांता और व्यापारी बनकर अन्य धर्म और देश के लोग आते रहे। जब उन्हें शासन करने का अवसर मिल गया तो वे यहीं के निवासी बन गए। भारत में मुसलमानों का शासन लगभग सात सौ साल तक रहा। उनके बाद अंग्रेज १५९ साल तक भारत को गुलाम बनाने में सफल रहे। इसलिए मध्य-पूर्व के दो धर्मों इसलाम और ईसाइयत ने यहाँ अपने पाँव जमाए। अंग्रेज तो यहाँ से चले गए, लेकिन अपने पीछे ईसाई धर्म और उसके अनुयायियों को छोड़ गए। जो ईसाई ब्रिटिश अथवा अन्य देश के थे वे तो अंग्रेजों की सत्ता समाप्त होते ही यहाँ से चले गए, लेकिन जिन भारतीयों ने ईसाई धर्म स्वीकार कर लिया उनकी बड़ी संख्या भारतीय ईसाइयों

के रूप में यहाँ शेष रही। मुसलिम आक्रांता मंगोल, पठान और मुगल भी समय के साथ समाप्त हो गए या उनमें से कुछ अपने मूल देशों को लौट गए; लेकिन जिन हिंदुओं ने इसलाम स्वीकार कर लिया, वे भारतीय मुसलमानों के रूप में यहीं पर बस गए। मुसलिमों का प्रभाव बहुत अधिक और लंबे समय तक रहा, इसलिए उनकी संख्या बहुत बड़ी संख्या में थी। नेपाल, भूटान, म्याँमार और श्रीलंका में बौद्ध धर्म मुख्य था, इसलिए वे भारत से अलग होने के उपरांत भी पुराने राष्ट्रीय प्रवाह से जुड़े रहे। हिंदू जनसंख्या के रूप में वे अल्पसंख्यक थे, लेकिन चूँकि उनका अपना देश बन गया था, इसलिए अल्पसंख्यक और बहुसंख्यक का विवाद शुरू नहीं हुआ।

सन् १९४७ तक भारत में मुसलमानों का अपना कोई देश नहीं था, लेकिन १९०६ में जब ढाका में मुसलिम लीग की स्थापना हो गई, उसके बाद अंग्रेज इस बात का प्रचार करने लगे कि इंडिया में एक इंडिया नहीं बल्कि दो इंडिया हैं। एक मुसलिम इंडिया और दूसरा हिंदू इंडिया। सन् १८५७ के प्रथम स्वतंत्रता संग्राम में अंग्रेजों ने देख लिया था कि हिंदू-मुसलिम मिलकर बड़ी शक्ति हैं। यदि इस शक्ति को विभाजित कर दिया जाए तो अंग्रेजों को हिंदुस्तान में शासन करने में कोई कठिनाई नहीं होगी। खिलाफत आंदोलन और उसके पश्चात् की घटित समस्याओं के बाद मोहम्मद अली जिन्ना और तत्कालीन भारत के मुसलिम नेताओं के मन में एक बात पैदा हो गई कि इसलाम के नाम पर भारत विभाजित हो सकता है। उस समय हिंदू बहुसंख्यक थे और सभी हिंदू मुसलिमों की राष्ट्रीयता भारतीय थी, जो हिंदू राष्ट्रीयता के नाम से जानी जाती थी। लेकिन जिन्ना ने इस राष्ट्रीयता को नकार दिया और स्वयं को अलग कौम बतलाकर यह कहना शुरू कर दिया कि हमारी राष्ट्रीयता हिंदू नहीं है। कौम के रूप में हम मुसलिम हैं। लेकिन उनकी राष्ट्रीयता क्या है, यह जिन्ना नहीं बतला सके। बहुसंख्यक हिंदुओं के सामने अल्पसंख्यक मुसलिमों की नहीं चलेगी। आजादी के बाद हिंदू उन्हें सत्ता में भागीदार नहीं बनाएँगे और फिर हर क्षेत्र में उनकी अवहेलना होने लगेगी, इसलिए अंग्रेजों को चाहिए कि वे भारत को स्वतंत्र करने से पूर्व इसका विभाजन करें और मुसलमानों को उनका भाग नए देश के रूप में सौंप दें। जिन्ना अपना यह हठ मनवाने में सफल हो गए और कुल मिलाकर पाकिस्तान बन गया। अल्पसंख्यक कोई नया देश बना सकते हैं, यह पाकिस्तान बन जाने के बाद सिद्ध हो गया। तब से धर्म के नाम पर अल्पसंख्यक अधिक-से-अधिक जुनूनी होते चले गए। आज हम जो धार्मिक उन्माद देखते हैं उसके पीछे पाकिस्तान का

निर्माण ही है। इसलिए यह कहा जा सकता है कि अल्पसंख्यकों की दुनिया में पाकिस्तान का निर्माण उन्हें प्रोत्साहित कर देनेवाली सबसे सफल रामबाण ओषधि थी। आज जो धर्म के नाम पर विश्व अल्पसंख्यकों में उन्माद देखा जाता है वह सबकुछ पाकिस्तान का ही आभारी है। चूँकि अल्पसंख्यकों को बड़ी सफलता मिल गई, इसलिए भारत में आज उसके दुष्परिणाम देखने को मिल रहे हैं। भले ही धार्मिक अल्पसंख्यकवाद के नाम पर बना पाकिस्तान स्वयं सन् १९७१ में विभाजित हो गया, लेकिन इससे मुसलमानों को कोई घाटा नहीं हुआ। भारत में एक के स्थान पर दो मुसलिम देश बन गए।

पाकिस्तान का जन्म यदि धार्मिक अल्पसंख्यवाद का नमूना है तो बँगलादेश के निर्माण में उनकी बँगला भाषा के प्रति पश्चिमी पाकिस्तान का अन्याय था। पूर्वी पाकिस्तान की जनता को जब यह विश्वास हो गया कि उर्दू राष्ट्रभाषा बनकर बंगालियों का शोषण करेगी, तब ढाका विश्वविद्यालय में मोहम्मद अली जिन्ना को तत्कालीन छात्र नेता और बाद में बँगलादेश के बने प्रथम प्रधानमंत्री मुजीबुर्रहमान ने विरोध किया। बँगला राष्ट्रवाद इतना तेजी से उभरा कि बंगालियों ने पश्चिमी पाकिस्तान से मुक्ति प्राप्त कर ली। इस प्रकार धर्म और भाषा दोनों प्रकार के अल्पसंख्यकवाद के नमूने पाकिस्तान में देखे जा सकते हैं।

इस विषय में सही आँकड़े तो नहीं मिलते, फिर भी दोनों देशों में जो तथ्य उपलब्ध हैं उसके आधार पर भारत में आनेवाले लोगों की संख्या ८ लाख थी और यहाँ से जानेवाले ७ लाख थे। ५ लाख लोगों की हत्या हुई, यह एक कड़वा सच है। सन् १९५१ में अविभाजित पाकिस्तान में १४ प्रतिशत लोग अल्पसंख्यक थे, जिनमें से अधिकांश संख्या हिंदुओं की थी। 'दि अदर साइड ऑफ सायलेंस' नामक अपनी पुस्तक में उर्वशी बूटालिया ने विभाजन के समय अपहृत महिलाओं की संख्या ३०,००० बतलाई है। यह संख्या तो केवल उन महिलाओं की है जिनका आदान-प्रदान हो सका; लेकिन असंख्य महिलाएँ ऐसी थीं जिनका आज तक कोई पता नहीं लग सका। भारत ने पाकिस्तान को २२,००० अपहृत महिलाएँ लौटा दीं, लेकिन पाकिस्तान ने केवल ८,००० महिलाओं को ही लौटाया। पाकिस्तान पहुँची हिंदू महिलाओं का बड़े पैमाने पर या तो धर्मांतरण कर लिया गया या फिर उनके साथ कुकर्म करके उन्हें मौत के घाट उतार दिया गया। जो करुण कथा लिखी गई है उसमें भी यही बतलाया है कि गोपाला स्वामी आयंगर ने इस संबंध में लोकसभा में एक बिल भी प्रस्तुत किया था।

पुनर्वसन के तहत भारत ने तो लगभग पाकिस्तान से की गई अपहृत महिलाओं को, जो हजारों की संख्या में थीं, पुनः लौटा दिया, लेकिन पाकिस्तान ने बहुत कम अपहृत महिलाएँ भारत को लौटाईं। जिन्ना ने अपने प्रथम भाषण में कहा था कि पाकिस्तान उन सबका है जो पाकिस्तान में रहते हैं। यहाँ हिंदू और मुसलमान का कोई भेद नहीं है। आज से हम सब पाकिस्तानी हैं और हमेशा पाकिस्तानी बनकर ही रहेंगे। जिन्ना के उक्त वक्तव्य से लगता था कि राष्ट्र धर्म से ऊपर है। लेकिन जब जिन्ना के सामने ही मौलानाओं ने पाकिस्तान को सुन्नी राज्य बनाने की माँग की तब जिन्ना के बोले हुए शब्द खोखले और काल्पनिक हो गए। इसका सीधा अर्थ यह हुआ कि पाकिस्तान में रहनेवाले अल्पसंख्यक तीसरे दर्जे के होंगे। मुल्लाओं का कहना था कि पाकिस्तान में गैर-मुसलिम 'मुसलिम' बनकर रहेंगे। जिन्ना के समय यह आदर्श रखा गया था कि पैगंबर हजरत मोहम्मद और यहूदियों के बीच जो समझौता हुआ था और उसमें यहूदियों को जो अधिकार दिए गए थे वही सबकुछ पाकिस्तान के गैर-मुसलिमों को दिए जाएँगे। लेकिन व्यवहार में पाकिस्तान के मुल्लाओं ने स्पष्ट कर दिया कि पाकिस्तान में रहनेवाले गैर-मुसलिमों को सरकार में कोई उच्च पद नहीं दिया जाएगा। प्रशासन में भी उन्हें महत्त्व के स्थान नहीं मिलेंगे। सेना, पुलिस और गुप्तचर विभाग में उनके लिए कोई स्थान नहीं है, क्योंकि वे मुसलमानों के लिए अविश्वसनीय हैं। पाकिस्तान के दोनों बड़े नेता जिन्ना और लियाकत तीन वर्ष के भीतर ही मर गए, इसलिए संविधान बनने का तो सवाल ही नहीं था। १९७३ में पहली बार जुल्फिकार अली भुट्टो के समय पाकिस्तान का संविधान बना, जिसमें अल्पसंख्यकों की चर्चा करते हुए उनके अधिकार बतलाए गए। १९७३ के संविधान में अनुच्छेद २०, २२, २६, २७ और ३६ में अल्पसंख्यकों के अधिकारों की विस्तृत चर्चा की गई है। पाकिस्तान के संविधान में कुल २८० अनुच्छेद हैं, जिनमें जनरल जिया ने ६७ और परवेज मुशर्रफ ने लगभग २६ अनुच्छेदों को तोड़-मरोड़कर संशोधित कर दिया है। अल्पसंख्यक भी इस चपेट से बाहर नहीं रहे।

पाकिस्तान में १९८१ की जनगणना के आधार पर अल्पसंख्यकों की जनसंख्या इस प्रकार है—ईसाई १७,६९,५८२, अहमदिया १,४०,७७०, हिंदू १७,२३,२५१, पारसी ९,४६२, सिख २,८९३, बौद्ध ३,५४६ और अन्य १३,६४० हैं। इनकी कुल जनसंख्या ३६,६३,१६७ है।

पाकिस्तान में सांप्रदायिक प्रतिनिधित्व के आधार पर राष्ट्रीय असेंबली

और प्रांतीय विधान सभाओं में अल्पसंख्यकों की सीटें निश्चित की गई हैं। इनमें राष्ट्रीय असेंबली में ईसाइयों के लिए ४, हिंदुओं के लिए ४, अहमदियों के लिए १ और अन्य के लिए १।

पंजाब विधान सभा में ईसाइयों के लिए ५, हिंदुओं के लिए १, सिखों के लिए १ और अहमदियों के लिए एक बैठक प्रदान की गई है। सिंध में ईसाइयों के लिए २, हिंदुओं के लिए ५, अहमदियों के लिए १ और अन्य के लिए १। उत्तर-पश्चिम फ्रंटिया प्रदेश में ईसाइयों के लिए १, हिंदुओं के लिए ०, अहमदियों के लिए १ और अन्य के लिए १; बलूचिस्तान में ईसाइयों के लिए १, हिंदुओं के लिए १ और अन्य के लिए १।

सन् १९७४ तक अहमदियों को मुसलिम ही माना जाता था; लेकिन जुल्फिकार अली भुट्टो के समय मुनीर आयोग स्थापित किया गया और खत्मे नबुव्वत कॉन्फ्रेंस की माँग पर अहमदियों को गैर-मुसलिम घोषित कर दिया गया। अहमदियों पर सुन्नी मुसलमानों के जो अत्याचार हुए, उसकी मिसाल पाकिस्तान में नहीं मिल सकती। पाकिस्तानियों के पहले शिकार हिंदू हुए और दूसरे अहमदिया। पाकिस्तान सरकार अपने अल्पसंख्यकों की जनसंख्या के सही आँकड़े कभी प्रस्तुत नहीं करती। वहाँ सन् १९९१ और २००१ की जनगणना नहीं हुई है। इसलिए आबादी के जो भी आँकड़े प्रस्तुत किए जा रहे हैं वे भ्रामक हैं। पाकिस्तान सरकार अपनी पिछली जनगणना के आधार पर अहमदियों की जनसंख्या कुल १ करोड़ ३७ लाख बतलाती है, जबकि अहमदिया मिशन रबवाह के अनुसार, यह आँकड़ा ३ करोड़ ३३ लाख है। पाकिस्तान सरकार हिंदुओं के बारे में तो शुरू से ही झूठ बोलती रही है। इन दिनों उसके निशाने पर ईसाई हैं। भिन्न-भिन्न कारण दरशाकर अल्पसंख्यकों का कत्लेआम पाकिस्तान में एक सामान्य बात है। पाकिस्तान, जो अल्पसंख्यकों के नाम पर अस्तित्व में आया, आज वहाँ सबसे अधिक दुःखी अल्पसंख्यक ही हैं। ईसाइयों के कत्लेआम को लेकर अमेरिका पाकिस्तान को फटकार लगाता है, लेकिन हिंदुओं की मार-काट पर भारत सरकार ने कभी मुँह नहीं खोला है। राष्ट्र संघ के मानव अधिकार आयोग के एक सदस्य ने ठीक ही कहा है कि भारत के मुसलमानों की अल्पसंख्या के नाते पाकिस्तान सरकार हर दिन हर घड़ी चिंता करती रहती है, लेकिन दिलचस्प बात यह है कि पाकिस्तान में बसे हिंदुओं के लिए भारत सरकार अपना मुँह कभी नहीं खोलती।

भारत का दूसरा पड़ोसी बँगलादेश है, जिसका जन्म सन् १९७१ में हुआ।

पाकिस्तान का यह पूर्वी भाग पश्चिमी पाकिस्तान से अलग हो गया। पाकिस्तान बन जाने के बाद बंगाली भाषा और बंगाली संस्कृति में पली इस क्षेत्र की जनता बहुत जल्दी समझ गई कि १९४७ में उनसे भूल हो गई, कट्टरवादी नेता और कट्टरवादी विचारधारा के लोगों से उनकी नहीं निभेगी। अंतत: उन्हें पश्चिमी पाकिस्तान के जनरलों से लड़ना पड़ा और बँगला प्रदेश को स्वतंत्र कराना पड़ा। स्वतंत्रता की इस लड़ाई में पड़ोसी देश भारत ने उनकी बड़ी सहायता की। परिणाम यह आया कि भारत की सेना को पश्चिमी पाकिस्तान की सेना के कत्लेआम से बचाने के लिए नई दिल्ली को बीच में आना पड़ा। भारत सरकार और भारत के करोड़ों हिंदुओं के सहयोग से बंगाली मुसलिमों को अपना देश मिला। उस समय यह विश्वास हो गया था कि संभवत: अब बँगलादेश में रहनेवाले हिंदुओं को पूर्ण सुरक्षा मिल जाएगी। लेकिन यह सपना बहुत जल्द टूट गया, जब मुजीबुर्रहमान की हत्या के बाद आनेवाली सरकारों में जनरल जियाउर्रहमान (वर्तमान बँगलादेश की प्रधानमंत्री बेगम जिया के पति) की सरकार वहाँ सत्ता में आई। इस सरकार ने बँगलादेश में जमायते इसलामी को काम करने की छूट कर दी। सेक्यूलर बँगलादेश पुन: मुसलिम बँगलादेश बना दिया गया। ज्यों ही बँगलादेश में पाकिस्तान समर्थक जमायते इसलामी का प्रभाव बढ़ा कि तुरंत वहाँ के हिंदू अल्पसंख्यकों पर अत्याचार प्रारंभ हो गए। हिंदुओं के कत्लेआम के साथ-साथ बँगलादेश स्थित मंदिरों पर हमले शुरू हो गए। मंदिरों को तोड़ने की श्रृंखला में ढाकेश्वरी जैसा पवित्र मंदिर, जो नेपाल राजवंश की कुलदेवी का स्थान कहा जाता है, उसको भी गिरा दिया गया। इसका सीधा अर्थ यह हुआ कि कल तक पाकिस्तान का भाग होने तक पूर्वी पाकिस्तान में जो अत्याचार होते थे उनका क्रम आज बँगलादेश में जारी है।

बँगलादेश में मुख्यत: दो वर्ग अल्पसंख्यक हैं। इनमें एक हैं हिंदू और दूसरा चकमा। १९९१ की जनगणना के अनुसार बँगलादेश की कुल आबादी १२ करोड़ ६० लाख है। धार्मिक आधार पर इसका विश्लेषण किया जाए तो ८८.३ प्रतिशत मुसलमान हैं। १०.५ प्रतिशत हिंदू हैं और ईसाई, बौद्ध का प्रतिशत १.२ है। हिंदू और मुसलिम जनसंख्या में कबीलाई तादाद बहुत बड़ी है। कबीलों के आधार पर जनसंख्या का विश्लेषण करें तो २१.२ प्रतिशत हिंदू, १८ प्रतिशत मुसलिम और ३६.९ प्रतिशत बौद्ध हैं। कबीलों में चार जातियाँ मुख्य हैं—चकमा, मरमा, टिप्रा और मरोस। अन्य कबीलों में संथाल राजशाही और दीनालपूर में तथा खासी, गारो और खजोन मायमनसिंह एवं सिलहट के आस-पास बसते हैं।

अधिकांश चकमा बौद्ध हैं, लेकिन उनकी जीवन-शैली संपूर्ण हिंदूवादी है। चकमा समस्या १७८५ से चली आ रही है, लेकिन अब बँगलादेश सरकार उन पर तरह-तरह के अत्याचार करती रहती है, इसलिए चकमाओं की बड़ी संख्या भारत की ओर पलायन करती है। भारत सरकार और उसके राज्यों के प्रशासनिक विभाग इन चकमाओं को भारत में घुसने नहीं देते। ऐसी स्थिति में ये बेचारे कहाँ जाएँ। चूँकि वे हिंदू हैं, इसलिए बँगलादेश सरकार उनको भगाने का प्रयास करती है। इन चकमाओं की दयनीय स्थिति को देखते हुए आर.एस.एस. सरसंघचालक स्व. बाला साहब देवरस ने भारत सरकार से अनुरोध किया था कि चकमाओं को देखने का सरकार का दृष्टिकोण भिन्न होना चाहिए। वे बँगलादेशी मुसलिमों की तरह से कोई राजनीतिक उद्देश्य से घुसपैठ नहीं करते। वे हिंदू हैं, इसलिए उन्हें संकट के समय हिंदुस्तान में आने का और यहाँ बसने का पूर्ण अधिकार है। सरकार को चकमाओं के प्रति सहानुभूतिपूर्ण रवैया अपनाना चाहिए।

हिंदू बँगलादेश के सबसे बड़े अल्पसंख्यक हैं। वास्तव में तो उन्हें बँगलादेश में वही अधिकार दिए जाने चाहिए जो कि भारत सरकार ने भारत में मुसलमानों को दे रखे हैं। लेकिन, चूँकि इसलाम में अल्पसंख्यकों के प्रति कोई दयाभाव नहीं है, इसलिए बँगलादेश के हिंदुओं की राजनीतिक, सामाजिक और आर्थिक स्थिति बहुत बुरी है। समय-समय पर वहाँ दंगे होते रहते हैं, जिनमें हिंदुओं का कत्लेआम होता है और उनकी संपत्ति को नष्ट कर दिया जाता है। सरकार की ओर से बँगलादेशी हिंदुओं की सुरक्षा का कोई पुख्ता इंतजाम नहीं है। बँगलादेश में हिंदुओं की घनी आबादी बरीसाल, खुलना, फरीदपुर और जसौर में है। सर्वाधिक हिंदू कोमिला में रहते हैं जो भारत के त्रिपुरा राज्य की सीमा से लगा हुआ है। १८४१ के आँकड़े बतलाते हैं कि यहाँ हिंदू जनसंख्या २८ प्रतिशत थी। लेकिन १९९१ के आँकड़े बतलाते हैं कि वह १९ प्रतिशत रह गई है। दुनिया में हर जगह की जनसंख्या बढ़ी है, लेकिन बँगलादेश के वर्तमान में १९११ की जनगणना के समय से एक नियोजित षड्यंत्र के तहत हिंदू संख्या घटती रही है। धर्म के आधार पर विभाजन होगा, इसकी आहट यहाँ के स्थानीय मुसलिम शासनकर्ताओं को हो गई थी, इसलिए यहाँ से हिंदुओं को भगाने और दंगों में उनकी जनसंख्या को कम करते रहने का एक अभियान चलाया गया, जिसका लाभ पाकिस्तान निर्माण के समय मुसलिम नेताओं को हुआ। मुसलिम बहुल क्षेत्र बन जाने से यह हिंदुओं के हाथ से निकल गया। धर्मांतरण भी इस क्षेत्र में मुसलिमों और ईसाइयों के बढ़ने का कारण रहा है।१९५४ की संविधान सभा में जो ८० सदस्य

थे उनमें से पूर्वी पाकिस्तान के ४४ थे, इनमें १३ सदस्य हिंदू थे। प्रथम आम चुनाव में बंगाल विधानसभा में ७२ बैठकें जो अल्पसंख्यकों के लिए थीं, उन सभी पर हिंदू विधायक चुने गए थे। बँगलादेश में हिंदुओं की स्थिति दिन-प्रतिदिन किस तरह से बिगड़ती चली गई, उसके चौंका देनेवाले आँकड़े जनगणना की तालिका से मिलते हैं। सन् १९०१ में ६६.१ प्रतिशत मुसलिम थे और हिंदू ३३ प्रतिशत। सन् १९११ में ६७.२ प्रतिशत मुसलिम थे, उस समय हिंदू ३१.५ प्रतिशत। १९२१ में यह आँकड़ा ६८.१ और ३०.६ हो गया। १९३१ में ६९.५ और २९.४ पर पहुँच गया। १९४१ में ७०.३ और २८ हो गया। १९५१ में ७६.९ और २२ तथा १९६१ में ८०.४ और १८.५ हो गया। १९७१ में ८५.४ और १३.५ रह गया। १९८१ में ८६.७ और १२.३, जबकि १९९१ में ८८.३ और १०.५ रह गया। कुल मिलाकर यह कहा जा सकता है कि हिंदू संख्या निरंतर घटती रही और मुसलिम संख्या बढ़ती रही।

सन् १९६५ के पाकिस्तान के एक अध्यादेश एनीमी प्रोपर्टी कस्टडी एंड रजिस्ट्रेशन जारी करके हिंदुओं की संपत्ति को हड़पने का एक बहाना बना लिया गया। उक्त कानून के तहत भारत के किसी भी निवासी को पाकिस्तान के शत्रु की संज्ञा दे दी गई। पाकिस्तानी सेना के अत्याचारों के कारण एक करोड़ बँगलादेशी भारत की सीमाएँ पार करके भारत में घुस गए। यह घुसपैठ भारत के लिए चिंता का विषय थी, इसलिए बँगलादेश पर सैनिक कार्यवाही करने के अतिरिक्त भारत के पास कोई विकल्प नहीं था। हिंदू, बौद्ध एवं ईसाइयों की एकता परिषद् ने अपनी वार्षिक बैठक १९९२ में यह दावा किया है कि पिछले बीस सालों में ५० लाख शरणार्थियों ने बँगलादेश से भारत में जाकर शरण ली है। इसका सीधा अर्थ यह हुआ कि अल्पसंख्यकों को भारत के अतिरिक्त कहीं पर भी स्थान नहीं मिलता। बँगलादेश केवल बंगालियों का नहीं है वहाँ रहनेवाले अल्पसंख्यक और कबाइली बहुत बड़े परिमाण में सारे देश को प्रभावित करते हैं। हिंदू अल्पसंख्यक बँगलादेश की आर्थिक रीढ़ की हड्डी हैं, इसलिए राष्ट्र के निर्माण में इस वर्ग की अवहेलना करके कोई भी सरकार बँगलादेश का भला नहीं कर सकती।

भारत के दक्षिण में एक छोटा सा टापू, लेकिन भारतीय संस्कृति का धड़कता दिल श्रीलंका भी अल्पसंख्यकों से अछूता नहीं रहा है। पिछले दिनों यहाँ अल्पसंख्यक और बहुसंख्यक के बीच ऐसा संघर्ष प्रारंभ हुआ है जो इस छोटे से टापू के विभाजन के लिए खतरा बन गया है। लेकिन पिछले दिनों कुछ इस प्रकार का वातावरण बना जिससे लगता है कि स्वायत्तता के मुद्दे पर कोई-

न-कोई समझौता हो जाएगा। १९४८ में श्रीलंका के संविधान निर्माता लॉर्ड सोलबरी ने अपने भाषण में कहा था कि यदि श्रीलंका की सरकार अपने अल्पसंख्यकों को विश्वास में लेकर आगे नहीं बढ़ेगी तो यह राष्ट्र हमेशा संघर्ष और विवाद से जूझता रहेगा। श्रीलंका के अल्पसंख्यक एक सवाल पूछते रहते हैं कि श्रीलंका का मूल वासी कौन है? सभी तो भारत से आए हैं। लेकिन सिंहली यहाँ की मूल जनता है, यह कड़वा यथार्थ तो स्वीकार करना ही पड़ता है। डी.एस. सेनानायक श्रीलंका में अल्पसंख्यकों को अधिक-से-अधिक अधिकार दिलाने के लिए जाने जाते हैं। उनकी अध्यक्षता में '५० के दशक में एक आयोग गठित किया गया, जिसने अल्पसंख्यकों के लिए बहुत सारे अधिकार प्रदान किए। लेकिन श्रीलंका के तमिल अल्पसंख्यक हमेशा अपनी माँगों को बढ़ा-चढ़ाकर पेश करते रहे, जिसका नतीजा यह हुआ कि तमिल और सिंहलियों के बीच एक लंबा खूनी संघर्ष शुरू हो गया। श्रीलंका में प्रमुख रूप से चार अल्पसंख्यक वर्ग हैं—श्रीलंकाई तमिल, मुसलिम, भारतीय वंश के तमिल और बरगर। एबोरिजीनल नामक अत्यंत अति अल्पसंख्यक समुदाय भी है जिसकी संख्या बहुत कम होने के कारण उनकी चर्चा नहीं होती। श्रीलंका के अल्पसंख्यक धार्मिक भी हैं, भाषाई भी और आनुवंशिक भी। श्रीलंका में अल्पसंख्यकों की स्थिति निम्न विवरण से जानी जा सकती है।

श्रीलंकाई तमिल, जो मध्य युग में आकर भारत से यहाँ बस गए, उनका धर्म हिंदू और ईसाइयत है। उनकी भाषा तमिल है। श्रीलंका की जनसंख्या में उनका कुल प्रतिशत १२.७१ है। मुसलिम जो आठवीं शताब्दी में यहाँ अरबस्तान से आए, उसी प्रकार कुछ लोग तेरहवीं और अठारहवीं शताब्दी में मलेशिया और इंडोनेशिया से आकर बसे। उनका धर्म इसलाम है और वे स्वयं को सूफी पंथ का बतलाते हैं। उनकी भाषा तमिल, सिंहली, अरबी और मलेय है। जनसंख्या में उनका प्रतिशत ७.०७ है। भारतीय मूल के तमिल उन्नीसवीं और बीसवीं शताब्दी में खेतिहर मजदूर के रूप में यहा आकर बसे। वे हिंदू धर्मी हैं और उनकी भाषा तमिल है। उनका कुल प्रतिशत ५.५२ है। बरगर, जो डच और पुर्तगीज की संतानें हैं , उनका धर्म ईसाई है। भाषा अंग्रेजी एवं क्रियोली है। उनका प्रतिशत केवल ०.५ है।

इस प्रकार यह कहा जा सकता है कि श्रीलंका कुल २५.३३ प्रतिशत अल्पसंख्यकों का देश है।

भूटान और नेपाल के अल्पसंख्यकों के विषय में बहुत जानकारी नहीं मिलती, लेकिन वहाँ की जनसंख्या का वर्गीकरण करने पर पता चलता है कि भूटान में ३५ प्रतिशत नेपाली हैं। सरकारी प्रशासन में उनका प्रतिशत २२ है। इसलिए भाषाई

आधार पर यहाँ अल्पसंख्यक समस्या अस्तित्व में है। जो भी नेपाली हैं उनका धर्म हिंदू है, लेकिन भूटानी जनता बौद्ध धर्म की अनुयायी है। नेपाल में भी भाषाई आधार पर कुछ समूह अल्पसंख्या में हैं, लेकिन वहाँ के संविधान द्वारा उन्हें अल्पसंख्यक की मान्यता नहीं दी गई है। इनमें गोरंग, मगर, तमंग, राई, लिंबू, थरकाली और शेरपा का समावेश होता है। इन्हें सांस्कृतिक समूह कहा जा सकता है, लेकिन इनको राजनीतिक मान्यता नहीं दी जा सकती। नेपाल का मुख्य धर्म हिंदू है, लेकिन बौद्ध धर्म का भी अपना अस्तित्व है। अब वहाँ मुसलिम भी पहुँचने लगे हैं। मुसलिमों की तब्लीग (प्रचार-प्रसार) से नेपाल सरकार उसी प्रकार चिंतित है जिस प्रकार माओवादी बागियों से। लेकिन दोनों ही वहाँ अल्पसंख्यक श्रेणी में नहीं आते हैं।

□

भारतीय मुसलिम

भारतीय परिप्रेक्ष्य में जब हम अल्पसंख्यक समुदाय का धार्मिक आधार पर विश्लेषण करते हैं तो यह बात सामने आती है कि इस देश में सबसे बड़ा अल्पसंख्यक वर्ग मुसलमानों का है। अरबी और अंग्रेजी में 'मुसलमान' शब्द के स्थान पर 'मुसलिम' शब्द का अधिक प्रयोग किया जाता है। इसलिए मुसलमान शब्द के संक्षिप्तीकरण के रूप में मुसलिम उपयोग किया जाता है। इसलाम के उदय और प्रचार के बाद जिन देशों में इसलाम गया, उनमें एशिया में भारत एक प्रमुख देश है। यह बात भी अपनी जगह पर निर्विवाद है कि भारत में इसलाम को आक्रांता लेकर आए। इसलिए यहाँ इसका स्वभाव सांस्कृतिक और व्यापारिक के स्थान पर आक्रमणकारी के रूप में ही सामने आया। मुसलिम आक्रांता प्रारंभ में हमला करके यहाँ से पलायन कर जाते थे। लेकिन बाद में वे शासक के रूप में यहाँ प्रस्थापित हो गए। अपने शासन के दौरान उन्होंने भारतीय संस्कृति को कला, संगीत, भाषा और स्थापत्य कला के माध्यम से प्रभावित करने का सतत क्रम जारी रखा। इससे इसलाम के प्रचार-प्रसार में भी खूब वृद्धि हुई। ब्रिटिश शासन स्थापित होने तक वे येन-केन-प्रकारेण भारत के भूभाग पर राज भी करते रहे और अपनी कार्य-शैली से प्रभावित भी करते रहे। स्वतंत्रता आंदोलन के दौरान ब्रिटिशों को भारत से निकाल देना तो उनका लक्ष्य था, किंतु उसके पीछे यह उद्देश्य भी छिपा हुआ था कि अंग्रेजों के जाने के बाद भारत का राज उन्हें फिर से मिलना चाहिए। इसलिए अंतरराष्ट्रीय स्तर पर लोकतांत्रिक युग की शुरुआत हो जाने से उनकी यह आशा धूमिल हो गई और धीरे-धीरे वे एक भारत में दो भारत की बात करने लगे। अंग्रेजों के इस मंत्र को सफलता उस समय मिलने लगी जब भारत में मुसलिम होमलैंड की माँग उठने लगी। अंततः मुसलिम लीग के लाहौर अधिवेशन (१९४०) में पाकिस्तान का

प्रस्ताव पास कर लिया, जिसका कार्यान्वयन १४ अगस्त, १९४७ को हुआ। मुसलिम समुदाय में खोजा मुसलिम जो अल्पसंख्यक हैं, उन्हीं के यहाँ जनमे मोहम्मद अली जिन्ना ने अल्पसंख्यक मुसलिमों के नाम पर पाकिस्तान माँगा और यथार्थ में परिणत कर दिया। अल्पसंख्यकों की बात करनेवाला अपने समाज में स्वयं अल्पसंख्यक समुदाय का व्यक्ति था, इस बात को इतिहास ने सिद्ध कर दिया। एक अल्पसंख्यक ने अल्पसंख्यकों की राजनीति शुरू की, जिसके परिणाम-स्वरूप अल्पसंख्यकों का देश पाकिस्तान बन गया। अल्पसंख्यकों की यह विजय स्वयं उन्हें तब भारी पड़ी जब पश्चिमी पाकिस्तान के बहुसंख्यकों की तानाशाही के कारण अल्पसंख्यक बंगालियों ने अपना अलग देश बना लिया। इसलिए जिस हथियार के बलबूते पर भारत को तोड़ा गया वही हथियार स्वयं पाकिस्तान के गले पर चल गया।

धर्म के नाम पर अल्पसंख्यकवाद के सिद्धांत को उछालकर अलगाववादियों ने समस्त भारतीय उपखंड में एक ऐसे कैंसर को जन्म दे दिया जिसका दर्द समय-समय पर हर देश महसूस करता है। पाकिस्तान के चारों राज्य सिंध, पंजाब, सीमा प्रांत और बलूचिस्तान जहाँ भाषा और आनुवंशिक आधार पर एक-दूसरे को फूटी आँखों से नहीं देखते वहीं पाकिस्तान में शिया-सुन्नी और बरेली-देवबंदी का विवाद भी इतनी ऊँचाई पर पहुँच चुका है कि पाकिस्तान किसी भी समय टूट सकता है। जब से पाकिस्तान को सुन्नी राज्य बनाने की मुहिम चली है, यह खतरा और भी बढ़ गया है। अहमदिए और जिक्री पंथ के लोग भी पाकिस्तान से अलग हो जाना चाहते हैं। पाकिस्तान सरकार ने आतंकवाद के दम पर भारतीय कश्मीर के जिस भाग को दबा रखा है वहाँ भी स्वतंत्र कश्मीर का आंदोलन चलता है। जम्मू कश्मीर लिबरेशन के नेता अमानुल्ला खान अपने कश्मीर को पाकिस्तान में शामिल नहीं करना चाहते। पाकिस्तान से अलग हुए बँगलादेश में चकमा और हिंदू जिस अत्याचार से गुजर रहे हैं वे भी बँगलादेश की तानाशाही और अपने धर्म के प्रति होनेवाले अन्याय से दुःखी होकर अलग रास्ता पकड़ लेना चाहते हैं। उनकी संख्या इस समय बहुत कम है, लेकिन यह माँग भविष्य में नहीं उठेगी ऐसा नहीं कहा जा सकता।

पाकिस्तान बन जाने के बाद मुसलमानों की बड़ी संख्या ने भारत से पलायन नहीं किया। उस समय उनकी संख्या ४ करोड़ के आस-पास थी, जो अब १२ से १५ करोड़ हो गई है। भारतीय संविधान ने उन्हें अल्पसंख्यक घोषित करने के बावजूद वे सभी राजनीतिक, सामाजिक, धार्मिक और आर्थिक अधिकार दिए

जो यहाँ के बहुसंख्यक समाज को प्राप्त हैं। अल्पसंख्यक के नाते उनकी सुरक्षा का पूर्ण कानूनी रूप से बंदोबस्त किया गया है, जिसे हम सविस्तार पिछले अध्यायों में पढ़ चुके हैं। प्रारंभ में भारत में रह जानेवाले मुसलमान दया के पात्र बनकर रहे, लेकिन ज्यों ही कांग्रेस ने उन्हें अपने वोट बैंक के रूप में उपयोग करना शुरू किया, उनकी माँगें बढ़ने लगीं और सारे देश में अल्पसंख्यकों के अधिकारों की चर्चा होने लगी। जिस धर्म के आधार पर पाकिस्तान बना उसी के अनुयायियों ने फिर से भारत में अपना मूल्यांकन कराने की राजनीति शुरू कर दी। इस प्रकार अल्पसंख्यक राजनीतिक शक्ति न होकर भी जबरदस्त राजनीतिक ताकत बनकर उभरने लगे। जिसकी झोली में मुसलिम वोट होंगे वही भारत का भाग्य-विधाता बनेगा, यह सिद्धांत राजनीति में लगभग स्वीकार कर लिया गया। शाहबानो के निर्णय के पश्चात् सुप्रीम कोर्ट का अवमूल्यन करने और मुसलिम महिला सुरक्षा कानून बनाने से लगाकर अल्पसंख्यक आयोग की रचना करना इस मार्ग के महत्त्वपूर्ण पड़ाव हैं। पर्सनल लॉ और राम जन्मभूमि के नाम पर अल्पसंख्यक मुसलिमों के तेवर देखकर ऐसा लगने लगा कि कहीं देश फिर से एक नए पाकिस्तान की ओर तो नहीं बढ़ रहा है। इस मनोवृत्ति से तंग आकर भारत का बहुसंख्यक समाज संगठित होने लगा और मुसलिम अल्पसंख्यकों के विषय में गंभीरता से चर्चा करने लगा। इसलामी विश्व इन दिनों आतंकवाद और जिहाद को माध्यम बनाकर अपना वर्चस्व जमाना चाहता है, इस मानसिकता को देखकर बहुसंख्यक वर्ग का जागरूक हो जाना स्वाभाविक है।

इस दिशा में पहला सवाल यह उठने लगा कि क्या १२ करोड़ की आबादीवाले वर्ग को अल्पसंख्यक की परिभाषा दी जानी चाहिए? मुसलिम नेता और धार्मिक मौलाना तो १५ करोड़ से १८ करोड़ की जनसंख्या होने का दावा करते हैं, तब तो यह आबादी लगभग २० प्रतिशत हो जाती है। इसलिए इस बहस की आवश्यकता है कि इस देश में अल्पसंख्यक कौन? कितने प्रतिशतवाले वर्ग को अल्पसंख्यक मानमा चाहिए? क्योंकि लोकतंत्र में जनसंख्या राजनीति की धारा को बदल देती है। एक बार सत्ता में भागीदारी हुई तो फिर बहुसंख्यक समाज के सारे मूल्य खतरे में पड़ जाते हैं।

इस मुद्दे पर विचार करते समय हमें यह भी ध्यान में रखना होगा कि भारत में दो बड़े अल्पसंख्यक वर्ग मुसलिम और ईसाई दोनों ही धर्मांतरण में विश्वास रखते हैं। मुसलिम 'तब्लीग' द्वारा और ईसाई 'मिशनरी' के माध्यम से लोगों का धर्म-परिवर्तन कराना अपना धार्मिक अधिकार मानते हैं। संविधान

ने 'प्रोपेगेट' शब्द कहकर उनके हौसले बुलंद कर दिए हैं। भारत की केंद्र सरकार ने धर्मांतरण के विरुद्ध अब तक कोई कानून नहीं बनाया है, इसलिए मुसलिम और ईसाई जनसंख्या तेजी से बढ़ रही है। उनकी जन्म-दर भी बढ़ी है, इसलिए यह खतरा और अधिक हो गया है। अल्पसंख्यक नेताओं का यह विचार है कि वे असुरक्षित हैं—तथ्यों से मेल नहीं खाता। जो असुरक्षित होते हैं उनकी प्रजनन दर घट जाती है, लेकिन जनगणना के आँकड़े बतलाते हैं कि मुसलिम और ईसाई लगातार संख्या में बढ़ रहे हैं। 'दारुल हरब' और 'दारुल इसलाम' का सिद्धांत यह स्पष्ट करता है कि मुसलिमों को यह धार्मिक आदेश है कि जहाँ अपनी संख्या कम है उसमें वृद्धि करो। 'हरब' का अर्थ होता है दुश्मन अथवा विरोधी का देश और 'दार' शब्द, जो अरबी का है, उसका अर्थ है घर और बड़े रूप में देश। दुश्मन के देश को मुसलमानों का देश बनाओ। यानी अपनी जनसंख्या में वृद्धि करके उसे इसलामी देश बना दो। यदि ऐसा नहीं कर सकते तो वहाँ से 'हिजरत' कर जाओ, यानी अन्य स्थान में पलायन कर जाओ। इन दिनों पलायन इतना आसान नहीं रहा। पासपोर्ट और वीजा के बंधन अब ऐसा नहीं करने देते। इसलिए जहाँ हो उसी को इसलामी देश बना डालो, यह मतलब साफ निकलता है। जनसंख्या में वृद्धि के दो मार्ग हैं—एक तो परिवार नियोजन से दूरी और दूसरा जिहाद। इसलिए मुसलिम जिसे धर्म कहकर मौलिक अधिकारों के तहत मनवाना चाहते हैं वही उनकी असली राजनीति है। इसलिए 'अल्पसंख्यक' शब्द इतना निर्दोष नहीं है जितना उसे माना जाता है। दुनिया का इतिहास इन तथ्यों से भरा पड़ा है कि अल्पसंख्यक बनकर एक वर्ग बहुसंख्यक समाज में असंतोष और विद्रोह की भावना पैदा करता है। लगभग वही स्थिति इस समय भारत में है, इसलिए सरकार और समाज दोनों का यह दायित्व हो जाता है कि वह अल्पसंख्यकों की परिभाषा से लगाकर उनके कर्मों तक के लिए सावधान और सचेत रहे।

मुसलिम जनसंख्या सारे भारत में फैली हुई है। भारत एक संघीय देश है। इसलिए यहाँ की राज्य सरकारें भी उन सभी आंतरिक और बाह्य चक्रों से प्रभावित होती रहती है, जिससे केंद्र सरकार प्रभावित होती है। इसलिए राज्यों के आधार पर मुसलिम जनसंख्या भारत के कहाँ और कितनी है, इसका अध्ययन करना आवश्यक है। जनगणना के आँकड़े बतलाते हैं कि भारत में मुसलिम १२ करोड़ के आस-पास हैं—यानी कुल जनसंख्या का १२ प्रतिशत। मुसलमानों की सर्वाधिक आबादी जम्मू कश्मीर में है, जहाँ उनका प्रतिशत ६५ के आस-पास है। केरल और बंगाल में वे २०, आंध्र प्रदेश में ९ और असम में २४ प्रतिशत हैं।

बिहार में १३, गुजरात में ८, हरियाणा में ४, हिमाचल प्रदेश में १ और मध्य प्रदेश में ४.३ प्रतिशत हैं। महाराष्ट्र में १३ और कर्नाटक में ११ प्रतिशत हैं। त्रिपुरा में ६.८ और उत्तर प्रदेश में १६ प्रतिशत हैं। केंद्र सरकार के तहत जो क्षेत्र हैं वहाँ ४ प्रतिशत से लगाकर ११ प्रतिशत हैं। राजस्थान में ७ और तमिलनाडु में यह प्रतिशत ८ के आस-पास है।

सभी मुसलिम इसलामी अनुयायी होने के उपरांत भी असंख्य पंथ, संप्रदाय और विचारधाराओं में बँटे हैं। इनमें केवल शिया-सुन्नी अथवा तो बरेलवी और देवबंदी ही नहीं हैं, बल्कि अनेक छोटे समूह और उपसमूह हैं। इन सभी की मसजिदें और कब्रिस्तान अलग-अलग हैं। मसजिदों में इमाम, मुल्ला और बांगी की व्यवस्था अलग-अलग है। सभी मसजिदों को औकाफ के तहत रजिस्टर्ड कराना होता है। वक्फ बोर्ड की रचना और हिसाब-किताब भारत सरकार के तहत होता है। इसी प्रकार राज्य सरकारें भी वक्फ का विभाग चलाती हैं। वक्फ बोर्ड के तहत लगभग साढ़े तीन लाख मसजिदें हैं। भारत में अहमदिया पंथ भी इसलामी मान्यता के तहत है। पाकिस्तान की तरह न तो उन्हें यहाँ गैर-इसलामी घोषित किया गया है और न ही उनके साथ किसी भी प्रकार का सरकारी या गैर-सरकारी अन्याय होता है। केंद्र का विदेश विभाग हज यात्रा का संचालन हज कमेटी के अंतर्गत चलाता है। प्रत्येक हज यात्री को भारत सरकार किराए के रूप में १२ हजार रुपए का अनुदान देती है। हज यात्रा में अनुदान दिए जाने की व्यवस्था केवल भारत में ही है। कोई भी इसलामी सरकार, चाहे वह सऊदी सरकार की तरह कितनी ही साधन-संपन्न क्यों न हो, अनुदान नहीं देती। क्योंकि इसलामी दृष्टि से हज यात्रा के लिए सहायता लेना हज के आदेशों के विरुद्ध है। भारतीय मुसलिम भारत की प्रादेशिक संस्कृति में घुला-मिला हुआ है। वह जिस राज्य में रहता है उसकी बोली और भाषा का उपयोग करता है। इसी प्रकार से उसकी वेशभूषा भी अन्य भारतीयों से अलग नहीं है। लेकिन जब से अलगाववाद की हवाएँ चलने लगी हैं, भारत के भिन्न-भिन्न राज्यों के मुसलमान भी उत्तर भारत के मदरसों द्वारा तय की गई पोशाक पहनने लगे हैं। इनमें शलवार, कुर्ता, टोपी और दाढ़ी मुख्य होती है। तब्लीग करनेवालों का यह दबाव होता है कि हर मुसलिम को अन्य धर्मावलंबियों से अलग-थलग दिखलाई पड़ना चाहिए। अब केवल उर्दू के पढ़ने पर ही जोर नहीं दिया जाता बल्कि मदरसों में अरबी के साथ-साथ इसलाम से संबंधित अन्य पुस्तकें भी पढ़ाई जाने लगी हैं। पाकिस्तान में पठानों का जिस प्रकार से तालिबानीकरण हुआ वैसा ही हर जगह कट्टर मौलाना

और उनसे जुड़े राजनीतिक नेता करना चाहते हैं। इसलिए मदरसों को लेकर भारत में बहस जारी है। उनका नूतनीकरण किस प्रकार किया जाए, इस पर सरकार से लगाकर देश के जागरूक शिक्षा-शास्त्री तक विचार कर रहे हैं।

आजादी के पश्चात् मुसलमानों में शिक्षा संबंधी जागरूकता का भारी अभाव रहा है। पाकिस्तान चले जानेवाले मुसलिम अधिकांशत: जागीरदार और जमींदार थे। चूँकि यह वर्ग आर्थिक रूप से सुखी था, इसलिए शिक्षा का प्रचार भी इसी वर्ग में अधिक था। विभाजन के पश्चात् उर्दू का भविष्य भारत में अंधकारमय हो गया। उर्दू ज्ञान और विज्ञान की भाषा नहीं बन सकी। इसलिए उसमें रोजगार जुटाना कठिन था। उत्तर प्रदेश, बिहार, बंगाल और पंजाब विभाजन के कारण बहुत प्रभावित हुए। यहाँ का मुसलिम, जो कल तक अग्रणी था, वह पिछड़ गया। मुसलिमों के धार्मिक और राजनीतिक नेतृत्व ने सामान्य मुसलिम को उर्दू स्कूलों से छुटकारा दिलाना स्वयं के लिए खतरा समझा, इसलिए उन्हें बहुत लंबे समय तक उर्दू से ही जोड़े रखा। मुसलिमों का वह वर्ग जो पढ़-लिखकर आगे आ गया था, वह ३ प्रतिशत भी नहीं था। उसने अंग्रेजी को अपना माध्यम बना लिया। उसने प्रगति की, लेकिन अपने साथी मुसलिम की प्रगति में कोई हाथ नहीं बँटाया। मुसलिमों में दक्षिण भारत का मुसलिम शिक्षा में उत्तर भारत की तुलना में आगे रहा। उसने प्रारंभ से ही अपनी राज्य भाषा को अपनाया और फिर अंग्रेजी को अपना लिया। दक्षिण भारत के मुसलमान के पास नौकरी करने के अतिरिक्त खाने-कमाने का कोई साधन नहीं था, इसलिए उसका शिक्षा में आगे आने का मुख्य कारण उसका रोजगार रहा। उत्तर भारत में कृषि मुख्य व्यवसाय था, इसलिए मुसलमान या तो बहुत छोटा किसान बनकर रहा या फिर खेत मजदूर के रूप में जीविका को अपना लिया। आज भी दक्षिण भारत का मुसलमान उत्तर भारत के मुसलमान की तुलना में शिक्षा जगत् में आगे है। उत्तर भारत में मदरसों का भले ही जाल बिछा रहा और औकाफ की आय से उनका भरण-पोषण भी होता रहा हो, लेकिन आधुनिक शिक्षा के क्षेत्र में वह हमेशा पिछड़ा रहा। देवबंद, बरेलवी, नदवा, लखनऊ, राँची और फुलेरी शरीफ सभी बड़े मदरसे उत्तर भारत में रहे, जिनका अधिकतम प्रभाव मुसलिम जगत् पर कल भी था और आज भी है। इन मौलानाओं ने आधुनिक शिक्षा को इसलामी शिक्षा से अलग नहीं होने दिया। इसलिए हम देखते हैं कि प्रशासन, विदेश, रक्षा और पुलिस जैसे विभागों में अब इक्का-दुक्का ही मुसलमान देखने को मिलता है।

महिला क्षेत्र तो और भी अधिक पिछड़ा रहा। मुसलिम महिलाएँ कट्टरवाद

और धार्मिक रूढ़ियों की हमेशा से शिकार रही हैं। मुसलिम राजा और नवाबों के दौर में तो उनकी स्थिति दूसरे दर्जे के नागरिक की थी ही, लेकिन आजादी के बाद भी उनका कोई विकास नहीं हो सका। छोटी आयु में विवाह, मौखिक तलाक, बहुविवाह और परदा मुसलिम महिलाओं के लिए अभिशाप साबित हुए हैं। जब कभी मुसलिम समाज में ही इनकी गिरी और बिगड़ी स्थिति पर विचार होता है तो इसलाम को बीच में लाकर पूर्ण विराम लगा दिया जाता है। शाहबानो के मामले में जब भरण-पोषण के लिए उच्चतम न्यायालय ने उन्हें न्याय दिया तो पर्सनल लॉ के नाम पर एक आंदोलन खड़ा हो गया। शरीयत को खतरे में बतलाकर फिर से भारतीय संसद् को मजबूर किया कि वह मुसलिम महिलाओं को दिए गए लाभ से वंचित कर दे। राजीव गांधी जैसे प्रगतिशील प्रधानमंत्री ने पहले तो प्रगतिशीलता के नाम पर चंद्रचूड के दिए गए फैसले का स्वागत किया, लेकिन बाद में असम के चुनाव को सामने देखते हुए मुसलिम मंत्री जियार्रेहमान अंसारी की बात मान ली और मुसलिम महिलाओं के लिए मुसलिम महिला सुरक्षा कानून बना दिया गया। शरीयत के व्यक्तिगत कानूनों (पर्सनल लॉ) पर एक नजर डाली जाए तो स्पष्ट हो जाता है कि यह सब केवल महिलाओं को पिछड़ा रखने का एक सोचा-समझा षड्यंत्र है, जिसकी रक्षा करने के लिए भारत के कोने-कोने से मौलाना निकल आए और पर्सनल लॉ बोर्ड नाम की संस्था बना डाली। महिला को तलाक के बाद भरण-पोषण तो बहुत दूर, उसे उसकी मेहर भी ठीक से नहीं मिलती। तलाक के मामले में मुल्लाओं और काजियों की बड़ी भूमिका होती है। हद तो यह है कि जो पति अपनी पत्नी को तलाक दे चुका है, उसे यदि फिर से विवाह करना है तो उसे किसी अन्य व्यक्ति से पहले निकाह करना होगा और उसकी पत्नी बनकर शारीरिक संबंध स्थापित करना होगा। बाद में जब उसका दूसरा पति तलाक दे देगा तो फिर वह अपने पहलेवाले पति से निकाह कर सकेगा। इस पद्धति को 'हलाला' कहा जाता है। भारतीय संविधान १८ वर्ष की लड़की को वयस्क कहता है, लेकिन इसलामी शरीयत के नाम पर जो लड़की मासिक धर्म में आ जाती है उसे वयस्क घोषित कर दिया जाता है। इसलिए अनेक अमीनाएँ अरबों के साथ धन के लालच में ब्याह दी जाती हैं। इसलाम ने लड़की को संपत्ति में छठा भाग देने का आदेश दिया है, लेकिन कितनी लड़कियों को उनके पिता अपनी विरासत में छठा भाग देते हैं—यह एक खोज का विषय है। भारत के सबसे बड़े अल्पसंख्यक वर्ग की यह आधी आबादी बुरी तरह पीड़ित और अवहेलना का शिकार है। शाहबानो संबंधी निर्णय का विरोध करने के लिए जब मुसलमान सड़कों पर उतर आए और

'सुप्रीम कोर्ट हाय-हाय' के नारे लगने लगे तब बहुसंख्यक वर्ग को विश्वास हो गया कि राम मंदिर का निर्णय यदि उनके पक्ष में भी कोर्ट ने दिया तो इस निर्णय की तरह मुसलिम उसका भी विरोध करेंगे। यही वे क्षण थे जहाँ से हिंदुओं ने अदालत का निर्णय नहीं मानने की घोषणा शुरू कर दी। अल्पसंख्यकों की इस गलती ने बहुसंख्यकों के मन में हमेशा के लिए शंका पैदा कर दी।

इस अल्पसंख्यक समुदाय के अनेक धंधे और व्यवसाय परंपरा से चले आ रहे हैं। इनमें पशुपालन से लेकर उनके चमड़े, हड्डी, सींग और आँत तथा बालों पर आधारित व्यवसाय हमेशा मुसलिमों के पास रहे हैं। इसी प्रकार इत्र, चूड़ी, बरतन बनाना, कत्थे की तैयारी से पान तक का क्रय-विक्रय सदियों से उनके पास रहा है। आधुनिक दुनिया में मोटर मैकेनिज्म के वे निष्णात हैं तो प्राचीन समय से सिलावट, रूई के बिस्तर और रजाई का काम करनेवाले एवं सुतार के रूप में उनका अपना एकाधिकार रहा है। लेकिन अब ये धंधे उनके हाथ से निकलते जा रहे हैं, क्योंकि इन कामों में जो नई तकनीक आई है, वे उसके अभ्यस्त नहीं हुए हैं। उनकी आर्थिक स्थिति इतनी खराब है कि वे न तो उन छोटी-बड़ी मशीनों को खरीद सकते हैं और न ही उनको चलाने की शिक्षा प्राप्त कर इस स्पर्धा के युग में टिक सकते हैं।

इस अल्पसंख्यक समाज के पिछड़े और अशिक्षित रहने में मुसलिम राजनीतिज्ञों और देश के कुछ राजनीतिक दलों का प्रमुख हाथ रहा है। पाकिस्तान के बनने और गांधी हत्याकांड होने के बाद तत्कालीन शासक दल कांग्रेस ने मुसलमानों को जमकर भयभीत किया। उन्हें अपनी शरण में आ जाने के लिए वोट देने पर आग्रह किया। जो मुसलिम नेता और धार्मिक नेतृत्व थोड़ा भी प्रभावी होता, शासक दल उनसे सौदा कर लेते और समाज के ये दलाल अपने अनुयायियों को राजनीतिक हथियार के रूप में उपयोग करने का अधिकार दे देते। इसका परिणाम यह हुआ कि मुसलिम वोट बैंक बनकर १९५२, ५७ और ६२ के आम चुनाव में उन्हें सत्ताधारी बनाने के लिए उपयोगी साबित हुए। १९६७ से समाजवादी नेता डॉ. राम मनोहर लोहिया ने जब गैर-कांग्रेसवाद का नारा दिया तो ९ राज्यों में कांग्रेस हार गई; लेकिन साम्यवादियों की सहायता से वह केंद्र में टिकी रही। १९७१ में इंदिरा गांधी का चमत्कार हुआ और टूट रहा मुसलिम वोट बैंक फिर थम गया। कांग्रेस को पहला झटका १९७७ में आपातकाल के बाद होनेवाले चुनाव में हुआ। हेमवती नंदन बहुगुणा और शाही इमाम ने मुसलिम वोट बैंक को कांग्रेस से मोड़ दिया। लेकिन १९८० और १९८४ के आम चुनाव ने

एक बार फिर से मुसलमानों को कांग्रेस की झोली में लाकर पटक दिया। इसके बाद वी.पी. सिंह के समय में मुसलिमों ने फिर कांग्रेस से मुँह मोड़ लिया और उन्हें भारत का भाग्य-विधाता बना दिया। नरसिंह राव से बाबरी मसजिद के मामले में नाराज होने के कारण मुसलमानों ने कांग्रेस को वोट नहीं दिया, फिर भी कांग्रेस विजयी रही और नरसिंहराव सरकार ने पाँच साल पूरे कर लिये। पहली बार देश के राजनीतिक दलों ने महसूस किया कि मुसलमानों के वोट के बिना भी सरकार बन सकती है और चल सकती है। इसके बाद तो कांग्रेस शासन का लोप हो गया और देश में गठबंधन की सरकारों ने स्थान ले लिया। भारतीय जनता पार्टी श्री अटल बिहारी वाजपेयी के नेतृत्व में सरकार बनाने में सफल हो गई। दो बार चुनाव हुए, लेकिन भाजपा की ताकत बढ़ती ही रही। पिछले आम चुनाव में भारतीय जनता पार्टी ने एन.डी.ए. के सभी घटकों के साथ मिलकर सरकार बना ली, जो २००३ तक चलती रही। अटलजी की सरकार ने मुसलिम नेता और जनता को यह संदेश दिया कि तुम्हारे समर्थन के बिना भी सरकार बन सकती है और पाँच साल तक चल सकती है। मुसलिम वोट बैंक उस समय चारों खाने चित हो गया जब इस बार नरेंद्र मोदी ने भारी मुसलिम विरोध के बावजूद गुजरात विधान सभा में दो-तिहाई बहुमत प्राप्त कर लिया। इसका यह अर्थ हुआ कि अब देश में से अल्पसंख्यक वोटों पर होनेवाली राजनीति के दिन समाप्त हो गए और बहुसंख्यकों के वोट की राजनीति शुरू हो गई है।

केंद्र की तरह राज्यों में भी मुसलिम वोट बैंक की स्थिति बुरी है। उत्तर प्रदेश में मुसलिम वोट बिखर गए हैं। कांग्रेस और समाजवादी दल की जो स्थिति है वह सबके सामने है। वहाँ भारतीय जनता पार्टी और बहुजन समाज पार्टी ने मिलकर सरकार बनाई। इस सरकार में मुसलिम वोटों का कोई योगदान नहीं था। महाराष्ट्र में शिवसेना और भाजपा की युती सरकार सफल हो चुकी है। तमिलनाडु में जयललिता का हिंदू समर्थक स्वर बुलंद हो रहा है। बिहार में भी मुसलिम वोटों का वर्चस्व नहीं रहा है। इसका सीधा अर्थ यह है कि मुसलिम वोटों पर होनेवाली राजनीति के दिन लद चुके हैं। केंद्र और राज्य सरकारों में मुसलिम प्रतिनिधि घट रहे हैं। यानी अब कोई भी पार्टी न तो मुसलमानों के नखरे बरदाश्त करना चाहती है और न ही उनके वोट बैंक के सहारे जीवित रहना चाहती है। कांग्रेस का भी यह भ्रम टूट चुका है। अल्पसंख्यक वोटों की इस दुर्दशा के लिए उसके लालची, अदूरदर्शी और स्वार्थी नेता जिम्मेदार हैं। इस बदलती राजनीतिक परिस्थिति को देखते हुए यदि मुसलिमों की अल्पसंख्यक स्थिति पर

पुनर्विचार हो तो बहुत आश्चर्य की बात नहीं। नेशनल कॉन्फ्रेंस को भाजपा की छतरी के नीचे आ जाना पड़ा, इससे बढ़कर मुसलिमों में आ रहे बदलाव का कोई उदाहरण नहीं हो सकता। १२ से १५ प्रतिशत जनसंख्या को अल्पसंख्यक मानने का मानस देश में बदल रहा है। यदि यह हुआ तो देश से धर्म की राजनीति का अध्याय समाप्त होगा और मुसलमानों की समस्या को राष्ट्रवादी दृष्टिकोण से देखने का युग प्रारंभ होगा।

भारत में मुसलिम जनसंख्या का प्रतिशत निम्न तालिका से जाना जा सकता है—

राज्य	प्रतिशत	राज्य	प्रतिशत
जम्मू-कश्मीर	६५	केरल	२०
बंगाल	२०	असम	२४
आंध्र प्रदेश	९	बिहार	१३
गुजरात	८	हरियाणा	४
हिमाचल प्रदेश	१	मध्य प्रदेश	४.३
महाराष्ट्र	१३	कर्नाटक	११
त्रिपुरा	६.८	उत्तर प्रदेश	१६
राजस्थान	७	तमिलनाडु	८

केंद्र सरकार के अंतर्गत जो क्षेत्र हैं, उनकी जनसंख्या का प्रतिशत ४ से ११ है।

□

भारतीय ईसाई

भारत में मुसलमानों के पश्चात् दूसरा सबसे बड़ा अल्पसंख्यक वर्ग ईसाइयों का है। भारत में अंग्रेजों के आगमन के पूर्व ही ईसाई धर्म आ चुका था, लेकिन जब उपनिवेशवादी ताकतें भारत में अपना साम्राज्य स्थापित करने लगीं उस समय ईसाई धर्म अधिक चर्चा का विषय बना। बाद में ईसाई मिशनरियों ने उसे सत्ताधीशों के लिए सत्ता माध्यम बनाने में बड़ी सफलता पाई। इसलिए यह कहा जा सकता है कि इसलाम शुद्ध रूप से आक्रांताओं के साथ भारत में आया, लेकिन ईसाइयत ईसाई सत्ता से पूर्व ही भारत में आ चुकी थी। सत्ता के माध्यम से उसका भारी विकास हुआ। ईसाइयत ने जहाँ सत्ता के माध्यम से अपने पैर जमाए वहीं यह तथ्य भी अपने स्थान पर बड़ा सही है कि ईसाइयत के धर्म-प्रचारकों और मिशनरियों ने ब्रिटिश सत्ता और पुर्तगीज सत्ता को अपनी जड़ें जमाने में सहायता की। इसलाम जिस तरह से सत्ता के साथ फला-फूला, लगभग यही बात ईसाइयत के लिए भी रही। भारत में ईसाई धर्म ने अपने पाँव मजबूत करके उत्तर-पूर्वी एशिया के किले को जीत लिया। आज भी ईसाइयत में धर्मांतरण का जो चक्कर चलता है उसमें अफ्रीका के साथ दक्षिण-पूर्वी एशिया का भी नाम जुड़ा हुआ है। हिंदू जनसंख्या के साथ-साथ म्याँमार, श्रीलंका, कोरिया, वियतनाम और थाईलैंड, जो बौद्ध बहुल देश हैं उन्हें ईसाई बनाने के काम में भिन्न-भिन्न देशों की मिशनरियाँ व्यस्त हैं। संपूर्ण जगत् में यूरोप और अमरीका का वर्चस्व है। ये दोनों महाद्वीप चूँकि ईसाई बहुल हैं, इसलिए विकासशील और अविकसित देशों पर इनका राजनीतिक व आर्थिक प्रभाव है। इसलिए यहाँ मिशनरियों को अपने काम करने का क्षेत्र मिल जाता है। ईसाइयों के विरुद्ध कुछ भी बात होती है तो पश्चिमी मीडिया उसे खूब उछालता है। उदाहरण के लिए, पिछले दिनों में पाकिस्तान और मलेशिया में कुछ ईसाइयों की हत्या को लेकर

जो शोर मचा, उसकी जानकारी सभी को है। भारत जैसे लोकतांत्रिक और धर्मनिरपेक्ष देश में जहाँ ईसाइयों को सभी प्रकार के अधिकार प्राप्त हैं वहाँ गुजरात और उड़ीसा में घटी कुछ घटनाओं को जो विकराल रूप दिया गया वह इस बात का सबूत है कि पश्चिमी राष्ट्र अपने धर्म की रक्षा के नाम पर किसी भी हद तक जा सकते हैं। पश्चिमी मीडिया का प्रभाव, जो भारत और अन्य स्थानों पर देखने को मिलता है, उसके अंतर्गत ईसाइयों की हर वैध और अवैध गतिविधि को अत्यधिक प्रचारित करके विश्व जनमत को प्रभावित करने का प्रयास किया जाता है।

ईसाइयों के अनेक धर्मग्रंथों में इस बात की जानकारी उपलब्ध है कि पहली शताब्दी में ही भारत में ईसाइयत आ चुकी थी। भारत के प्रथम प्रधान मंत्री जवाहरलाल नेहरू ने भी अपनी आत्मकथा में इस बात का उल्लेख किया है कि ईसाइयत ईसा की शहादत के कुछ दिनों बाद ही भारत में आ चुकी थी। कुछ इतिहासकारों का तो मत है कि हजरते ईसा घायल अवस्था में सूली पर से उतरकर पेलेस्टाइन से इजिप्ट और फिर वहाँ से जमीनी मार्ग द्वारा भारत पहुँचे थे। भारत में कई वर्षों तक वे कश्मीर में रहे और फिर कश्मीर में ही उनकी मृत्यु हुई। आज भी कश्मीर में हजरते ईसा की कब्र होना बतलाया जाता है। 'मसीह हिंदुस्तान में' नामक पुस्तक में श्री बशीर अहमद ने इसका विस्तृत उल्लेख किया है। उक्त पुस्तक अंग्रेजी और हिंदी में अहमदिया जमात के कार्यालयों पर सुलभता से उपलब्ध है। इसमें वह मानचित्र भी प्रकाशित किया गया है जिस मार्ग से हजरते ईसा येरूशलम से भारत आए थे। श्रीनगर के खानियार मोहल्ले में ईसा मसीह की कब्र का भी इसमें उल्लेख मिलता है। भारत में जो ईसाइयत आई वह सीरियन चर्च के रूप में थी। इसलाम का प्रचार-प्रसार भारत के उत्तर-पश्चिम से शुरू हुआ, लेकिन ईसाइयत दक्षिण भारत से प्रारंभ हुई। दक्षिण भारत के चार प्रांतों में सेंट फ्रांसिस जेवियर ने ईसाइयत का प्रचार-प्रसार शुरू किया तो उत्तर-पूर्व में सेलेसशियन फादर के कार्यों से प्रभावित होकर धर्मांतरण का सिलसिला चला। सन् १४९४ में वास्कोडिगामा ने कालीकट बंदरगाह पर कदम रखे। उसने घोषणा की कि मैं यहाँ मसालों और ईसाइयत की खोज में आया हूँ। सन् १५४१ में पुर्तगाली मिशन के प्रधान फ्रांसिस जेवियर ने भारत में कदम रखा और इस दिन को रोमन कैथोलिक मिशन का जन्म-दिवस कहलाने का गौरव प्रदान किंया। सन् १५४५ में गोवा के गवर्नर ने कहा था कि हम इस देश में एक हाथ में क्रॉस और दूसरे में तलवार लेकर आए हैं। सन् १५६० में गोवा में इन क्वजीशन की प्रथा जारी की गई, जिसके अनुसार पुर्तगाल और ईसाइयत की हलकी आलोचना करने पर उसे क्रूर दंड दिया

जाता था। सन् १५७९ में टॉमस स्टीफेंस नामक अंग्रेज भारत में आया और गोवा में लगभग चालीस वर्ष तक रहा। सन् १६०० में ईस्ट इंडिया कंपनी की स्थापना हुई। आँकड़े बतलाते हैं कि सन् १७०० तक भारत में ६ लाख लोगों को ईसाई बनाया जा चुका था। 'मॉडर्न इंडिया एंड द वेस्ट' में मनुची नामक यूरोपीय यात्री लिखता है कि चटगाँव के पास पुर्तगालियों ने ऐसे जुल्म ढाए कि उन्हें देखकर ग्लानि से मनुष्य के सिर झुक जाते हैं। आदमी को गुलाम बनाकर बेचने की उन्हें चाट लग गई थी। आखिर तत्कालीन बादशाह शाहजहाँ को उन पर क्रोध आया और उसने बंगाल में दस हजार पुर्तगालियों को कत्ल करवा दिया। साथ ही पाँच हजार लोगों को जेल में बंद करवा दिया। सन् १६३२ में हुगली सहित बंगाल में पुर्तगालियों का ऐसा दमन हुआ कि वे बंगाल में फिर से सिर नहीं उठा सके। सन् १८३३ में ब्रिटिश सरकार ने ईसाई मिशनरियों को भारत में काम करने के अधिकार दे दिए। इनमें ब्रिटेन के साथ-साथ अमरीकन और जर्मन मिशनरियाँ भी शामिल थीं। इन मिशनरियों का पहला पड़ाव बंगाल रहा। यहाँ सबसे पहले और अत्यंत प्रभावी ढंग से धर्मांतरण का काम शुरू हुआ।

प्रोटेस्टेंट पादरियों का काल सन् १७०६ में प्रारंभ हुआ। सन् १८२० में कलकत्ता में बिशप कॉलेज नामक संस्था खोली गई और ईसाइयत के प्रचार के लिए शिक्षा का माध्यम चुना गया। सन् १९२८ में स्टेचुटरी कमीशन ने वनांचल को, जहाँ पिछड़ी जातियाँ रहती थीं, दो हिस्सों में बाँट दिया—एक पूर्ण प्रतिबंधित क्षेत्र और दूसरा आंशिक प्रतिबंधित क्षेत्र। इन क्षेत्रों में हिंदुओं के जाने पर पूर्ण प्रतिबंध के साथ वहाँ की जनजातियों को ईसाइयों को सौंप दिया। सन् १९४४ में डॉ. एल्विन ने लिखा कि इस पृथककरण से धर्म परिवर्तन कराने का अच्छा अवसर मिला है। साइमन कमीशन की सिफारिश पर १९३१ की जनगणना में मूल हिंदू जाति से आदिवासियों को विच्छेद कर दिया गया। सन् १९३१ में इंडिया एक्ट पारित हो जाने पर पाकिस्तान की शैली पर पृथक् ईसाई राज्य के रूप में झारखंड की माँग उठी।

ब्रिटिश सरकार ने अपनी सत्ता की जड़ें जमाने के लिए सार्वजनिक हित में कुछ काम करने शुरू किए। लेकिन एक बात देखने को मिली कि सरकारी तौर पर जो भी काम होते थे वे केवल ब्रिटिश सत्ता को मजबूत करने के लिए आर्थिक शोषण से ही संबंधित थे। भारतीय जनता का भला हो या न हो, इससे उनको कोई मतलब नहीं था। शिक्षा के क्षेत्र में भी सरकारी योगदान इतना ही होता था जितनी उनको आवश्यकता पड़ती थी। नौकरशाह की लंबी फौज लेकर वे ब्रिटेन से

ही आते थे। लेकिन जब उन्हें इस बात का आभास होने लगा कि लंदन से आनेवाले अंग्रेज एक तो महँगे पड़ते हैं और दूसरे, यहाँ की जनता का विश्वास अर्जित नहीं कर पाते। इसलिए अंग्रेजी माध्यम से वे अंग्रेजी भाषा में ऐसे स्थानीय लोग तैयार करें जो कनिष्ठ पदों पर तैनात करके उनका कामकाज सँभाल सकें। इससे भारतीयों में स्पर्धा बढ़ेगी और उनका काम आसान हो जाएगा। इसका एक लाभ यह हुआ कि भारत के उच्च वर्ग में ईसाइयत का प्रचार बढ़ा और धड़ल्ले से धर्मांतरण होने लगा। स्वयं ईसाई धर्म प्रचारकों का यह कहना है कि भारत में धर्मांतरण बड़ी संख्या में निम्न वर्ग का हुआ, लेकिन सत्ता और धर्मांतरित होने का लाभ अधिकतम उच्च वर्ग को मिला।

सन् १९९१ की जनगणना के अनुसार भारत में कुल आबादी का २.४३ प्रतिशत ईसाई धर्मावलंबी हैं। इनमें आधे से अधिक कैथोलिक हैं, जबकि शेष अन्य पंथ के हैं। इनकी सबसे अधिक जनसंख्या केरल, तमिलनाडु, कर्नाटक, महाराष्ट्र, पश्चिमी बंगाल, मध्य प्रदेश और गोवा में है। जनगणना के आँकड़ों से यह भी पता चलता है कि केरल में ईसाइयों की संख्या सबसे अधिक है। इसके पश्चात् तमिलनाडु का नंबर आता है। केंद्र सरकार के तहत क्षेत्रों में सर्वाधिक ईसाई अंडमान और निकोबार द्वीप में हैं, इसके बाद पांडिचेरी का नंबर आता है। १० लाख से अधिक बैप्टिस्ट ईसाई देश के उत्तर-पूर्व में बसे हुए हैं। इनकी कुछ संख्या पश्चिम बंगाल और आंध्र प्रदेश में भी है। ५ लाख के लगभग केरल में बसे मेरथोमाइटस हैं। उत्तर भारत चर्च से संबंधित २० लाख लूथरनस हैं और लगभग ५ लाख ओथरोडोक्स जेकोबाइटस हैं। भारत में सर्वाधिक कैथोलिक ईसाई हैं, इसके पश्चात् प्रोटेस्टेंट एवं सीरियन चर्च को माननेवाले ईसाई हैं। निम्न तालिका भारत के भिन्न-भिन्न प्रदेशों में ईसाई जनसंख्या को स्पष्ट कर देती है। ये आँकड़े १९९१ की जनगणना के अनुसार उद्धृत किए गए हैं।

राज्य	कुल जनसंख्या	प्रतिशत
आंध्र प्रदेश	१२,१६,३४८	२.६८
अरुणाचल प्रदेश	८९,०१३	४.३२
असम	७,४४,३६७	----
बिहार	८,४३,७१७	१.०६
गोवा	३,४९,२२५	----
गुजरात	१,८१,७५३	०.३९
हरियाणा	१५,६९९	०.०९

हिमाचल प्रदेश	४,४३५	०.०९
जम्मू-कश्मीर	-----	०.१४
कर्नाटक	८,५९,४७८	२.०८
केरल	५६,२१,५१०	२०.५६
मध्य प्रदेश	४,२६,५९८	०.६८
महाराष्ट्र	८,८५,०३०	१.२७
मणिपुर	६,२६,६६९	२९.६८
मेघालय	११,४६,०९२	५२.६२
मिजोरम	५,९१,३४२	८३.८१
नगालैंड	१०,५७,९४०	८०.४३
उड़ीसा	६,६६,२२०	१.८२
पंजाब	२,२५,१६३	१.१०
राजस्थान	४७,९८९	०.१२
सिक्किम	१३,४१३	२.२२
तमिलनाडु	३१,७९,४१०	५.७८
त्रिपुरा	४६,४७२	१.२१
उत्तर प्रदेश	१,९९,५७५	०.५५
पश्चिम बंगाल	३,८३,४७७	०.५९
अंडमान एवं निकोबार	६७,२११	२५.५८
चंडीगढ़	५,०३०	०.९९
दीव नगरहवेली	२,०९२	१.९५
दमन	२,९०४	२९.२८
दिल्ली	८३,१५२	०.९९
लक्षद्वीप	५९८	०.६६
पांडिचेरी	५८,३६२	८.२६

उपर्युक्त आँकड़ों के आधार पर यह कहा जा सकता है कि भारत में ईसाइयों की कुल आबादी (१९९१ की जनगणना के अनुसार) १,९६,४०,२८४ है। यह प्रतिशत कुल जनसंख्या का २.४३ है। जनसंख्या का विश्लेषण यह बतलाता है कि रोमन कैथोलिक आंध्र, गोवा, कर्नाटक, केरल, महाराष्ट्र और तमिलनाडु में अधिक हैं, जबकि प्रोटेस्टेंट कम हैं; लेकिन गुजरात, मध्य प्रदेश और मेघालय में कुछ संख्या में प्रोटेस्टेंट देखने को मिलते हैं। सीरियन ईसाई, जो बहुत ही कम

हैं, उनकी संख्या आंध्र प्रदेश, गोवा, केरल और तमिलनाडु में है। ओरथोडॉक्स चर्च के लोग केरल और मेघालय में हैं। भारत में कुछ अन्य पंथ के भी माननेवाले ईसाई हैं उनमें प्रेसबायटेरियन, जेकोबाइट, सेवन डे एडवेंटिस्ट, यूनीटेरियन, चर्च ऑफ गोड, लूथेरन, मेरथोमाइट, बैप्टिस्ट, जेवोहाविटनेस, मेथोडिस्ट आदि हैं।

कुल आबादी में ढाई प्रतिशत जनसंख्या होने के बावजूद भारत में ईसाइयों का विशेष वर्चस्व रहा है। वे किसी-न-किसी मुद्दे पर भारत में चर्चा का विषय रहे हैं। अपने भूतकाल में मिशनरियों द्वारा भारत में धर्मांतरण के लिए चर्चित रहे तो आज सारी दुनिया में स्वयं को निर्दोष बतलाते हुए देश के बहुसंख्यक समाज पर वे हमले से लेकर राजनीतिक प्रताड़ना तक के आरोप-प्रत्यारोप में अग्रणी हैं। उनके प्रभुत्व का अनुमान इसी बात से लगाया जा सकता है कि आजादी के बाद जब संविधान सभा बनी तो उसमें दो ईसाई प्रतिनिधियों का भी समावेश किया गया था।

ईसाइयों की शिक्षा संबंधी संस्थाएँ चर्च से संलग्न रही हैं। उन्होंने शहर से गाँव की ओर जाने का सिद्धांत अपने प्रचार-प्रसार में अपनाया। शहर में तो नागरिक सुविधाएँ किसी-न-किसी प्रकार मिल जाती हैं, लेकिन गाँवों में इसका भारी अभाव था। इसलिए गाँव को उन्होंने अपना मुख्य लक्ष्य बनाया। शिक्षा और स्वास्थ्य संबंधी सुविधाएँ जुटाकर उन्होंने देहाती जनता को अपनी ओर आकर्षित कर लिया। उन्होंने देखा कि शहर की तुलना में धर्मांतरण शीघ्र हो सकता है। भोली और अनपढ़ जनता को उसकी आस्था बदलने में देर नहीं लगती। फिर यह काम शहर की तुलना में देहात में सस्ता पड़ता है। शहर में धर्मांतरण के लिए जो धन खर्च करना पड़ता है उसकी तुलना में यह काम देहात में बहुत कम कीमत पर हो जाता है।

भारत में गोवा और केरल दो ऐसे राज्य हैं जहाँ की राजनीति में ईसाइयों की भूमिका प्रमुख रही। अपनी संख्या बढ़ाने के साथ-साथ उन्होंने समाज और सरकार में अपना प्रभुत्व जमाने के लिए अनेक संस्थाएँ खोलनी प्रारंभ कीं। बीसवीं शताब्दी के छठे दशक में उनके इन कामों से केरल और गोवा का प्रशासन भी प्रभावित होने लगा। सातवें दशक में उन्होंने यह महसूस किया कि केवल शिक्षा और स्वास्थ्य के लिए किया जानेवाला सामाजिक काम पर्याप्त नहीं है, इसलिए युवकों को रोजगार किस प्रकार मिले, इसकी शुरुआत की गई। इन कार्यों के लिए उनके पास विदेशी धन धड़ल्ले से आने लगा। केरल और गोवा में देखते-ही-देखते अनेक गैर सरकारी संस्थाएँ खड़ी हो गईं, जो सभी क्षेत्रों में स्थानीय

जनता का मार्गदर्शन करने लगीं। रोजगार मुख्य रूप से उन लोगों को दिलाया गया जो समाज का शोषित वर्ग था।

स्वतंत्रता के पश्चात् मत प्रचार की छूट के कारण १९५१ में अमरीकी प्रचारकों की संख्या में ५०० की वृद्धि हो गई। सन् १९४८ के जून मास में फेलोशिप ऑफ इंटरनेशनल मिशनरी सोसाइटी कॉन्फ्रेंस में एलेक्जेंडर मेकलेश ने बोलते हुए कहा था कि भारतीय ईसाइयों ने एक योजना बनाई है, जिसके अंतर्गत भारतीय ग्रामों को अगले दस वर्षों में पूर्णरूपेण ईसाई बनाने का संकल्प लिया है। २६ दिसंबर, १९५२ को जशपूर में वनवासी कल्याण आश्रम की स्थापना बाला साहब रमाकांत केशव देशपांडे ने की। १४ अप्रैल, १९५६ को जस्टिस भवानी शंकर नियोगी की अध्यक्षता में मध्य प्रदेश सरकार ने ईसाई गतिविधियों की जाँच के लिए नियोगी आयोग की स्थापना की। आयोग ने मिशनरीज के कार्यों के विरुद्ध रपट दी, लेकिन ईसाइयों के प्रबल विरोध और केंद्र सरकार के हस्तक्षेप के कारण इसे लागू नहीं किया जा सका। ईसाई मिशनरियों द्वारा जब धर्मांतरण तेजी से होने लगा तो बहुसंख्यक समाज इन गतिविधियों से सावधान हो गया। मिशनरियों के समान उन्होंने भी अपने स्कूल और रोजगार केंद्र शुरू कर दिए। इसके लिए आदिवासियों और वनवासियों में सेवा कार्य को प्राथमिकता दी जाने लगी। रामकृष्ण परमहंस मिशन और राष्ट्रीय स्वयंसेवक संघ ने हिंदू समाज को जाग्रत् करना प्रारंभ किया। वनवासी परिषद् से लेकर दूर-दराज के आदिवासी क्षेत्रों में सेवा कार्यों ने गति पकड़ ली। यह जागरूकता सामाजिक क्षेत्र से प्रारंभ हुई, लेकिन बहुत जल्द बहुसंख्यक समाज ने देख लिया कि इसके पीछे ईसाइयों का राजनीतिक लक्ष्य है। भारत में लोकतंत्र है, इसलिए वे अपनी संख्या बढ़ाकर राजनीतिक समीकरण बदल देना चाहते हैं। इसलिए भारत के कुछ राजनीतिक दल भी इस आंदोलन में जुड़ गए। अब धर्मांतरण को घृणा की दृष्टि से देखा जाने लगा। संविधान में धर्म के अधिकार को मौलिक अधिकार बनाया गया था। लेकिन ईसाई मिशनरियों द्वारा धर्म के प्रचार-प्रसार को इस तरह से लिया गया मानो सारे भारत को उन्हें ईसाई बनाने का अधिकार मिल गया। संविधान में धर्म के प्रचार को धर्मांतरण का लाइसेंस मान लिया गया। इसलिए इन गतिविधियों के विरुद्ध आवाजें बुलंद होने लगीं। १९७८ में अरुणाचल प्रदेश में रिलीजन फ्रीडम एक्ट बना। तब तक केंद्र में जनता पार्टी की सरकार आ चुकी थी। उस समय संसद् में त्यागीजी ने धर्मांतरण विरोधी बिल प्रस्तुत किया। ईसाई प्रेस सहित पश्चिमी मीडिया ने इसका कड़ा विरोध प्रकट

किया। भारत के तथाकथित धर्मनिरपेक्षतावादी और वामपंथी तो इसका विरोध करने के लिए पहले से तैयार थे ही। जब दुनिया में ईसाई मिशनरियों ने अपनी बदनामी देखी तो तुरंत भारत में रह रही मदर टेरेसा को 'नोबेल पुरस्कार' के लिए घोषित कर दिया। ईसाई वोट बैंक के चहेते और मिशनरी के विदेशी धन पर ऐशो-आराम करनेवाले भारत के राजनीतिज्ञ भला किस प्रकार खामोश रह सकते थे। इसलिए मदर टेरेसा को 'भारत रत्न' प्रदान कर उनके घाव को भरने का दुःसाहस किया।

मई १९९८ में भारत ने प्रधानमंत्री श्री अटल बिहारी वाजपेयी के नेतृत्व में पाँच अणु विस्फोट किए, भारत की वैज्ञानिक और तकनीकी प्रगति के लिए जो बहुत आवश्यक थे। लेकिन तुरंत इसके बाद यह देखने में आया कि भारत में काम कर रही ईसाई मिशनरियों ने अपने विदेशी स्वामियों के इशारे पर भारत के हिंदू संगठनों के विरुद्ध योजनाबद्ध ढंग से दुष्प्रचार का अभियान छेड़ दिया है। झाबुआ, डाँग और उड़ीसा में जो घटनाएँ घटीं, उसके लिए ईसाई मिशनरियों और उनके समर्थक वामपंथियों ने विश्व हिंदू परिषद्, आर.एस.एस. और अन्य हिंदू संगठनों को जिम्मेदार ठहराया। उड़ीसा की घटना को लेकर वधवा आयोग स्थापित किया गया, लेकिन हिंदुओं के विरुद्ध एक मामला भी सिद्ध नहीं हो सका। उड़ीसा के फादर ग्राहम स्टेंस और उनके दो बालकों की हत्या का जिम्मेदार हिंदू संगठन एवं उसके कार्यकर्ता को ठहराया गया; लेकिन आयोग में और कोर्ट में यह आरोप बेबुनियाद साबित हुआ। इसी प्रकार बारीपाडा में नंस पर कथित बलात्कार एवं केरल में 'बाइबिल' की चोरी के विरुद्ध जो हंगामा हुआ, वह भी जाँच-पड़ताल के बाद तथ्यहीन साबित हुआ।

मुसलिमों के पंथों में शिया-सुन्नी और बरेलवी-देवबंदी की तरह जिस प्रकार अनेक वर्गों में आपसी टकराव रहा है ठीक उसी प्रकार का टकराव ईसाई पंथों के बीच भी रहा है। रोमन कैथोलिक और प्रोटेस्टेंट का ऐतिहासिक टकराव पाठकों को बतलाने की आवश्यकता नहीं, लेकिन इसी प्रकार ईसाइयों के छोटे-छोटे पंथों में भी टकराव होता रहा है। उन्नीसवीं शताब्दी के अंत में भारत में सीरियन और लेटिन चर्च में संघर्ष हुआ था। यही नहीं, जहाँ अधिकतर ईसाइयों ने उपनिवेशवादी ताकतों का स्वागत किया था वहीं कुछ ईसाई समूह ऐसे भी थे जिन्होंने इन विदेशी साम्राज्यों का विरोध करने में भी हिचकिचाहट महसूस नहीं की थी। उन्होंने विदेशी साम्राज्य की तरह ईसाई मिशनरियों का भी विरोध किया था। लेकिन जो गरीब और पिछड़े थे वे मिशनरियों की शरण में आ गए। भारत की

वर्ण-व्यवस्था से भी यहाँ के ईसाई अछूते नहीं रहे। भारत में कुछ ईसाई स्वयं के धर्म की पहचान पर अपनी क्षेत्रीयता और जाति की पहचान को अधिक महत्त्व देते हैं। नगा ईसाई स्वयं को नगा पहले कहते हैं और ईसाई बाद में। भारत में मिशनरियों के प्रलोभन और प्रभाव को इसलिए अब तक रोका नहीं जा सका है, क्योंकि देश में कांग्रेस सहित अनेक राजनीतिक दल अपने वोट बैंक के रूप में उनका उपयोग बड़ी बेशर्मी के साथ करते हैं। पिछली बार जब पोप का आगमन हुआ तो उन्हें इस बात का बड़ा अफसोस था कि उनके निर्धारित लक्ष्य के अनुसार बीसवीं शताब्दी के अंत तक भारत ईसाई देश बन जाना था, लेकिन वह नहीं बन पाया। ग्रीक की तरह वे यहाँ की संस्कृति बदलकर एक इतिहास रचना चाहते थे, लेकिन उन्हें इसमें बड़ी असफलता मिली।

भारत के संविधान की धारा २५ (१) के अनुसार प्रत्येक व्यक्ति को धर्म प्रचार की अनुमति दी गई है। इस धारा का लाभ लेकर स्वतंत्र भारत में व्यापक स्तर पर मतांतर प्रारंभ किया। सन् १९६७ में मध्य प्रदेश और १९९६ में उड़ीसा की सरकारों ने मतांतर के विरुद्ध कानून बनाया। ये सभी सरकारें कांग्रेस की थीं, इसलिए यह आरोप नहीं लगाया जा सकता कि वे ईसाई विरोधी थीं। चर्च ने उड़ीसा और मध्य प्रदेश के कानून के विरुद्ध उच्चतम न्यायालय में याचिका दायर की और कहा कि हमें धर्म प्रचार का अधिकार है। उच्चतम न्यायालय ने रेवरंड स्टेनीलोज के विरुद्ध स्टेट ऑफ मध्य प्रदेश के फैसले में निर्णय देते हुए चर्च की याचिका को खारिज करते हुए कहा कि धर्म प्रचार के अधिकार का अर्थ मतांतर का अधिकार नहीं है। भारत में किसी का भी धर्म-परिवर्तन नहीं किया जा सकता। इसके बावजूद आज भी धर्मांतरण का क्रम जारी है, जो ईसाई राजनीति का एक अंग है। भारत का अल्पसंख्यक आयोग इस मामले में अब तक निष्क्रिय रहा है, इसलिए समय की माँग है कि वह इस महत्त्वपूर्ण मुद्दे पर कोई ठोस कार्यवाही करे।

□

भारत के पारसी

भारत में यहूदी रोजगार और भरण-पोषण के लिए आए तो पारसियों ने अपने धर्म की रक्षा के लिए शरण ली। पारसी एक ऐसा अल्पसंख्यक वर्ग है जिसकी कभी कोई राजनीतिक महत्त्वाकांक्षा नहीं रही। भारत के बहुसंख्यकों के साथ वे मेल-मिलाप के साथ रहे। भारत के स्वतंत्रता आंदोलन में भाग लिया और भारत को एक औद्योगिक चेहरा देने का प्रयास किया। देश की आजादी के बाद उन्हें अल्पसंख्यक अवश्य घोषित किया गया, लेकिन न तो उन्होंने कभी कोई राजनीतिक, धार्मिक अथवा सामाजिक अधिकार माँगे और न ही आरक्षण के लिए कभी जद्दोजहद की। पारसी का चेहरा ही बतला देता है कि वह कितने सौम्य और शालीन समाज से संबंध रखता है। पारसी जरतुश्त के धर्म का अनुयायी है, ईरान में जो पंथ लगभग समाप्ति पर है। उसके कुछ अवशेष आज भी भारत में देखे जा सकते हैं। अब उनकी संख्या लाखों में नहीं रही है। पारसियों में न तो जन्म-दर में वृद्धि होती है और न ही उनके यहाँ धर्मांतरण की अनुमति है। इसलिए पारसियों की संख्या में बढ़ोतरी नहीं होती। इक्कीसवीं शताब्दी के अंत होने तक यदि पारसी समाज भारत से समाप्त हो जाए तो आश्चर्य की बात नहीं। उन्हें इस बात का कोई दुःख भी नहीं है। कुछ वर्ष पूर्व उदवाड़ा में एक धार्मिक सभा को संबोधित करते हुए ईरान से आए उनके धर्मगुरु ने कहा था कि पारसी समाज को विश्व में जिस काम के लिए ईश्वर ने भेजा था, यदि वह पूरा हो गया है तो उन्हें समाप्त हो जाने में कोई दुःख नहीं है।

'पारसी' शब्द 'फारसी' से बना है। ईरान को प्राचीन समय में 'फारस' कहा जाता था। वहाँ की भाषा आज भी फारसी कहलाती है, जिसे अंग्रेजी में 'परशियन' कहा जाता है। 'परशिया' से परशियन और फारसी से 'पारसी' शब्द अस्तित्व में आया। समस्त ईरानी आर्यन हैं। भारत और ईरान का रक्त-समूह

एक ही है। ईरान किसी समय आर्यावर्त का ही एक भाग था, इसलिए दोनों ही देशों की संस्कृति साझा संस्कृति है। इसलाम के उदय होने तक ईरान में जरतुश्त के धर्म जोराष्ट्रीयन का बोलबाला था। लेकिन जब ईरान पर इसलाम के दूसरे खलीफा हजरते उमर ने आक्रमण किया, उस समय पारसियों को अपना धर्म खतरे में नजर आया। वे अपनी नवज्योत को लेकर किसी सुरक्षित स्थान पर चले जाना चाहते थे। समुद्री मार्ग से वे भारत के गुजरात प्रदेश के समुद्र तट पर संजान नामक एक छोटे से बंदरगाह पर उतरे। दस्तूर नेरियोसंग के नेतृत्व में ईरानी शरणार्थी संजान के राजा जड़ी, जिनका वास्तविक नाम जयदेव था, उनसे मिलने गए। उद्देश्य यह था कि उन्हें वहाँ शरण मिल जाए। राजा जयदेव ने उनका स्वागत किया और उनके सामने दूध से लबालब भरा एक प्याला रख दिया। राजा का आशय था कि मेरे राज्य में पहले ही अधिक आबादी है, इसलिए आपके लिए यहाँ कोई स्थान नहीं है। दस्तूर ने उस प्याले में थोड़ी शक्कर डाल दी, जिसका यह मतलब था कि दूध में शक्कर की तरह हम घुल-मिल जाएँगे। इससे प्रभावित होकर राजा ने उन्हें अपने राज्य में शरण दे दी। गुजरात के इस छोटे से राजा ने शरण देना तो स्वीकार किया, लेकिन इसके लिए अपनी तीन शर्तें रखीं। पहली शर्त यह थी कि तुम हमारे विरुद्ध कभी शस्त्र नहीं उठाओगे, तुम गुजराती भाषा अपनाओगे और अपने समस्त धर्मशास्त्रों का गुजराती में अनुवाद करके हमको दोगे। तीसरी और अंतिम शर्त यह थी कि तुम्हारी महिलाएँ हमारी महिलाओं के समान साड़ी धारण करेंगी। दस्तूरजी ने तीनों शर्तें स्वीकार कर लीं, जिसका परिणाम यह हुआ कि पारसियों का एक झटके में भारतीयकरण हो गया। मुसलिम और ईसाइयों के भारतीयकरण का जब सवाल उठता है तब बड़ा हंगामा खड़ा हो जाता है। इसे वे अपने धार्मिक और सांस्कृतिक मामलों में सरकार का हस्तक्षेप मानते हैं। लेकिन आज के राजपुरुषों की तुलना में उस छोटे से राजा की बुद्धिमानी की प्रशंसा करनी होगी, जिसने अपने दूरगामी निर्णय से इस विदेशी कौम का भारतीयकरण अल्प समय में ही कर दिया। पारसियों ने गुजराती भाषा इस प्रकार अपना ली मानो यही उनकी मातृभाषा हो। पारसी महिलाओं की पोशाक देखकर कोई यह नहीं कह सकता कि यह वर्ग गुजरात में कहीं बाहर से आया होगा।

ब्रिटिश साम्राज्य में पारसियों ने अंग्रेजों का संपूर्ण विश्वास अर्जित कर अपनी आर्थिक स्थिति को मजबूत कर लिया। ब्रिटिश साम्राज्य स्थापित होने से पूर्व पारसी खेती-बाड़ी और कपड़ा बुनने का काम किया करते थे। साथ ही जहाज निर्माण के काम में अग्रणी थे। चीन को अफीम और शराब निर्यात करके

पारसियों ने अच्छा मुनाफा कमाया। सन् १५४० में मुंबई में दोराबजी के पुत्र रुस्तम के नेतृत्व में पारसियों का आगमन हुआ, जो पुर्तगीज शासन में काम करते थे। मुसलिम सिद्दियों ने जब १६९२ में बंबई पर हमला किया तो पारसियों ने अंग्रेजों का साथ दिया, जिसके नतीजे में बंबई में पारसियों को ब्रिटिश सुविधाएँ मिल गईं। जब गुजरात में अकाल पड़ा तब पारसियों ने बड़ी संख्या में बंबई की ओर पलायन किया। इसके पश्चात् बंबई पारसियों का गढ़ बन गया। आज दुनिया में लगभग १ लाख पारसी बचे हैं। इनमें भारत में ९० हजार के आस-पास हैं। अकेले बंबई में ७५ हजार हैं। बंबई नगरी ही पारसियों की सबसे बड़ी सांस्कृतिक नगरी है। ढ़ोकमा (पारसियों का श्मशान गृह) से लेकर पारसियों की पारंपरिक वेशभूषा सदरा, कस्टी से लगाकर तंछोई और झबला पहने हुई पारसी महिलाएँ यहाँ दिखलाई पड़ेंगी। ब्रिटिश सरकार की ठेकेदारी, चाहे वह रेल की हो या रोड की अथवा कोयले और सेना में माल की पूर्ति की, उन सभी में पारसियों ने अग्रणी बनकर अच्छा पैसा कमाया। यही नहीं, पाश्चात्य जनता को शराब के बिना चैन नहीं पड़ता था। इस कमजोरी को पारसियों ने भली प्रकार समझा और जहाँ भी जाकर अंग्रेज बसे वहाँ पारसियों ने शराब की एजेंसियाँ शुरू कर दीं। आजादी से पहले और '५०-६० के दशक में जब तक बिजली की आपूर्ति बहुत कम स्थानों पर थी, उस समय बिजली के पावर हाउस चलाना भी उनका एक प्रसिद्ध व्यवसाय था। उनकी इस आर्थिक प्रगति ने ही आगे चलकर औद्योगिक भारत की नींव रखी। पारसी भारत में एक व्यापारी कौम की तरह अधिक विख्यात हैं। इसलिए उनके सर नेम भी उनके काम-धंधों से ही अधिक जाने जाते हैं। जहाँ वे दारूवाला और कांट्रेक्टर हैं वही अपने नगर से भी उनकी पहचान है। बिल्लीमोरिया, सूरतवाला और गोधरा से बना गोदरेज इसके चर्चित उदाहरण हैं। उद्योग के क्षेत्र में इनका योगदान अतुलनीय है। जहाज निर्माण में वाडिया परिवार को भुलाया नहीं जा सकता। नेपोलियन के विरुद्ध अंग्रेजों द्वारा जो लड़ाई लड़ी गई उसमें पारसियों ने ही जहाज सप्लाई किए थे। १८४४ में प्रथम टेक्सटाइल्स मिल की स्थापना का श्रेय भी दादाभाई पेस्तनजी परिवार को जाता है। जमशेदजी टाटा ने स्टील बनाने के पहले कारखाने की पहली आधारशिला रखी। टिस्को की शुरुआत १९०७ में हुई और १९१० में टेल्को की स्थापना की गई। टाटा नगर अपने आप में पारसियों के साहस की एक रोमांचकारी दास्तान है। जे.आर.डी. टाटा ने एयरलाइंस शुरू कर इस परंपरा को आगे बढ़ाया। भारत में ठंडे पेय का उत्पादन सबसे पहले शुरू करनेवाले पारसी ही थे, इस बात को बहुत कम लोग जानते हैं। ड्यूक का सोडा

आज भी लोगों को याद है। अरदेशर गोदरेज ने साबुन से लगाकर रेफ्रीजरेटर, रबड़ और ताले की दुनिया में नाम कमाया। प्रिंटिंग प्रेस, समाचार-पत्र और पत्रकारिता के व्यवसाय में भी पारसियों ने अपने कीर्तिमान स्थापित किए हैं। रुस्तमजी केरसानजी ने १७७९ में प्रथम गुजराती प्रिंटिंग प्रेस की स्थापना की। बेहरामजी भाई चापकगर ने १७९७ में गुजराती टाइप की खोज की और प्रथम जुलाई १८२२ में पहला गुजराती समाचार-पत्र 'बंबई समाचार' शुरू हुआ। इसकी स्थापना फरदूनजी मर्जबान ने की। आज भी बंबई समाचार गुजराती का अत्यंत लोकप्रिय समाचार-पत्र है। सिनेमा से लेकर क्रिकेट तक कोई ऐसा क्षेत्र नहीं है जिसमें पारसियों ने नाम नहीं कमाया हो। पारसी थियेटर की अपनी छाप है। स्वतंत्रता संग्राम में भी इस सबसे छोटे समुदाय के लोगों का अविस्मरणीय योगदान है। दादाभाई नौरोजी ने स्वराज का आह्वान किया था। फीरोज शाह मेहता बंबई के बेताज बादशाह रहे हैं। मैडम कामा को भारत के प्रथम ध्वज फहरानेवाली महिला के रूप में याद किया जाता है। फीरोज गांधी अपने पुत्र राजीव गांधी और पत्नी श्रीमती इंदिरा गांधी के लिए इतिहास में जाने जाते हैं।

बौद्धिक वर्ग में भी पारसियों ने हमेशा कीर्तिमान स्थापित किए हैं। नानी पालकीवाला और सोली सोराबजी को भारत कभी नहीं भूल सकता। पीलू मोदी जैसे पारसियों ने लोकसभा का चुनाव लड़कर और होमीदाजी जैसे ने मध्य प्रदेश विधानसभा में पहुँचकर यह साबित कर दिया कि वे बिना किसी जाति समीकरण के भी चुनाव जीत सकते हैं और भारतीय लोकतंत्र में अपना स्थान बना सकते हैं।

कारोबार की हैसियत से पारसी सारे देश में फैल गए। लेकिन गुजरात और महाराष्ट्र इनकी मुख्य भूमि रही। दक्षिण गुजरात में आज भी पारसी बड़े पैमाने पर बसे हुए हैं। उदवाड़ा में उनकी पवित्र नवज्योत के दर्शन करने के लिए पारसी बड़ी संख्या में यहाँ आते हैं । पारसी किसी भी राज्य में हो, लेकिन वह गुजराती में ही बोलता है। गुजराती भाषा के साहित्य में भी उनका बड़ा योगदान है। इसलिए दुनिया की अनेक पुस्तकों में उन्हें गुजराती अल्पसंख्यक के रूप में ही याद किया जाता है।

पारसी कर्मयोगी है, इसलिए अल्पसंख्यक होने के बावजूद उसने कभी न तो सरकार से आर्थिक सहायता की माँग की है और न ही आरक्षण जैसा मुद्दा उठाया है। अल्पसंख्यक होने के बावजूद उसका बहुसंख्यक समाज से कभी टकराव नहीं हुआ। उसने सरकार से न तो कोई धार्मिक अधिकार माँगे और न ही

राजनीतिक अधिकार प्राप्त करने के लिए संघर्ष किया। पारसियों का मानना है कि आरक्षण के कारण स्पर्धा की भावना समाप्त हो जाती है और तब व्यक्ति सुस्त और मंद बुद्धि का हो जाता है। पारसी देश में एक विचित्र अल्पसंख्यक वर्ग है, जिसने विदेश से आने के बावजूद कभी भी अपने को विदेशी नहीं समझा। देश के अन्य अल्पसंख्यकों के लिए पारसी एक उदाहरण हैं, जिनसे यह सीख ली जा सकती है कि बहुसंख्यक के दूध से भरे प्याले में शक्कर की तरह घुल-मिलकर किस तरह से अपने जीवन को जिया जाए और देश की जनता को सुखी बनाया जाए। पारसियों में भी एक वर्ग पुरानी रूढ़ियों से लड़ने के विरुद्ध कमर कस चुका है। वह समाज के अनेक कायदे और रस्में बदलना चाहता है। पारसी जनसंख्या में वृद्धि हो, इसके लिए अब वह अन्य समाज के साथ विवाह का हिमायती है। लेकिन यह वर्ग आटे में नमक के बराबर है।

□

भारतीय यहूदी

मध्य एशिया के तीनों धर्म यहूदियत, ईसाइयत और इसलाम में यहूदियत सबसे पुराना धर्म और जाति है। पश्चिमी दुनिया में इसे जूडाइज्म के नाम से पहचाना जाता है। वास्तव में मध्य एशिया का सबसे प्राचीन और प्रथम धर्म तो यहूदियत ही है। बाद में इसकी एक शाखा ईसाइयत के रूप में जानी जाने लगी। तीनों धर्म के पितामह हजरते इब्राहीम हैं, जिन्हें 'ओल्ड टेस्टामेंट' और 'बाइबिल' में अब्राहम कहकर पुकारा गया है। मध्य एशिया में जितने पैगंबर हुए वे सभी अब्राहम की संतानें हैं। यहूदियों के पैगंबर के रूप में सुलेमान, दाऊद और मूसा का नाम लिया जाता है, जिन्हें प्राचीन पुस्तकों में सोलेमन, डेविड और मोजेज कहा गया है। ईसाइयों की बाइबिल और मुसलमानों के कुरान की तरह उनकी पवित्र पुस्तक 'जबूर' कहलाती है, जिसे 'ओल्ड टेस्टामेंट' नाम दे दिया गया है। मध्य एशिया के ये तीनों धर्म आसमानी पुस्तकें धारण करते हैं, इसलिए उन्हें 'अहले किताब' की संज्ञा दी जाती है। अपनी आसमानी पुस्तक एवं अब्राहम के वंशज होने के कारण तीनों धर्म एक-दूसरे के निकट हैं। लेकिन इसके बावजूद इन तीनों धर्मों में ही हमेशा टकराव होता रहा है। ईसाइयत के प्रणेता हजरत ईसा यहूदी थे, लेकिन फिर भी यहूदियों ने उनकी हत्या कर दी। इसलिए यहूदी और ईसाइयों में हमेशा संघर्ष होता रहा है। ईसाइयों ने यहूदियों को उनकी प्राचीन भूमि पेलेस्टाइन से निकाल दिया। इसके बाद वे सारी दुनिया में घूमते रहे। उनका अपना कोई देश नहीं था। जब इसलाम अस्तित्व में आया तो फिर ईसाइयों और मुसलमानों में संघर्ष प्रारंभ हो गया। इस संघर्ष को इतिहास में क्रूसेड विरुद्ध जिहाद की संज्ञा दी जाती है। दोनों के बीच लगभग ४०० वर्ष तक युद्ध हुए। अंत में मुसलमान जीत गए और ईसाइयों को वहाँ से निकल जाना पड़ा। ईसाई पेलेस्टाइन से निकलकर यूरोप की ओर बढ़ गए, जबकि मुसलमानों का वर्चस्व

एशिया में हो गया। दूसरे महायुद्ध के बाद ब्रिटेन ने यहूदियों को उनकी पितृभूमि पेलेस्टाइन, जो अब इजराइल कहलाता है, वहाँ लाकर बसा दिया। सन् १९४९ में यहूदियों को उनका देश मिल जाने के कारण पेलेस्टाइन का विभाजन हो गया। तब से अरब मुसलिमों में और यहूदियों के बीच संघर्ष चल रहा है। १९६७ और १९७३ के दो बड़े युद्ध अब तक हो चुके हैं। लगातार प्रयासों के बावजूद अब तक दोनों में शांति स्थापित नहीं हो सकी। अमेरिकी राष्ट्रपति क्लिंटन के समय ओसलो संधि हुई, लेकिन वह फिर से भंग हो गई। अब मुसलिम और यहूदियों के बीच रक्तरंजित संघर्ष जारी है। यहूदियों का कहना है कि यही हमारी पुण्यभूमि और पवित्र भूमि है। यहाँ एक दिन वृहद् इजराइल की स्थापना होगी। इसके बाद डेविड साम्राज्य पुनः स्थापित किया जा सकेगा।

मध्य एशिया के धर्म ईसाइयत और इसलाम की तरह यहूदियों ने धर्म के नाम पर इजराइल के बाहर कभी भी अपना साम्राज्य स्थापित नहीं किया। इसलिए राजनीतिक अथवा सामरिक शक्ति के रूप में यहूदियों का कभी वर्चस्व स्थापित नहीं हो सका। वे केवल व्यापारी बनकर सारी दुनिया में भटकते रहे। ईसाई साहित्यकारों और लेखकों ने हमेशा उन्हें अपमानित करने का प्रयास किया। शेक्सपियर के नाटक 'मर्चेंट ऑफ वेनिस' में शायलॉक का चरित्र इसका जीवंत सबूत है। भटकने के बावजूद यहूदी जनता शिक्षित रही, जिसमें विश्व के बड़े वैज्ञानिक जनमे। ईसाई राजाओं ने समय-समय पर यहूदियों का कत्लेआम किया, लेकिन हिटलर ने जिस प्रकार उनका नरसंहार किया उसे सुनकर ही रोंगटे खड़े हो जाते हैं। ६० हजार यहूदियों को गैस चेंबर में बंद कर मौत के घाट उतार दिया। व्यापारी के रूप में वे एक देश से दूसरे देश में पलायन करते रहे। ऐसा अनुमान है कि यहूदियों का पहला दल सन् ९७० से १०३५ के बीच भारत के समुद्र तट केरल पर पहुँचा। कोचीन के उत्तर में वे जाकर स्थायी हुए और अपना सबसे पहला सिनेगोग (धार्मिक प्रार्थना स्थल) उन्होंने वहीं बनाया। भारत में अधिकांश यहूदी पश्चिमी किनारे पर ही जाकर बसे। इसलिए सर्वाधिक यहूदी केरल और महाराष्ट्र के कोंकण भाग में अपना कारोबार करने लगे। यहूदियों की बस्ती उत्तर अथवा पश्चिम और पूर्वी भागों में कभी देखने को नहीं मिली। केवल दक्षिण में ही समुद्र तटवाले भाग पर उन्होंने अपने आपको सीमित रखा। लेकिन बाद में प्रशासकीय अधिकारियों के रूप में इधर-उधर जाकर वे अवश्य बस गए। भारत में यहूदियों की संख्या अत्यंत सीमित रही, इसलिए सरकारी रिकॉर्ड में उनकी चर्चा कभी देखने को नहीं मिलती। प्रसिद्ध यहूदी रूपेन रेमोंड के शब्दों में—

२०-२५ लाख तक उनकी जनसंख्या सीमित रही। मुंबई में उनके कभी चार सिनेगोग थे, लेकिन अब दो ही रह गए हैं। सैम्युअल स्ट्रीट, जो मुंबई नंबर तीन का भाग है वहाँ अब भी एक सिनेगोग है जो लगभग बंद पड़ा है। मुंबई में केवल डेविड ससून ही उनका एकमात्र सिनेगोग है। केरल के यहूदी मलयाली, कर्नाटक के कन्नड़ और कोंकण के शुद्ध मराठी बोलनेवाले थे। उनकी जितनी भी संख्या भारत में शेष है वे अब भी अपनी हिब्रू भाषा से भी अधिक स्थानीय भाषा ही बोलते हैं।

अत्यंत अल्पसंख्या होने के कारण उन्हें भारत अथवा किसी भी राज्य में अल्पसंख्यक कहलाने का भी अवसर नहीं मिला। इसलिए न तो उनके राजनीतिक अधिकारों की कभी चर्चा हुई और न ही उनके पर्सनल लॉ के बारे में कोई विवाद खड़ा हुआ। मुसलिम और ईसाइयों की तरह भारत की हिंदू जनता के साथ उनका कभी टकराव नहीं हुआ। भारत में वे इतने घुल-मिल गए कि इजराइल बन जाने के बाद भी उन्होंने अपनी मातृभूमि के रूप में भारत को ही मान्यता प्रदान की। इजराइल के निर्माण के पश्चात् दुनिया भर के यहूदियों में यह भावना जाग्रत् हुई कि उन्हें अपने पितृ और पुण्य देश में पुन: जाकर बस जाना चाहिए। उनमें जितनी भी शक्ति है उसका उपयोग अपनी इस धर्मभूमि के लिए उपयोग में लाना चाहिए। इस आह्वान के बाद विश्व के कोने-कोने से यहूदी इजराइल पहुँचने लगे। भारतीय यहूदियों में भी यह भावना जनमी और वे भी इजराइल की ओर पलायन करने लगे। इजराइल की राजधानी तेलअबीब में लगभग १० हजार भारतीय यहूदी पहुँच गए। संपूर्ण इजराइल में कोचीन से गए यहूदियों की संख्या सबसे अधिक है। इजराइल से प्राप्त आँकड़े बतलाते हैं कि ६० हजार भारतीय वंश के यहूदी यहाँ आकर बसे हैं। भौगोलिक कारणों से यूरोप और अमरीका के यहूदी गौर वर्ण के हैं, लेकिन एशिया और अफ्रीका से गए यहूदी काले हैं। रंग भेद की भावना वहाँ भी देखने को मिली। एक धर्म के होने के बावजूद इजराइल में गोरे और काले यहूदी का भाव पैदा हो गया। गोरे यहूदियों को बड़े नगरों में रहने का स्थान मिलने लगा, लेकिन काले यहूदी बारशेव, डायमोन और अशोडा जैसे दूरगामी क्षेत्रों में ले जाकर बसाए गए। गोरे यहूदियों को उनके पसंद के काम-धंधे मिले; लेकिन काले यहूदियों को इसके लिए बड़ा संघर्ष करना पड़ा। भारतीय यहूदियों को भी इस भेदभाव का शिकार होना पड़ा, इसलिए वे भारत को रह-रहकर याद करने लगे; बल्कि उन्हें पछतावा हुआ कि उन्होंने अपनी असली मातृभूमि क्यों छोड़ दी। एजकील नामक भारतीय यहूदी कवि को भारत में जो सम्मान मिला था वह इजराइल में नहीं मिल सका।

विभाजन के समय जो यहूदी पाकिस्तान में थे उनमें से अधिकतर भारत आ गए। सन् १९४९ में कराची में जन्म लेनेवाला रेमंड अब्राहम नामक एक यहूदी अपने माता-पिता के साथ बंबई आ गया और यहीं उसका परिवार कारोबार करने लगा। लेकिन १९५९ के आस-पास जब बंबई के अनेक यहूदी इजराइल की ओर पलायन करने लगे तो वह भी अपनी पुण्यभूमि इजराइल की ओर चल पड़ा। हैफा बंदरगाह पर उन्हें उतारा गया। अन्य देशों से आए यहूदियों के साथ भारतीयों को भी वहीं शिविर में रखा गया। लेकिन कुछ दिनों बाद भारतीय यहूदियों को बारशेवा भेज दिया गया। कुछ दिनों तक तो भारतीय यहूदी अपनी पुण्यभूमि में आने का आनंद लेते रहे। लेकिन कुछ दिनों बाद उन्हें बड़े कड़वे अनुभव हुए। गोरे यहूदियों की तुलना में उन्हें अपमानित होना पड़ा और उदरपूर्ति के साधन भी उन्हें ठीक से नसीब नहीं हुए। रेमंड अब्राहम अपने देश भारत को याद करने लगा। उसने अपनी प्रतिक्रिया व्यक्त करते हुए कहा—"भारत में धर्म और जाति के नाम पर हमारे साथ कभी भेदभाव नहीं हुआ। हमें हमारे अधिकार प्राप्त करने के लिए कभी लड़ना नहीं पड़ा। लेकिन यहाँ आकर तो हमारी दुनिया ही बदल गई। हम भारतीयों को निम्न वर्ग की नौकरी करने के लिए दबाव डाला जाता है। वेतन भी गोरे यहूदियों की तुलना में अत्यंत कम। इन सबसे दु:खी होकर हमारे साथ आए लोगों में से कुछ पुन: भारत लौट गए। एक ही जाति और एक ही धर्म के लोगों के बीच इतना भेदभाव—इसकी कल्पना भी हमने कभी नहीं की थी। क्या इसी दिन के लिए इजराइल की स्थापना हुई? क्या ऐसे लोग फिर से डेविड साम्राज्य स्थापित कर सकेंगे? हमें सबसे अधिक आघात तो उस समय लगा जब हमें यहूदी के रूप में इजराइल के सत्ताधीशों ने स्वीकार करने से ही इनकार कर दिया।"

सन् १९६२ से ६४ के बीच भारतीय यहूदियों को इजराइल में वर्गभेद और रंगभेद की नीति के विरुद्ध आंदोलन करना पड़ा। येरूशलम और तेलअबीब के चौराहों पर भारतीय यहूदियों को अपने अधिकारों के लिए लड़ना पड़ा। जबलपुर के एक डायनामाइट अधिकारी को जब इजराइल पहुँचने पर एक लाइब्रेरियन की नौकरी दी गई तो उसने माथा पीट लिया। उसने सार्वजनिक रूप से बयान दिया कि हमारा असली देश और हमारी मातृभूमि तो भारत ही है। भारत छोड़कर हमने बड़ा पाप किया है। प्रायश्चित के रूप में भारत में अपनी सेवा-निवृत्ति के पश्चात् जो धनराशि मिली थी, उसके ब्याज की आय से वह समय-समय पर भारत आते थे और जबलपुर की धरती पर पैर रखकर यही कहते थे कि मैंने यह क्या किया? धर्म के नाम पर अपनी असली मातृभूमि को छोड़ दिया। पता नहीं

ईश्वर मुझे माफ करेगा या नहीं!

रूपेन रेमंड ने कहा, ''अन्य देशों से इजराइल में आए यहूदी अपने देशों को याद नहीं करना चाहते, क्योंकि उन्हें वहाँ अपमान का जीवन जीना पड़ता था। उन्हें वहाँ की सरकार ने निकाल दिया था। लेकिन हम भारतीय यहूदी तो स्वेच्छा से इजराइल आए थे। हमारे लिए भारत ने जो कुछ किया वह हम कभी नहीं भूल सकते। इजराइल हमारी पितृभूमि है, लेकिन मातृभूमि तो हमारी भारत ही है।''

भारतीय यहूदी आज भी इजराइल में मलयालम और मराठी बोलते हैं। जब तक भारत और इजराइल के राजनीतिक संबंध स्थापित नहीं हुए थे तब तक वे हॉलैंड के द्वारा भारत की मराठी पत्र-पत्रिकाएँ मँगवाते थे। वहाँ 'महाराष्ट्र टाइम्स', 'लोकसत्ता' और 'लोकप्रभा' बहुत लोकप्रिय थे। आज तो उन्हें मराठी पत्र-पत्रिकाएँ बड़ी सुलभता से मिल जाती हैं। भारतीय यहूदी अपने परिवारजनों को भारतीय भोजन, वेशभूषा और भारतीय त्योहारों के मनाने के ढंग सिखलाते हैं। लेकिन अब भावी पीढ़ी इन सारी बातों से अनभिज्ञ होती जा रही है। फिर भी इन यहूदियों का कहना है कि हमारी अनेक पीढ़ियाँ भारत को हमेशा याद रखेंगी। हम भारत का ऋण कभी नहीं चुका सकते।

'बेने इजराइल' शब्द 'बनी इराईल' से ही बना है। बनी इजराइल के १२ कबीले थे, जो अलग-अलग प्रदेशों में जाकर बस गए। भारत के यहूदियों पर लिखी गई पुस्तकों में भी इस बात की अटकलें लगाई गई हैं कि उनका एक कबीला भारत आ गया था। महानगर मुंबई के यहूदियों में डेनियल मझगाँवकर एक जाना-पहचाना नाम है। डेनियल के छोटे भाई का नाम एली गडकर है। जब वे १९५५ में बंबई के सिद्धार्थ कॉलेज में पढ़ते थे उस समय विनोबा भावे के भूदान आंदोलन से प्रभावित होकर वे सर्वोदय आंदोलन से जुड़ गए। उनका लंबा समय जयप्रकाश नारायण के साथ व्यतीत हुआ। वे आज भी खादी पहनते हैं और गऊ रक्षा से लेकर सर्वोदय के सभी आंदोलन में जोर-शोर से काम करते हैं। एली गडकर लंबे समय तक एक यहूदी पत्रिका का संपादन भी करते रहे, जिसका नाम था 'मक्काबी'। डेनियल मझगाँवकर का कहना है कि हिब्रू भाषा से भी पहले 'इडश' भाषा अस्तित्व में थी। भारतीय यहूदियों में अनेक लोग इस भाषा के जानकार थे। यह भाषा इतनी पुरानी है कि इसके बोलनेवाले दुनिया में बहुत कम मिलते हैं। इस भाषा को देखते हुए कहा जा सकता है कि भारत में यहूदियों का निवास बहुत पुराना है। यहूदियत में धर्मांतरण की आज्ञा है, लेकिन

अब धर्मांतरण कोई करता नहीं है। यहूदी लड़कियाँ अन्य धर्मावलंबी से विवाह कर लेती हैं और जो अन्य धर्म की लड़कियाँ हमारे यहाँ आती हैं वे हमें स्वीकार कर लेती हैं। कोई चाहे तो अपना पुराना धर्म मानने के लिए भी उसे स्वतंत्रता है। इस उदारता के कारण यहूदियत मध्य एशिया का धर्म होने के बावजूद आक्रामक नहीं है। दुनिया के विज्ञान और साहित्य में यहूदी महिलाओं का बड़ा योगदान है, लेकिन डेनियलजी भारत की यहूदी महिलाओं को कुछ अंश में पिछड़ा मानते हैं। यहूदी वर्ष को 'योमे किप्पू' कहा जाता है, जो भारतीय रंग-ढंग से मनाया जाता है।

भारत में रहनेवाले अन्य अल्पसंख्यक समुदायों को, यहूदियों पर जो कुछ बीती है, उससे शिक्षा लेने की आवश्यकता है। भारत के अतिरिक्त उन्हें कहीं अपनत्व का वातावरण नहीं मिल सकता। इसलिए भारत के बहुसंख्यक समाज के साथ शांतिपूर्वक रहने में ही उनका कल्याण है, वरना एक दिन उन्हें भी रूपेण रेमंड की तरह पश्चात्ताप करना पड़ेगा।

□

उच्चतम न्यायालय का फैसला और अल्पसंख्यक संस्थाएँ

अल्पसंख्यकों के शिक्षा संस्थान संबंधी अधिकारों को लेकर उच्चतम न्यायालय ने जो फैसला दिया है उसमें अनेक मुद्दों का विश्लेषण किया गया है; लेकिन दिलचस्प बात यह है कि इस निर्णय में भी अदालत ने कहीं अल्पसंख्यक की परिभाषा नहीं दी है। जिस शब्द को केंद्र में रखकर यह सारी रामायण गढ़ी गई है उसके विषय में एक शब्द भी नहीं कहा गया है। अल्पसंख्यकों को अपनी शिक्षण संस्थाएँ चलाने के लिए संविधान में जो अधिकार दिए गए हैं उनके संबंध में अनेक सवाल बार-बार उठते रहे हैं। इन सवालों से जुड़ी लगभग दो सौ याचिकाएँ लंबे समय से उच्चतम न्यायालय के विचाराधीन थीं। इसलिए उच्चतम न्यायालय ने इन सभी पर सामूहिक विचार करके अपना ताजा फैसला सुनाया है। यह मामला कितना गंभीर और कानूनी दृष्टि से महत्त्व का था कि जिसके लिए तीस साल के बाद ११ न्यायाधीशों पर आधारित पूर्ण पीठ निर्मित की गई। लेकिन इस पूर्ण पीठ ने भी कोई एक मत होकर फैसला नहीं सुनाया, बल्कि फैसला पाँच और छह न्यायाधीशों के बीच बँट गया। जो फैसला आया है वह केवल एक वोट से ही सर्वोपरि बन पाया है। जब स्वयं न्यायाधीश इस मामले में एकमत नहीं हैं तो सारे देश की जनता उस पर कैसे एकमत हो सकती है। हर व्यक्ति अपने दृष्टिकोण से इस मामले को देखेगा। उच्चतम न्यायालय की पूर्ण पीठ फैसले के मामले में स्वयं खंडित और विभाजित है तो इसका प्रभाव भी इसी प्रकार से पड़ेगा। इस मामले में मुख्य मुद्दा यही था कि अल्पसंख्यकों को अपने शिक्षा संस्थानों के संचालन का अधिकार किस हद तक है और इस संबंध में सरकार की क्या भूमिका है? अदालत ने अपने फैसले

में संतुलित व्यवस्था को स्थान देने का भरपूर प्रयास किया है। संविधान का अनुच्छेद ३०(१) कहता है कि अल्पसंख्यकों को अपने शिक्षा संस्थान बनाने और चलाने का अधिकार है। लेकिन अनुच्छेद २९(२) कहता है कि सरकार की सहायता से चलनेवाले किसी भी संस्थान में किसी भी नागरिक से जाति, धर्म या भाषा के आधार पर भेदभाव नहीं किया जा सकता है। अदालत ने संविधान के इन दो अनुच्छेदों को अपने फैसले की मिली-जुली बुनियाद के रूप में इस प्रकार कहा है कि अल्पसंख्यक शिक्षा संस्थानों को अपने प्रशासन और छात्रों के चयन की स्वतंत्रता होगी, लेकिन उस समय जब वे सरकार से अनुदान न लेते हों। अनुदान लेने पर उनका दर्जा तो नहीं बदलेगा, लेकिन उन पर कुछ प्रतिबंध लागू होंगे। उन्हें एक मर्यादित सीमा में बहुसंख्यक समाज के छात्र भी लेने होंगे और यह सीमा क्षेत्रीय आवश्यकता अनुसार राज्य तय करेंगे। जो अल्पसंख्यक सरकारें सरकारी अनुदान प्राप्त नहीं करती होंगी उनके अधिकार तो व्यापक होंगे, लेकिन शैक्षिक गुणवत्ता के लिए जरूरी योग्यताओं और मान्यताओं के नियम उन पर भी लागू होंगे। प्रवेश की प्रक्रिया उनकी अपनी हो सकती है, लेकिन उनसे सरकार यह अपेक्षा करती है कि वे पारदर्शी तो होनी ही चाहिए। इस दूसरी बात पर अल्पसंख्यक संस्थानों के संचालक यह कह सकते हैं कि जब पैसा हमारा तो फिर सरकार को दखल देने की क्या आवश्यकता है? लेकिन सरकार तो हर जगह है ही, यदि इन संस्थाओं में चाहे जितनी अच्छी पढ़ाई होती हो लेकिन उसे मान्यता न हो तो किस काम की। शिक्षण लेकर जब बाहर के क्षेत्र में विद्यार्थी जाते हैं तो उन्हें रोजगार तभी मिल सकेगा जब उनकी डिग्री सरकारी मान्यता प्राप्त हो। सरकार का यह बंधन अति अनिवार्य है, लेकिन अल्पसंख्यक संस्थाएँ यह मानती हैं कि ऐसा करना उन पर सरकार का बंधन होगा। इन अल्पसंख्यक संस्थाओं की नाक में नकेल डालने के लिए उच्चतम न्यायालय ने यह व्यवस्था भी अनिवार्य बना दी है कि प्रवेश की कसौटी योग्यता ही होगी।

शिक्षा का विषय संविधान की तीनों सूचियों में है। शिक्षा के क्षेत्र में राज्य की भूमिका हमेशा भ्रम पैदा करनेवाली रही है। तमिलनाडु और महाराष्ट्र इस मामले में बहुत कड़े हैं, लेकिन मध्य प्रदेश में इन अल्पसंख्यक संस्थाओं को अमर्यादित छूट दी गई है। सन् १९९२ के दिल्ली स्थित सेंट स्टीफन कॉलेज के मामले में सुप्रीम कोर्ट ने ही ५० प्रतिशत अल्पसंख्यक छात्रों की सीमा तय की थी, जिसकी समीक्षा भी पुनः इस मामले में हुई है। अदालत यह चाहती है कि अल्पसंख्यक संस्थाएँ चलाएँ, लेकिन शिक्षा के स्तर और प्रशासन में पारदर्शिता

आवश्यक है। अदालत को यह भय है कि अल्पसंख्यक शिक्षा के नाम पर धार्मिक जुनून, कूपमंडूकता और आतंकवाद को परोस सकते हैं। इसलिए अदालत ने अपने इस फैसले के द्वारा अल्पसंख्यकों को चेतावनी भी दी है और बहुसंख्यक समाज को यह भरोसा दिलाया है कि अदालत ऐसा कुछ भी नहीं होने देगी जिससे राष्ट्रीयता के मूल्यों पर कुठाराघात हो। फैसले की इस भावना का स्वागत सारा देश करता है, लेकिन इसके पश्चात् सुप्रीम कोर्ट ने जो कुछ फैसले में कहा है उसका तो अर्थ यह होता है कि यह फैसला दो मुँहवाला है। इसमें इतने विरोधाभास हैं कि फैसले की आत्मा के कहीं दर्शन ही नहीं होते। सरल शब्दों में कहा जाए तो अदालत जिस भावना को व्यक्त कर रही है, आगे चलकर उसी की हत्या कर देती है। अदालत ने अपने इस महत्त्वपूर्ण फैसले में यह कहा है कि धार्मिक या भाषिक अल्पसंख्यक का फैसला संबंधित राज्य की जनसंख्यात्मक स्थिति से होगा। इस स्थिति का मापदंड भाषा और धर्म के आधार पर होगा। धर्म के साथ भाषा को जोड़ने का कारण यह है कि भारत के राज्यों का पुनर्गठन भाषा के आधार पर हुआ है। व्यावहारिकता के धरातल पर देखें तो इस फैसले के कारण मिजोरम, कश्मीर और पंजाब में हिंदू अल्पसंख्यक हो जाएगा। अदालत ने जिस तरह से अल्पसंख्यक की परिभाषा से अपना दामन झाड़ लिया उसी प्रकार धर्म क्या है, यह भी नहीं बतलाया है। धर्म के नाम पर बना समाज तो पंथों और संप्रदायों का जमावड़ा है। बहुत से संप्रदाय यह जानना चाहते थे कि उनके धर्म पर आधारित विशाल समाज के भीतर उन्हें अल्पसंख्यक का दर्जा मिल सकता है? इस प्रश्न का उत्तर फैसले में नहीं मिलता है, इसलिए एक ही संप्रदाय के भीतर लघु संप्रदायों का मुद्दा भी उलझकर रह गया है। यदि अल्पसंख्यकों के हितों की रक्षा करनी है तो फिर अल्पसंख्यकों के भीतर जो अल्पसंख्यक हैं वे भी तो अपनी रक्षा करना चाहेंगे। यानी हर छोटा-बड़ा वर्ग समाज के नाम पर स्वयं को खंडित कर देगा। खंडन की इस तेज प्रक्रिया में राष्ट्रीय एकता का क्या होगा, जो हमारे संविधान का महत्त्वपूर्ण अंग है और आज की सबसे बड़ी आवश्यकता है।

धर्म और संप्रदाय के नाम पर जो तूफान उठेगा उससे कम भाषा के आधार पर उठनेवाला झंझावात नहीं होगा। भारत का कौन सा ऐसा राज्य होगा जिसमें आस-पास के राज्यों के लोग निवास नहीं करते हों। किसी-किसी राज्य में तो आपको दो-दो तीन-तीन भाषाई अल्पसंख्यक मिल जाएँगे। असम में यदि बंगाली और राजस्थानी अल्पसंख्यक हैं तो महाराष्ट्र और विशेषकर मुंबई में तो

हर राज्य का आदमी रोजगार के लिए आकर बस गया है। वर्तमान स्थिति यह है कि भाषाई अल्पसंख्यकों की संस्थाओं में तो अल्पसंख्यक अपना एकाधिकार रखते ही हैं, बहुसंख्यक भाषाई संस्थाओं में भी प्रवेश प्राप्ति का दावा उनका ज्यों-का-त्यों बना हुआ है। स्थिति यह है कि बहुसंख्यक कहलानेवाले हिंदुओं की स्थिति वास्तव में अल्पसंख्यक जैसी बनकर रह गई है। उँगलियों पर गिने जानेवाले कॉलेज हिंदुओं के लिए शेष रह गए हैं। जिस अल्पसंख्यक की परिभाषा उच्चतम न्यायालय और केंद्र सरकार नहीं कर सकी, अब उसका भार राज्यों के कंधों पर डाल दिया गया है। चूँकि संविधान में प्रतिशत तय नहीं है, इसलिए यह सबकुछ राज्यों की अपनी समझ पर आधारित होगा। राज्य सरकार अपने यहाँ जिसे चाहेंगी, अल्पसंख्यक घोषित कर सकेंगी। वह प्रतिशत १ हो या फिर ४९, इस पर रोक-टोक करनेवाला कोई नहीं होगा। दक्षिण भारत के राज्यों में हर जगह कुछ-न-कुछ हिंदी भाषी तो रहते ही हैं, इसलिए वहाँ हिंदीवाले अल्पसंख्यक होंगे। यानी हर राज्य के भीतर एक हिंदी प्रदेश होगा। राजस्थानी लगभग हर राज्य में कारोबार के लिए फैले हुए हैं, इसलिए हर राज्य में एक राजस्थान होगा। हर राज्य के सीमावर्ती क्षेत्र में दूसरे राज्य के लोग बसते हैं, इसलिए वे अपनी भाषा के आधार पर अल्पसंख्यक होंगे। मध्य प्रदेश से सात राज्यों की सीमाएँ मिलती हैं, इसलिए मध्य प्रदेश में अन्य सात राज्य विद्यमान होंगे और मध्य प्रदेश के लोग अपनी सीमाओं से जुड़े सात राज्यों में अल्पसंख्यक का दर्जा पाने में सफल हो जाएँगे। भाषाई भूत, जो बड़ी मुश्किल से दफन हुआ है, फिर से कब्र में से निकलेगा और भारत सरकार के लिए भस्मासुर बन जाएगा। हर समूह की यह इच्छा होगी कि वह दूसरे प्रदेश में अपनी भाषा और भाषा पर आधारित संस्कृति का वाहक बन सके। यह भावना आगे चलकर नए प्रदेश की माँग को जन्म दे सकती है। यदि ऐसा होगा तो संपूर्ण राष्ट्र की एकता और अखंडता का क्या होगा। भारतीय संविधान का अनुच्छेद १९ समानता की बात करता है, लेकिन यहाँ अल्पसंख्यक और बहुसंख्यक के रूप में हर राज्य में एकता का लोप होता दिखलाई पड़ता है। एक नागरिकता और एक राष्ट्रीयता का देश कितने भागों में विभाजित हो जाएगा—इसकी कल्पना करना कठिन नहीं है।

इस फैसले में एक महत्त्वपूर्ण बात व्यावसायिक शिक्षा संस्थानों की फीस को लेकर है। सन् १९९३ के उन्नीकृष्णन मामले को लेकर सुप्रीम कोर्ट ने सभी तरह के मेडिकल और इंजीनियरिंग कॉलेज के केपिटेशन फीस पर रोक लगा दी थी और मनचाही फीस से लेकर मुफ्त शिक्षा तक तीन स्तर बना दिए थे। अब

अदालत ने निजी या मान्यता प्राप्त संस्थाओं को ध्यान में रखते हुए इच्छानुसार फीस वसूल करने की छूट दे दी है। यद्यपि यह कहा गया है कि केपिटेशन फीस पर रोक जारी रहेगी। नाम भले ही बदल दिया जाए, लेकिन इच्छानुसार फीस और केपिटेशन फीस में अंतर क्या रह जाएगा? निजी और मान्यता-प्राप्त संस्थाओं को फीस इच्छानुसार लेने का अधिकार देकर देश की सबसे बड़ी अदालत ने यह मान लिया है कि इस देश में गरीब छात्र को शिक्षा लेने का अधिकार नहीं है। निजी संस्थाएँ पैसा वसूलने में कैसा कहर ढाती हैं, यह किसी को बतलाने की जरूरत नहीं है। अब तो उनके हाथों में सुप्रीम कोर्ट का लाइसेंस आ गया है। यह कहा जा सकता है कि धर्मादा आयुक्त (चैरिटी कमिश्नर) के बंधन आवश्यकता से अधिक किसी को फीस लेने ही नहीं देंगे, यदि लेते हैं तो उन्हें भारी कर अदा करना पड़ेगा। लेकिन यहाँ फिर से एक बात कहनी पड़ती है कि यह कर केवल बहुसंख्यक संस्थाओं को ही देना पड़ता है। अल्पसंख्यक संस्थाओं को इस प्रकार का भार सहन नहीं करना पड़ता। यानी हिंदू तो अपनी संस्थाओं के लिए बंधन कर्ता है, लेकिन अल्पसंख्यक नहीं। क्या यह सरकार का बहुसंख्यक विरोधी कदम नहीं होगा?

अब सवाल यह है कि जिन अल्पसंख्यक संस्थाओं के लिए यह फैसला दिया गया है, क्या वे इस पर संतोष व्यक्त कर रहे हैं? उनका यह कहना है कि अदालत के फैसले से अनुच्छेद ३० के अंतर्गत मिलनेवाली सुविधाएँ उनके लिए बहुत हद तक मर्यादित और सीमित हो जाने वाली हैं। उन्होंने भी यह स्वीकार किया है कि कुछ अल्पसंख्यक संस्थाओं के स्वार्थी संचालक सुप्रीम कोर्ट के इस निर्णय का जी भरकर शोषण करेंगे। अदालत ने कहा है कि जो अल्पसंख्यक संस्थाएँ सरकार से आर्थिक सहायता न लें, उनमें भी प्रवेश तो प्राथमिक परीक्षा के बाद ही होंगे; लेकिन फीस की दर सरकार नहीं, उन संस्थाओं के संचालक तय करेंगे, इसलिए जो लोग शिक्षण संस्थाओं की सेवा करने के बदले स्वयं अपनी सेवा करने में व्यस्त हैं, उनके लिए यह स्वर्ण अवसर सिद्ध होगा। इसके बावजूद इस फैसले के दो-तीन पहलू ऐसे हैं जिनके बारे में पुनः सुप्रीम कोर्ट को रिव्यू करने के संबंध में निवेदन किया जा सकता है। फैसले के अनुसार अनुच्छेद २९ और ३० को अलग से नहीं बल्कि संविधान के अन्य अनुच्छेद जैसे १४, १९, २५, २६ और २८ के साथ मिलाकर पढ़ा जाना चाहिए। अदालत इस नतीजे पर पहुँची है कि धार्मिक और भाषाई अल्पसंख्यकों को अपनी संस्थाएँ स्थापित करने का अधिकार पूर्ण और बिना किसी शर्त के होगा, लेकिन उसकी व्यवस्था

और प्रशासन का पूर्ण अधिकार नहीं होगा। उक्त कानून बुनियादी रूप से सरकारी आर्थिक सहायता से चलनेवाले संगठनों पर होगा; लेकिन धीरे-धीरे सरकार सभी संस्थाओं पर अपना प्रशासकीय कब्जा जमा लेगी। इन शिक्षण संस्थाओं की परिधि में सामान्य स्कूल और कॉलेजों के अतिरिक्त बी.एड., इंजीनियरिंग और मेडिकल कॉलेज भी आते हैं। अल्पसंख्यक संस्थाओं के संचालकों का कहना है कि सुप्रीम कोर्ट के इस फैसले का लाभ उठाकर राज्य सरकारें इसमें जबरदस्त धाँधली करेंगी। मुंबई से प्रकाशित ३ नवंबर के 'दैनिक इंकिलाब' ने लिखा है—गुजरात का उदाहरण हमारे सामने है, जहाँ सरकार को स्वयं अल्पसंख्यकों की आवश्यकता नहीं है। सुप्रीम कोर्ट ने जो उत्तरदायित्व राज्य सरकारों को दिया है, क्या वे अल्पसंख्यकों के प्रति ईमानदारी से निर्वाह करेंगे? इसका अर्थ तो यह हुआ कि राज्य सरकारों पर अल्पसंख्यक समुदाय को भरोसा नहीं है। 'दैनिक इंकिलाब' ने अपने संपादकीय में यह भी लिखा है कि श्री वाजपेयी की एन.डी.ए. सरकार अल्पसंख्यकों को इस प्रकार के अधिकार देने के पक्ष में नहीं थी। सोलिसीटर जनरल हरीश साल्वी ने इस मुद्दे को अदालत के सामने रखते हुए बहस की है।

अल्पसंख्यक संस्थाओं के जिन संचालकों ने यह भय व्यक्त किया है कि फीस की ऊँची दर तय करके कुछ स्वार्थी तत्त्व समाज के स्थान पर स्वयं का भला करेंगे, वे स्वार्थी और धर्म-जुनूनी तत्त्व यह पैसा अपनी संस्थाओं में आतंकवाद के फलने-फूलने पर खर्च नहीं करेंगे, इस बात की क्या गारंटी है? सरकार ने अनुदान नहीं लेने की शर्त पर इन्हें बहुत कुछ करने का अधिकार दे दिया है, इसलिए भय यह है कि इन संस्थाओं में तालिबानी शिक्षा का प्रचार-प्रसार होगा और ये संस्थाएँ एक प्रकार से पुरातनवादियों के अड्डे बन जाएँगी। शिक्षण संस्था के नाम पर तालिबानी मदरसे खुलते रहेंगे और जो काम कल तक जनरल जिया के समय से पाकिस्तान में होता रहा वह सबकुछ भारत में होता रहेगा। बिना अनुदान के कल भी मदरसे चलते थे और अब तो सरकारी मान्यता प्राप्त करके चलेंगे, इसलिए आनेवाले खतरे को भली प्रकार समझा जा सकता है।

हिंदू कोड बिल के समय हिंदू की परिभाषा देते हुए यह कहा गया था कि मध्य एशिया के तीनों धर्म के अनुयायी एवं पारसी गैर हिंदू हैं। इसके अतिरिक्त भारत में जो भी रहता है वह हिंदू है—यानी दलित, जैन, बौद्ध, सिख सभी को हिंदू परिभाषा के अंतर्गत स्वीकारा गया है। इस परिभाषा के आधार पर ही उनके

व्यक्तिगत कानूनों को मान्यता दी गई थी। लेकिन सुप्रीम कोर्ट के वर्तमान फैसले ने तो अल्पसंख्यक आधार पर अब हर किसी को गैर हिंदू कहलाने का अधिकार दे दिया है। भारत के बहुसंख्यक धर्म को जब कभी संविधान में लिखने की आवश्यकता पड़ेगी तब यही कहा जाएगा कि यह देश केवल बेशुमार अल्पसंख्यकों का देश है।

□

एक तुलनात्मक अध्ययन

अल्पसंख्यक आयोग एवं मानव अधिकार आयोग

जब हम अल्पसंख्यकों के विषय में चर्चा कर रहे हैं उस समय इस बात पर विचार करना अनिवार्य है कि भारत जैसे विशाल देश में जहाँ अनेक प्रकार के अल्पसंख्यक हैं, यह जानना आवश्यक है कि कानूनी आधार पर भारत में अल्पसंख्यकों की स्थिति क्या है? उनकी सुरक्षा के लिए सरकार ने क्या कानूनी और प्रशासनिक व्यवस्था की है? भारतीय संविधान ने अपने मौलिक अधिकारों में और राजनीति के निर्देशक सिद्धांतों में जो समानता और स्वतंत्रता प्रदान की है उसका कानूनी आधार पर कितना वजन है? दुनिया में भारत अपने प्रकार का अकेला देश है जिसने संविधान में अल्पसंख्यकों के अधिकारों और सुरक्षा का भरपूर प्रबंध कर लेने के बाद भी इस काम के लिए एक अलग से आयोग गठित किया है। यह आयोग स्वतंत्र रूप से केंद्र सरकार के अंतर्गत काम करता है और अल्पसंख्यकों के प्रति आयोग की क्या जवाबदेही है, इसे परिभाषित करता है। यद्यपि समय-समय पर यह सवाल उठता रहा है कि क्या भारतीय जनतंत्र में जनता को अल्पसंख्यक और बहुसंख्यक में विभक्त करके देश की राष्ट्रीय एकता को खतरा पहुँचाने का काम नहीं किया गया है? संविधान में सबकुछ स्पष्ट कर देने के बाद फिर से इस प्रकार का आयोग गठित करना क्या व्यवस्थापन में दोहरे मापदंड का सूचक नहीं है? इस संदर्भ में समय-समय पर कानूनी विशेषज्ञों द्वारा प्रश्न उठाए जाते रहे हैं, जिनका सिलसिला भविष्य में भी जारी रहेगा।

भारतीय संसद् ने अल्पसंख्यक आयोग संबंधी बिल पर १७ मई, १९९२ को अपनी मोहर लगाई। १७ मई, १९९३ को इसे कार्यान्वित किया गया। आयोग की रचना में उपाध्यक्ष पद के लिए इसे ८ सितंबर, १९९५ में पुनः संशोधित किया गया। संशोधन को संसद् ने स्वीकृति प्रदान करते हुए कहा कि आयोग के

छह सदस्यों में से एक सदस्य को उपाध्यक्ष पद पर मनोनीत किया जाएगा। अंग्रेजी शब्दावली में इसे वाइस चेयरमैन की संज्ञा दी गई। संशोधन से पूर्व यह पहले ही स्पष्ट था कि अध्यक्ष सहित कुल सात सदस्य होंगे। यानी अध्यक्ष एवं उपाध्यक्ष के पश्चात् अन्य पाँच सदस्य होंगे। आयोग की रचना राष्ट्रीय स्तर पर होगी, इसलिए इसे राष्ट्रीय अल्पसंख्यक आयोग कहा जाएगा, यह भी स्पष्ट कर दिया गया। 'अल्पसंख्यक' शब्द के अंतर्गत यह भी परिभाषित कर दिया गया कि उक्त आयोग उन्हीं संप्रदायों के विषय में चर्चा करेगा जिन्हें केंद्र सरकार ने मान्यता प्रदान की है। अन्य कानूनों की तरह उक्त आयोग भी जम्मू-कश्मीर क्षेत्र से बाहर होगा। इसका सीधा अर्थ यह हुआ कि जम्मू-कश्मीर राज्य में हिंदू अल्पसंख्यक होने के बावजूद उसका समावेश इस आयोग के तहत नहीं होगा।

राष्ट्रीय अल्पसंख्यक आयोग के कार्यों की चर्चा करते हुए कहा गया है कि उक्त आयोग समय-समय पर राज्यों एवं केंद्र में अल्पसंख्यकों की प्रगति एवं विकास की समीक्षा करेगा। आयोग उन कार्यों पर नजर रखेगा जो अल्पसंख्यकों से संबंधित संविधान में दिए गए अधिकारों एवं समय-समय पर संसद् तथा राज्यों की विधानसभाओं द्वारा पारित कानूनों के तहत लागू किए गए हैं। अल्पसंख्यक संबंधी नियम एवं कानून प्रभावशाली ढंग से किस प्रकार लागू किए जाएँ, इस संबंध में अपनी सिफारिशें प्रदान करेगा। उन विशेष शिकायतों की जाँच करेगा जिसके अंतर्गत किसी विशेष अल्पसंख्यक समुदाय के अधिकारों का हनन किया गया हो। उन शिकायतों को अधिकृत विभाग एवं व्यक्तियों तक पहुँचाने का दायित्व निभाएगा। उन समस्याओं के कारणों का अध्ययन करेगा जिसमें अल्पसंख्यक समुदाय के प्रति भेदभाव बरता गया हो। उन भेदभावों और अन्यायों को दूर करने के लिए अपनी सिफारिशें देगा। अल्पसंख्यकों में सामाजिक, आर्थिक एवं शैक्षिक उत्थान के संबंध में विशेष अध्ययन एवं शोध कार्यों को प्रोत्साहित करेगा। किसी समूह को अल्पसंख्यक के रूप में केंद्र तथा राज्यों में स्वीकार करने संबंधी विषय पर अपने सुझाव प्रस्तुत करेगा। समय-समय पर आयोग केंद्र सरकार को अल्पसंख्यकों की कठिनाइयों एवं समस्याओं के संबंध में रपट प्रदान करेगा। अल्पसंख्यकों से जुड़े उन सभी मुद्दों के संबंध में भी केंद्र सरकार को पूछे जाने पर परामर्श देने का काम करेगा। केंद्र सरकार आयोग के सुझाव व सलाह से संसद् के दोनों सदनों को सूचित करती रहेगी और इस विषय में भी सदस्यों को बतलाएगी कि उसकी किसी सलाह को क्यों स्वीकार किया गया है तथा क्यों स्वीकार नहीं किया गया है। राज्यों से संबंधित

सलाह एवं सुझावों को इसी प्रकार संबंधित राज्य की विधानसभा में प्रस्तुत किया जाएगा। राज्य सरकार वहाँ इन सिफारिशों को लागू करने अथवा लागू न करके कारणों को बतलाने के लिए बाध्य रहेगी। आयोग अपना दायित्व निभाते समय अदालती कार्यवाही करने का अधिकार रखेगा। सम्मन द्वारा वह किसी भी व्यक्ति को भारत के किसी भी भाग से बुलाने एवं शपथ द्वारा उसके परीक्षण का अधिकार होगा।

राष्ट्रीय अल्पसंख्यक आयोग की स्थापना के पश्चात् अल्पसंख्यकों की समस्या एवं उनके अधिकारों के हनन को लेकर अनेक बार इस तरह की कार्यवाही हो चुकी है। आयोग अल्पसंख्यकों की रक्षा करने में बहुत हद तक सफल रहा है। लेकिन देखा यह गया है कि अल्पसंख्यक समय-समय पर इस तरह की माँग करते रहते हैं कि किसी सरकार को उसे पूरा करने में बड़ी कठिनाई होती है। भारत में अल्पसंख्यकों ने आयोग को अपनी बात मनवाने का एक प्रकोष्ठ समझ लिया है, जिसके कारण बहुसंख्यक समाज में नाराजगी का बढ़ना स्वाभाविक है। यदि आयोग उनकी माँगों को स्वीकार नहीं करता है तो उसे अल्पसंख्यक-विरोधी घोषित कर दिया जाता है और यदि कर लेता है तो देश की जनसंख्या के एक बहुत बड़े भाग के साथ अन्याय होने का खतरा मँडराने लगता है। ऐसी स्थिति में दोनों ओर से कड़वाहट पैदा हो जाती है, जो अंततः संघर्ष का कारण बन जाती है। सांप्रदायिक दंगों के पश्चात् इस प्रकार की समस्या उठती है। दोनों ओर से आरोप-प्रत्यारोप होते हैं। कभी-कभी तो ऐसा लगता है कि एक दंगे में दूसरा दंगा छिपा हुआ होता है। सरकार बहुत सारे दंगों के लिए विशेष प्रकार के आयोग स्थापित करती है, जो अपनी रपट एक विशेष अवधि में देते हैं। यह काम तो केवल अल्पसंख्यक आयोग के तहत ही होना चाहिए, लेकिन ऐसा नहीं होता है। क्या इसका अर्थ यह नहीं है कि हमारी सरकार अपने स्वयं के बनाए हुए आयोग का ही अवमूल्यन करती है? यदि विशेष न्यायाधीश और अल्पसंख्यक आयोग की जाँच में अंतर होता है तब तो दंगों से संबंधित लोगों में पुनः संघर्ष बढ़ जाने के अवसर पैदा हो जाते हैं। अल्पसंख्यक आयोग को हमारी सरकार अल्पसंख्यकों की सुरक्षा की सबसे बड़ी जिम्मेदारी भी देती है और फिर किसी विशेष आयोग की रचना करके उसकी विश्वसनीयता को भी घटाती है। क्या यह काम-काज में दोहरापन नहीं है? हमारे न्यायाधीशों और अल्पसंख्यक आयोग के सम्मानित सदस्यों ने इस विषय पर कभी खुली चर्चा की है?

सन् १९९३ में भारतीय संसद् ने मानव सुरक्षा अधिकार अधिनियम पारित

किया, जो १९९३ में ही २८ सितंबर से कार्यान्वित कर दिया गया। इसकी रचना करते समय यह भी घोषित किया गया कि राष्ट्रीय मानव अधिकार आयोग के चेयर परसन के रूप में उच्चतम न्यायालय का मुख्य न्यायाधीश होगा अथवा उस व्यक्ति को मनोनीत किया जाएगा जो उच्चतम न्यायालय का न्यायाधीश हो। आयोग के सदस्य के रूप में एक न्यायाधीश वह होगा जो किसी उच्च न्यायालय का न्यायाधीश है अथवा भूतकाल में रहा है। आयोग के दो सदस्यों के रूप में उनको नियुक्त किया जाएगा जो मानव अधिकारों के संबंध में व्यावहारिक ज्ञान एवं अनुभव रखते हों। राष्ट्रीय अल्पसंख्यक आयोग, पिछड़ी जाति एवं ट्राइबल संबंधी आयोग के अध्यक्ष तथा राष्ट्रीय महिला आयोग के अध्यक्ष को भी इस आयोग की सदस्यता प्रदान की गई है। संपूर्ण भारत सहित कुछ शर्तों के साथ उक्त आयोग जम्मू एवं कश्मीर राज्य में भी लागू होगा।

मानव अधिकार आयोग का मुख्य कार्य किसी व्यक्ति द्वारा की गई शिकायत अथवा दायर की गई याचिका की जाँच एवं सुनवाई करना होगा, जिसमें मानव अधिकारों का उल्लंघन किया गया हो अथवा मानव अधिकारों की रक्षा के प्रति सार्वजनिक सेवा से संबंधित लोगों द्वारा लापरवाही बरती गई हो।

संबंधित न्यायालय की स्वीकृति प्राप्त कर उस कार्यवाही में हस्तक्षेप करना मानव अधिकारों का उल्लंघन करने के संबंध में वहाँ विचाराधीन है। राज्य सरकार की किसी जेल अथवा संस्था का दौरा करना, जहाँ-जहाँ उस व्यक्ति को स्थानबद्ध किया गया है। उस व्यक्ति के साथ किए गए व्यवहार और उसको दी गई सुरक्षा के बारे में जाँच करना तथा आवश्यक सुझाव एवं सिफारिशें प्रदान करना। उन तथ्यों की जाँच करना जिसमें किसी व्यक्ति पर आतंकवादी होने के आरोप लगाए गए हों। अंतरराष्ट्रीय स्तर पर होनेवाली संधियों और उन कार्यों के प्रति अपनी सिफारिशें प्रदान करना जो मानव अधिकारों को प्रभावी ढंग से लागू करवा सके। मानव अधिकारों के क्षेत्र में शोध कार्य को प्रोत्साहित करना। मानव अधिकारों के लिए लोगों को शिक्षित करना, उन्हें जागरूक बनाना और समाज में इस कार्य के प्रति लोगों को सजग करने के लिए निरंतर काम करते रहना। साहित्य प्रकाशन, प्रसार माध्यम एवं परिसंवादों द्वारा इस क्षेत्र में सतत प्रयास करते रहना। जो गैर-सरकारी संस्थाएँ मानव अधिकार के संबंध में अपनी सेवाएँ दे रही हैं उन्हें प्रोत्साहित करते रहना। अन्य उन सभी कार्यों को संपादित करना जो मानव अधिकार के क्षेत्र में आवश्यक हों।

आयोग को अपनी जाँच करते समय वे सभी अधिकार होंगे जो किसी न्यायालय को होते हैं। आयोग किसी भी व्यक्ति को शपथ द्वारा साक्षी के लिए सम्मन द्वारा बुलाने और उपस्थित रहने के अधिकार रखता है। किसी भी दस्तावेज की खोज और प्रस्तुति के साथ किसी भी साक्ष्य को शपथ-पत्र द्वारा प्राप्त करने का अधिकार होगा। किसी भी न्यायालय अथवा सार्वजनिक रिकॉर्ड की प्रति उपलब्ध कराने का अधिकार होगा। अन्य आयोगों के साक्ष्य और दस्तावेज की जाँच करने का अधिकार होगा। अन्य वे बातें जो मानव अधिकार की रक्षा के लिए आवश्यक होंगी, उन्हें प्राप्त करने और उनकी जाँच-पड़ताल करने का अधिकार भी मानव अधिकार आयोग को होगा।

उपर्युक्त अधिकारों की व्याख्या से यह स्पष्ट हो जाता है कि मानव अधिकार आयोग सभी आयोगों में अधिक शक्तिशाली है। उसके पास न्यायालय संबंधी अधिकार हैं। उसकी जाँच-पड़ताल, निर्णय और निष्कर्ष का वही महत्त्व होगा जो किसी कोर्ट के फैसले का होता है। सरकार मानव अधिकार आयोग की रपट का सम्मान करने के लिए उसी प्रकार से बाध्य है जैसे वह न्यायपालिका द्वारा दिए गए निर्णयों को मानने के लिए बाध्य है। आयोग जिन्हें दंडित करेगा वह फैसला मानना होगा और उसके द्वारा दिए गए सुझावों को कानून के अनुरूप लागू करना होगा।

अल्पसंख्यक आयोग एवं मानव अधिकार आयोग का एक तुलनात्मक अध्ययन कर लेने के पश्चात् पहली नजर में ही एक बात स्पष्ट हो जाती है कि दोनों के कार्यक्षेत्र एवं उद्देश्य लगभग समान हैं। यदि 'अल्पसंख्यक' शब्द को निकालकर वहाँ 'मानव आयोग' शब्द लिख दिया जाए तो यह समझ पाना कठिन होगा कि हम कोई अलग संगठन अथवा संस्था की बात कर रहे हों। अंतर केवल इतना है कि अल्पसंख्यक आयोग के तहत केवल मुसलिम, ईसाई, पारसी और सिखों की बात होगी, जबकि मानव अधिकार आयोग तो संपूर्ण भारत के लोगों की बात करता है। मानव अधिकार आयोग का क्षेत्र तो जम्मू-कश्मीर तक फैला है। यहाँ धारा ३७० रास्ते में रोड़ा नहीं है। कोई आयोग यदि केवल १५ प्रतिशत जनता की बात करे और ८५ प्रतिशत जनता की अवहेलना करे तो उसे लोकतंत्र में वैध नहीं ठहराया जा सकता। इसका अच्छा उदाहरण जम्मू-कश्मीर है। यहाँ भारत के अन्य राज्यों की तरह स्थिति विपरीत है। भारत के अन्य प्रदेशों में यदि मुसलिम अल्पमत में हैं तो जम्मू-कश्मीर एक ऐसा राज्य है जहाँ हिंदू अल्पसंख्यक हैं। अल्पसंख्यक आयोग का कार्यक्षेत्र जम्मू-कश्मीर तक फैला

हुआ नहीं है। यदि ऐसा है तो फिर अल्पसंख्यक का यह पैमाना क्या दोहरा नहीं होगा? हिंदू जहाँ अल्प मत में हैं वहाँ उन्हें भी अल्पसंख्यक घोषित किया जाए और वे सारे अधिकार दिए जाएँ जो अन्य स्थानों पर मुसलिमों को अथवा ईसाइयों और पारसियों को हैं। इस प्रकार का भेदभाव समानता के सिद्धांत पर कलंक है। यदि कुछ गुप्त कारणोंवश अल्पसंख्यक आयोग को भंग नहीं किया जा सकता है तो फिर इस आयोग का दायरा भी जम्मू-कश्मीर तक बढ़ाना ही होगा।

भारतीय संविधान के तहत सिख समाज को अल्पसंख्यक नहीं माना गया है। उनकी परिभाषा हिंदू के तहत की गई है। इसलिए न तो उनके पर्सनल लॉ की चर्चा है और न ही उनके सांस्कृतिक परिवेश की रक्षा करने का प्रश्न? इसलिए जो चीज संविधान में नहीं है उसे एक अलग अधिनियम के तहत परिभाषित करना क्या यह दोहरा मापदंड नहीं है। अल्पसंख्यक आयोग को बहुत कुछ अधिकार दिए गए हैं, लेकिन उन्हें इतने अधिकार नहीं हैं जितने कि मानव अधिकार आयोग को अधिनियम के तहत दिए गए हैं। मानव अधिकार आयोग में अल्पसंख्यक आयोग के अध्यक्ष को भी सदस्य बनाया गया है। इसी प्रकार इसके सदस्य के रूप में महिला आयोग के अध्यक्ष एवं पिछड़ी जाति संबंधी आयोग के अध्यक्ष को भी सदस्यता प्रदान की गई है। यह व्यवस्था स्वयं इस बात को स्पष्ट कर देती है कि मानव अधिकार आयोग अधिक प्रभावी और शक्तिशाली है। यदि ऐसा है तो फिर इन आयोगों की स्थापना कितनी प्रासंगिक है, यह एक महत्त्व का सवाल है। मानव अधिकार आयोग को छोड़कर शेष आयोग हमेशा बजट के मामले में परेशान रहते हैं। उन्हें काम करने के लिए नियुक्त तो किया जाता है, लेकिन आर्थिक अभाव के कारण वे अपनी योजनाएँ पूर्ण नहीं कर सकते। इसलिए अच्छा तो यह होगा कि मानव अधिकार आयोग के तहत अलग-अलग प्रकोष्ठ बना दिए जाएँ और इनका विलय मानव अधिकार आयोग के तहत कर दिया जाए। प्रकोष्ठ के सभी सदस्यों की संख्या बढ़ाई जा सकती है, ताकि किसी को यह शिकायत नहीं रहे कि उनका प्रतिनिधित्व कम कर दिया गया है। मानव अधिकार आयोग की तुलना में अन्य आयोगों को इतने अधिक अधिकार नहीं हैं कि वे अपना काम सुचारु रूप से कर सकें।

यदि बारीकी से अध्ययन किया जाए तो मानव अधिकार आयोग के क्षेत्र में वे सभी बातें और समस्याएँ आ जाती हैं जिनका निराकरण करने के लिए अन्य आयोग स्थापित किए गए हैं। महिलाओं पर होनेवाले अत्याचारों में अल्पसंख्यक और बहुसंख्यक आधार पर भेद नहीं किया जा सकता। इससे तो

जनता के बीच का तालमेल समाप्त होता है, जो वास्तव में राष्ट्रीय एकता के लिए खतरा है। सांप्रदायिक दंगों में यह जरूरी नहीं कि अल्पमत का ही नुकसान हो। बहुसंख्यक भी प्रभावित हो सकता है। अब यदि यहाँ बहुसंख्यक को न्याय नहीं मिलता है तो सामाजिक न्याय का सिद्धांत ही समाप्त हो जाता है। वास्तविकता तो यह है कि इन अलग-अलग आयोगों के कारण समाज में दूरियाँ बढ़ी हैं और एक वर्ग दूसरे वर्ग से निकट आने के स्थान पर दूर होता दिखलाई पड़ रहा है। सामाजिक तालमेल तो निकट आकर एक-दूसरे को समझकर ही पैदा हो सकता है। इसलिए वास्तविकता यह है कि यह दोहरापन और समय तथा धन का दुरुपयोग बचाने के लिए सरकार को कोई ऐसी व्यवस्था करनी चाहिए जो समाज और राष्ट्र को एकता के सूत्र में बाँधकर राष्ट्रीय एकता को मजबूत बनाने में कारगर सिद्ध हो सके। संविधान के धर्मनिरपेक्ष चरित्र को देखते हुए भी अल्पसंख्यक आयोग मेल नहीं खाता है।

□

अल्पसंख्यकवाद से खतरे

अल्पसंख्यकों को दुनिया की हर सरकार ने अपनी क्षमता के अनुसार सुविधाएँ प्रदान की हैं। यदि वे अल्पसंख्यक बनकर रहते हैं तब तो किसी को कोई आपत्ति नहीं होती। लेकिन जब अल्पसंख्यक अपनी विचारधारा को थोपने का प्रयास करते हैं और अपने इन विचारों को एक राजनीतिक स्वरूप प्रदान करके देश और समाज में खलबली मचा देते हैं तब राजनीतिक अराजकता का दौर शुरू हो जाता है। विश्व में जो वस्तुएँ दुर्लभ हैं उन्हें बचाने के लिए मानव समाज हर तरह की कोशिश करता है। दुर्लभ पेड़-पौधे, दुर्लभ पशु-पक्षियों को बचाने के लिए जब वह अपार धन खर्च करता है तो फिर अपने जैसे अल्पसंख्या में जीनेवाले इनसानों के लिए वह कुछ करने में कोई कसर शेष नहीं रखेगा। इसलिए अल्पसंख्यकों को बचाने के लिए अब राष्ट्र संघ के माध्यम से कानून बन रहे हैं। उन्हें किस प्रकार की सुविधाएँ जुटाई जाएँ, इसके लिए आयोग स्थापित किए जाते हैं, तब यह समझने में देर नहीं लगती कि बहुसंख्यकों की दुनिया अल्पसंख्यकों को अपना बनाने के लिए एड़ी-चोटी का जोर लगा देती है। अल्पसंख्यक भी जब तक नेक-नीयती के साथ इस भावना का प्रदर्शन करते हैं तब तक कोई मसला या समस्या खड़ी नहीं होती। लेकिन संघर्ष और विवाद उस समय खड़े होते हैं जब अल्पसंख्यक अपने राजनीतिक अधिकारों का दुरुपयोग कर स्वयं को बहुसंख्यक से अधिक शक्तिशाली बनाने और वर्चस्व जमाने का प्रयास करते हैं। जब यह होता है तो फिर राजनीति विज्ञान में जिस तरह से पूँजीवाद, समाजवाद, साम्यवाद या गांधीवाद की बात होती है उसी प्रकार अल्पसंख्यकवाद भी एक विचार का रूप धारण करके विवाद का मुद्दा बन जाता है। यह कब, क्यों और कैसे होता है, इसका विस्तृत विवरण अनेक अल्पसंख्यक समुदायों के जीवन-दर्शन में झाँककर हम उसका कुरूप चेहरा भली प्रकार देख चुके हैं।

इसलिए हर देश और सरकार का यह दायित्व हो जाता है कि वह अपने यहाँ बसनेवाले अल्पसंख्यकों के प्रति सजग और सावधान रहे। संतुलित अधिकार प्रदान करके ही वह उनका और स्वयं अपना भी भला कर सकती है। इसके लिए स्पष्ट कानून और संवैधानिक व्यवस्था होना अनिवार्य है।

अल्पसंख्यकों के तीन रूप हैं—प्रथम आनुवंशिक, दूसरा धार्मिक और तीसरा भाषाई। किसी भी व्यवस्था के लिए यह अनिवार्य है कि किसी भी व्यक्ति को इन तीन श्रेणियों में से एक का ही लाभ मिले। एक मुसलिम यदि उत्तर प्रदेश में रहता है तो वह या तो मुसलिम अल्पसंख्यक होने का लाभ प्राप्त कर ले या फिर अपनी कन्नड़ भाषा, जो वहाँ अल्पसंख्या में है, उसका लाभ प्राप्त कर ले। उक्त नागरिक यदि धर्म और भाषाई दोनों में अल्पसंख्यक होने का लाभ उठाएगा तो निश्चित ही उसका यह दोहरा लाभ बहुसंख्यक समाज के लिए हानिकारक होगा। कोई नेपाली अथवा भूटानी अपने धर्म के साथ-साथ भाषा का आधार लेकर यदि दोहरा लाभ उठाना चाहे तो यह वैधानिक नहीं होगा। इसलिए प्रशासन के लिए यह अनिवार्य होगा कि उस अल्पसंख्यक समाज के व्यक्ति को वह एक समय में एक ही लाभ प्राप्त करने का अवसर प्रदान करे। एक नागरिक यदि दोनों प्रकार की सुविधाएँ उठाएगा तो बहुसंख्यक समाज उससे अवश्य ही प्रभावित होगा। उर्दू भाषा उत्तर भारत के मुसलमानों की भाषा मानी जाती है। उर्दू पढ़नेवाला यदि भाषाई रूप से अल्पसंख्यक है तो फिर धार्मिक रूप से अल्पसंख्यक होने का उसका अधिकार समाप्त हो जाता है। इस मामले में भारत के भिन्न-भिन्न राज्यों की सरकारों के पास न तो कोई कानून हैं और न ही इस मामले में परिपक्व चिंतन है, इसलिए यह आवश्यक है कि अल्पसंख्यक उपर्युक्त तीनों श्रेणियों में से केवल एक का ही लाभ अर्जित कर सके। यदि उसे एक से अधिक के लाभ मिलते हैं तो फिर अल्पसंख्यक और बहुसंख्यक में संघर्ष होना स्वाभाविक है। यही संघर्ष अंततः अल्पसंख्यकवाद की राजनीति को जन्म देता है।

अल्पसंख्यकों में सबसे भयानक रूप धार्मिक अल्पसंख्यकों का है, क्योंकि मध्य एशिया से निकले दोनों बड़े धर्म इसलाम और ईसाइयत धर्मांतरण में विश्वास रखते हैं। तब्लीग और मिशनरी के माध्यम से वे अपनी संख्या बढ़ाने का प्रयास करते हैं। इस काम के लिए वे परिवार नियोजन का विरोध करते हैं। अब यदि बहुसंख्यक राष्ट्रीय हित में परिवार नियोजन अपनाता है और धर्मांतरण के विरुद्ध आवाज नहीं उठाता है तो एक दिन बहुसंख्यक के अल्पसंख्यक बन जाने की बारी आ जाती है। इसलिए अल्पसंख्यकवाद के खतरे को टालने के लिए सरकार

को अपने कानून और नियम समान रूप से लागू करने चाहिए। इसमें धर्म का तनिक भी हस्तक्षेप नहीं होना चाहिए, क्योंकि एक दिन यह अल्पसंख्यकवाद उनका राजनीतिकवाद बनकर दूसरे विभाजन का खतरा पैदा कर सकता है। धर्म के नाम पर बननेवाला वोटों का समीकरण राजनीतिक अस्थिरता पैदा कर सकता है। सत्ता के संघर्ष के लिए सांप्रदायिक दंगे कारणभूत बन सकते हैं। धर्म से प्रेरित अल्पसंख्यकवाद ही अंततः आतंकवाद को जन्म देता है। इसलिए यह एक ऐसा ज्वलंत मुद्दा है जिस पर सभ्य दुनिया को गंभीरता से विचार करना चाहिए।

अल्पसंख्यकों को मिलनेवाली सुविधाएँ बहुसंख्यक समाज को तोड़ने में बड़ी सहायक होती हैं। आर्थिक, शैक्षणिक और सामाजिक सुविधाएँ देखकर हर वर्ग के मन में यह बात पैदा होती है कि क्यों न वह भी येन-केन-प्रकारेण अल्पसंख्यक बन जाए। हिंदू कोड बिल को प्रस्तुत करते समय बाबा साहब अंबेडकर ने कहा था कि जो धर्म बाहर से आए हैं और जो भारत के सांस्कृतिक प्रवाह से अलग हैं, केवल उन्हीं को अल्पसंख्यक श्रेणी में रखा जा सकता है। इसलिए हिंदू धर्म के अंतर्गत उन्होंने जैन, बौद्ध और सिखों को अलग नहीं माना। लेकिन हम देखते हैं कि इस परिभाषा का विरोध करके बहुत सारे पंथ स्वयं को हिंदुओं से अलग मानने के लिए सरकार को बाध्य करने लगे। इसके लिए भारत सरकार की अल्पसंख्यक नीति जिम्मेदार है। विदेशों से आए इसलाम और ईसाई धर्मावलंबियों को दी जानेवाली सुविधाएँ मानवीय स्वभाव के अनुसार बहुसंख्यक समाज के लिए आकर्षण का कारण बन जाती हैं। इससे इन धर्मों की ओर धर्मांतरण का भी खतरा बढ़ने लगता है और दूसरी तरफ ऐसा न करनेवाले अपने-अपने वर्ग को अल्पसंख्यक घोषित करने के प्रयास करते हैं। सिख और जैन पंथ इसी मार्ग पर अग्रसर हैं। रामकृष्ण मिशन संबंधी मामला पाठकों के लिए नया नहीं है। सिखों को अल्पसंख्यक आयोग का सदस्य बनाकर इस मामले में मूल रूप से संविधान और बाबा साहब की भावना का अनादर किया गया है। सिख समाज हिंदू समाज का ही अंग है। भले ही राजनीतिक लाभ के लिए उसे हम अलग धर्म की संज्ञा दें, लेकिन वास्तविकता तो यह है कि सिख पंथ हिंदू समाज का अभिन्न अंग है। बाह्य रूप से एक सिख की वेशभूषा और उससे जुड़े हुए केश, कंघा, कच्छा, कटार और कड़ा उसे अन्य हिंदू समाज से अलग बतलाने के लिए एक प्रयास हो सकता है, लेकिन जब उसकी ऐतिहासिक पृष्ठभूमि में जाते हैं तो यह समझते देर नहीं लगती कि यह सारा परिवर्तन हिंदू समाज को ही संगठित और सुदृढ़ बनाने की दृष्टि से गुरुओं ने उन संकटकालीन परिस्थितियों

में किया था। धार्मिक आस्था और विश्वास से लगाकर गुरुवाणी तक सभी हिंदू दर्शन और संस्कृति के ही अविभाज्य अंग हैं। पंजाब की गुरुमुखी भाषा देश के अन्य राज्यों में भाषा की दृष्टि से अल्पसंख्यक भाषाई के दायरे में आ सकती है, लेकिन सिख एक धर्म के रूप में कदापि अल्पसंख्यक समाज का भाग नहीं हैं। हिंदू समाज को तोड़ने के लिए केवल कुछ लोगों का यह सोचा-समझा षड्यंत्र है, जिसे भारतीय दर्शन कभी स्वीकार नहीं कर सकता।

भारत के बहुसंख्यक हिंदू समाज को तोड़ने का एक षड्यंत्र पिछले दिनों मध्य प्रदेश में हुआ, जब वहाँ के मुख्यमंत्री दिग्विजय सिंह ने जैन समाज को अल्पसंख्यक घोषित कर दिया। यह माँग अब अन्य राज्यों के जैन बंधु भी उठा रहे हैं। लेकिन समाधान की बात यह है कि इस मामले में केंद्र सरकार ने कोई कदम नहीं उठाया है। जैन समुदाय न तो आनुवंशिक, न ही धार्मिक और न ही भाषाई आधार पर अल्पसंख्यक हो सकता है। सिखों की भाँति वे भी कोई बाहर से आनेवाला समुदाय नहीं है। जैन दर्शन विशाल हिंदू दर्शन का ही अंग है। २४ तीर्थंकरों के विचार, दर्शन और उनकी वाणी हिंदू दर्शन से ओत-प्रोत है। इसलिए केवल आर्थिक सहायता का और नौकरियों में आरक्षण का आकर्षण ही उन्हें अल्पसंख्यक कहलाने के लिए प्रेरित करे तो यह दुर्भाग्य की बात है। यह हिंदू समाज को विघटित करने का एक दु:साहस ही कहलाएगा।

संतोष की बात यह है कि स्वयं जैन समाज के अग्रणी नेता, बुद्धिजीवी, दार्शनिक, शिक्षाशास्त्री और न्यायविद् ही जैन समाज को अल्पसंख्यक घोषित किए जाने का विरोध कर रहे हैं। जैन समाज में दिगंबर पंथी श्वेतांबरियों की तुलना में अति अल्पसंख्यक हैं। इसके बावजूद उन्होंने यह साहस भरा कदम उठाया है। न्यायमूर्ति सौभाग्यमल जैन की अध्यक्षता में अखिल भारतीय दिगंबर जैन परिषद् ने इस निर्णय का विरोध किया है। 'जैन प्रतीक' नाम पत्रिका ने इसे १९९७ के अगस्त अंक में प्रकाशित किया है। जैन परिषद् ने अपने प्रस्ताव में कहा है कि—

"जैन समाज को अल्पसंख्यक के आधार पर आरक्षण देने का विरोध हम इसलिए करते हैं, क्योंकि यह जातीय आधार पर किया जा रहा है। जैन समाज हर प्रकार के जातीय भेदभाव का घोर विरोधी है। क्योंकि आरक्षण उन लोगों के लिए सरासर अन्याय है, जो अपनी योग्यता और कौशल के बल पर अपने अधिकारों को पाना चाहते हैं। पिछले पचास वर्षों का अनुभव बतलाता है कि आरक्षण की नीति अपने उद्देश्य को पूरा करने में बुरी तरह से असफल रही है।

संविधान के निर्माताओं की मनोकामना थी कि भारत में संप्रदाय-विहीन समाज का निर्माण हो। यदि आप संप्रदाय के आधार पर स्वयं की पहचान कराना चाहते हैं तब यह सपना कैसे पूरा हो सकता है? आरक्षण समरसता पैदा करने के स्थान पर वैमनस्य और कटुता को जन्म देता है।''

न्यायमूर्ति सौभाग्यमल जैन आगे कहते हैं कि ''आज के आँकड़ों को देखा जाए तो विदित होगा कि संसद् के ५४३ स्थानों में से ११९ एवं विधानसभाओं की ४०९१ बैठकों में से १०८१ स्थान ऐसे हैं जो केवल अनुसूचित जातियों से एवं अनुसूचित जनजातियों के लिए सुरक्षित हैं और वंचित समुदायों के लोग उन पर खड़े नहीं हो सकते। क्या यह हमारे लोकतांत्रिक अधिकारों का हनन नहीं है? क्या वोट देना मात्र ही हमारा अधिकार रह गया है? और अब तो माँग यहाँ तक बढ़ गई है कि पिछड़ों में भी अति पिछड़े वर्ग को स्थान अधिक आरक्षित किए जाएँ। यदि ऐसा हुआ तो संसद् में ३५० और विधानसभाओं में २६०० स्थान अर्थात् देश का दो-तिहाई से भी अधिक भाग ऐसा हो जाएगा जहाँ वंचित हम को सिर्फ मत देने का अधिकार रहेगा, खड़े होने का नहीं।''

शिक्षण संस्थाओं में भी आरक्षण का प्रतिशत बढ़ता ही जा रहा है। कुछ आँकड़े तो चौंका देनेवाले हैं। ८० प्रतिशत अंक प्राप्त करनेवालों को नकारा जाकर ३५-४० प्रतिशत अंक प्राप्त करनेवालों को प्रवेश मिल जाता है। एक इंजीनियरिंग कॉलेज के विषय में तो समाचार यहाँ तक छपा था कि ८०० अंक प्राप्त करनेवाले तक को प्रविष्टि नहीं दी गई। और दी गई केवल १ अंक प्राप्त करनेवाले को। यह स्थिति युवाओं में असंतोष पैदा कर रही है। भीतर-ही-भीतर आक्रोश का ज्वालामुखी भड़क रहा है।

आरक्षण से प्रभावित तो सर्वाधिक सेवारत वर्ग है। नौकरी तो वही चाहता है जिसे आवश्यकता है। एक को नकारा जाए और दूसरे को ले लिया जाए, सिर्फ इस आधार पर कि वह अमुक जाति का है। वह कहाँ जाए जिसे नकारा गया है? उस बेचारे का आखिर क्या दोष है? केवल इतना कि वह किसी उच्च जाति में जनमा है। पदोन्नति भी उन्हीं लोगों की होती है। जो कल तक उसका अधिकारी था उसके हाथ के नीचे काम करनेवाला जब उसका बड़ा अधिकारी बन जाएगा तो उसके दिल पर क्या बीतेगी? क्या उसमें आक्रोश और ईर्ष्या पैदा नहीं होगी? इस तरह की नीति तो जनता को आपस में लड़ानेवाली होगी। यदि समाज इन कारणों से टूटेगा तो फिर देश की एकता कैसे मजबूत होगी? शाकाहार आंदोलन के प्रणेता स्वर्गीय डॉ. नेमिचंद जैन ने मुंबई में एक सभा को संबोधित

करते हुए कहा था, ''अल्पसंख्यक बन जाने से वर्तमान पीढ़ी को भले ही कुछ लाभ मिल जाए, लेकिन भविष्य की पीढ़ी अपने इन अदूरदर्शी नेताओं को कभी माफ नहीं करेगी। क्योंकि कोई जैन नहीं चाहेगा कि उनकी संतान बुद्धिहीन, कायर और जोखिम उठाने की वृत्ति से परे रहे। दुनिया में अपना स्थान बनाने के लिए स्पर्धा तो करनी ही पड़ती है। स्पर्धा कमजोरों से नहीं होती बल्कि अपनी तुलना में ताकतवर से ही होती है। यह प्रकृति का नियम है, जिसे बदला नहीं जा सकता।''

आरक्षण के लिए अल्पसंख्यक या अल्पसंख्यकों के लिए आरक्षण—यह ऐसा सवाल है जिसका जवाब सरकार के पास नहीं है। कोई भी व्यक्ति आरक्षण की सूची में आने के लिए सबसे पहले अपने आपको अल्पसंख्यक बतलाना चाहता है, और जो अल्पसंख्यक है वह तो आरक्षण के लिए अपनी पात्रता का ढोल पीटते नहीं अघाता। अल्पसंख्यकवाद आरक्षण के बहाने समाज को वर्गों में बाँट रहा है। इसलिए बहुसंख्यक समाज सोचने लगा है कि मैंने क्या अपराध किया था कि अल्पसंख्यक नहीं बन सका। इसलिए इसका सरल मार्ग है कि आरक्षण की माँग करो। वास्तव में देखा जाए तो कृत्रिम अल्पसंख्यक वर्ग पैदा करने की सुनहरी सीढ़ी का नाम ही आरक्षण है। आरक्षण यदि लाभप्रद होता तो संविधान के निर्माताओं ने उसे केवल दस साल के लिए मर्यादित नहीं किया होता। हर बार दस साल की मियाद बढ़ा देना केवल अपने वोट बैंक को मजबूत करने का ही प्रयास है। इसलिए भारत में आरक्षण और अल्पसंख्यकवाद की जो राजनीति दिनोदिन बढ़ रही है उस पर कहीं-न-कहीं विराम अवश्य लगना चाहिए।

बहुसंख्यक-विरोधी नीति हिंदू समाज के लिए कितनी घातक है, इसका जीवंत उदाहरण रामकृष्ण मिशन का स्वयं को अल्पसंख्यक संस्था के रूप में प्रदर्शित करना है। जो रामकृष्ण मिशन दुनिया में हिंदुत्व के लिए जाना जाता है और जिसका जन्म ही हिंदू समाज को सबल व सक्षम बनाने के लिए हुआ वह दुःखी होकर अपने को गैर हिंदू कहने लगे तो इससे बढ़कर शर्म की बात और क्या हो सकती है? बंगाल में वामपंथी सरकार ने उन्हें इतना परेशान किया कि वे स्वयं को हिंदुओं से अलग होने की घोषणा पर विचार करने लगे। वामपंथियों ने न केवल रामकृष्ण मिशन की संस्थाओं को आर्थिक रूप से पंगु बनाने का आंदोलन चलाया बल्कि उनकी शालाओं के अभ्यास-क्रम के मामले में भी हस्तक्षेप करना शुरू कर दिया। मिशन के लोगों को ऐसा लगा कि यदि यह सब होता रहा तो एक दिन मिशन के कार्यालय पर ताला लगाने के अतिरिक्त कोई

विकल्प नहीं रह जाएगा। इस परिस्थिति से निपटने के लिए उनके सलाहकार ने उन्हें सलाह दी कि वे अहिंदू बनकर अपने को अल्पसंख्यक संस्था घोषित कर दें। भारी दिल से मिशन को अपना अस्तित्व बचाने के लिए यह कदम उठाना पड़ा। यह एक उदाहरण ही इस बात को दरशाने के लिए पर्याप्त है कि अल्पसंख्यकवाद किस तरह से समाज को विभाजित कर देने में सक्षम है।

राजनीतिज्ञ भले ही अपने स्वार्थवश अल्पसंख्यकवाद की सीमाएँ निश्चित न करें, लेकिन हमारी न्यायपालिका चाहे तो यह काम बड़ी सरलता से कर सकती है। लेकिन देखा यह गया है कि इस मामले में अदालतों ने अब तक जन-सामान्य को निराश ही किया है। उच्चतम न्यायालय के सेवानिवृत्त मुख्य न्यायाधीश न्यायमूर्ति अहमदी एवं भरूचा ने तो कुछ फैसले इस प्रकार के दिए हैं जो अल्पसंख्यकवाद की धार को और भी तेज कर देते हैं। केरल के जेटोवा विटोवा नामक एक ईसाई स्कूल के छात्रों ने अपने विद्यालय में जन-गण-मन राष्ट्र गान को गाने से इनकार कर दिया। उनका मत यानी धर्म का सिद्धांत उन्हें इस गीत को गाने की आज्ञा नहीं देता। केरल के उच्च न्यायालय ने उनके इस विचार को गलत ठहराते हुए उनके विरुद्ध फैसला दिया, जिसमें कहा गया कि स्कूल के नियम के अनुसार राष्ट्र गान गाया जाना अनिवार्य है। किंतु जब उक्त मामला सर्वोच्च न्यायालय में गया तो न्यायमूर्ति भरूचा ने अपने फैसले में कहा कि यह कोई अनिवार्य नहीं है। छात्र अपनी धार्मिक भावना और अभिव्यक्ति की स्वतंत्रता के अनुसार राष्ट्र गान गाए जाने के लिए बाध्य नहीं है। केरल के विद्यार्थी को जन-गण-मन अपने धर्म के विरुद्ध लगता है और मुसलिम को वंदे मातरम् इसलाम के विरुद्ध नजर आता है, तब इस देश में राष्ट्र गीत के सम्मान का क्या होगा? इसका तो सीधा अर्थ यह हुआ कि राष्ट्र गीत केवल बहुसंख्यक वर्ग के लिए है। यदि कल कोई मुसलमान भारत में चल रहे गांधीजी के चित्रवाले नोट यह कहकर अस्वीकार कर दे कि मेरा धर्म किसी की तसवीरवाली वस्तु के उपयोग करने की आज्ञा नहीं देता तो फिर क्या अदालत उसकी इस इच्छा का पालन करेगी ? अदालत यह कहने के लिए तैयार होगी कि धर्म और अभिव्यक्ति के आधार पर उस व्यक्ति को गांधीजी के चित्रोंवाले नोट को अमान्य करने का अधिकार होगा? न्यायमूर्ति भरूचा के सामने इस प्रश्न का क्या जवाब होगा? यदि वे करेंसी को अमान्य करने का अपराध कर रहे हैं तो अपने इस फैसले में उन्होंने राष्ट्र गीत का अपमान करने का दुःसाहस किया है। न्यायाधीश महोदय न केवल अपराधी को संरक्षण दे रहे हैं बल्कि उसे अपराध करने के लिए प्रोत्साहित

भी कर रहे हैं। २९ नवंबर, २००१ को दिए गए इस फैसले पर भी प्रश्नवाचक चिह्न है जिसमें सुप्रीम कोर्ट ने यह कहा है कि अल्पसंख्यक संस्थानों की संपत्ति का भूमि अधिग्रहण अधिनियम १९८४ के तहत अधिग्रहण नहीं किया जा सकता। इसके लिए सरकार को पहले उसका मुआवजा देकर कानून बनाना होगा। अयोध्या विवाद पर राष्ट्रपति द्वारा पूछे गए प्रश्न पर सर्वोच्च न्यायालय की ५ सदस्यीय खंडपीठ के ३:२ विभाजन को फाली नरीमन ने सांप्रदायिक विभाजन कहा है। इन न्यायमूर्तियों के फैसलों से तो ऐसा लगता है कि बहुसंख्यक और अल्पसंख्यक के सभी कानून ही नहीं बल्कि संविधान भी अलग होना चाहिए।

भारतीय संविधान में शामिल अल्पसंख्यक संबंधी आदर्श मूल रूप से हमारे संविधान के निर्माताओं की देन है या इसके पीछे कोई विदेशी सोच काम कर रही थी—इस पर भी विचार करना अनिवार्य है; क्योंकि विभाजन के साथ-साथ स्वतंत्र भारत का संविधान किस प्रकार का हो, इस मामले में भी तत्कालीन ब्रिटिश शासकों की वैचारिक घुसपैठ शुरू हो गई थी। भारत को स्वतंत्र किए जाने के पूर्व ही मौलिक अधिकार एवं अल्पसंख्यक समितियों का गठन २७ फरवरी, १९४७ को ही कर दिया गया था। अल्पसंख्यक समिति ने अपनी रपट १९ अप्रैल, १९४७ को ही दे दी थी। तब तक तो देश स्वतंत्र भी नहीं हुआ था। इसका अर्थ तो यह हुआ कि अनुच्छेद २९ और ३० की रूपरेखा उस समय बन चुकी थी जब न तो देश के विभाजन की घोषणा हुई थी और न ही अधिकृत रूप से देश की आजादी की घोषणा हुई थी। संविधान भले ही भारतीयों ने बनाया था, लेकिन वे भारतीय विदेशी विचारों से प्रभावित नहीं थे, यह भी तो नहीं कहा जा सकता है। इसलिए केवल विभाजन करके ही ब्रिटिश सत्ताधीश भारत को कमजोर नहीं करना चाहते थे बल्कि शेष भारत में भी अल्पसंख्यकों का उत्पात किस प्रकार चलता रहे और उनके अधिकारों के नाम पर भारत भीतर से किस प्रकार कमजोर बना रहे, इसकी व्यवस्था भी उन्होंने बड़ी दूरदर्शिता के साथ कर ली थी। इसलिए आज हमें जो अल्पसंख्यकवाद के खतरे नजर आ रहे हैं वे केवल भारतीय मस्तिष्कों की देन है, ऐसा नहीं कहा जा सकता है। भारत के अंदरूनी मामलों में हस्तक्षेप करते रहने का षड्यंत्र बहुत पहले रचा जा चुका था। दुर्भाग्य यह है कि इसे हमारे राष्ट्रवादी नेता और चिंतक समझ नहीं सके।

अल्पसंख्यकवाद की धार को समाप्त करने के लिए क्या उपाय किए जाने चाहिए, इसकी चर्चा भी यदा-कदा सर्वदा होती है। पहली बात तो यह है कि आज जिन्हें हम अल्पसंख्यक कह रहे हैं, वे सैकड़ों वर्ष पूर्व भारत में आक्रांता

बनकर आए थे, उन्होंने यहाँ धर्मांतरण का चक्कर चलाया और यहाँ के मूल निवासियों को धर्मांतरित किया। यानी आज जो ईसाई और मुसलिम भारत में हैं वे यहीं के लोग हैं। यदि ऐसा न होता तो वे भारतीय संस्कृति से ओतप्रोत न होते। उनकी आस्था केवल विदेशी है। जहाँ तक संस्कृति का सवाल है उसमें तो वे पूर्ण रूप से भारतीय हैं। इसलिए जो वर्तमान में यहाँ ईसाई और मुसलमान हैं वे भारतीय हैं, इसलिए वे किस प्रकार अल्पसंख्यक हो सकते हैं? जब सभी भारतीय हैं और भारतीय वातावरण में ही पलकर बड़े हुए हैं तब कोई विदेशी है और कोई स्वदेशी है, यह सवाल ही नहीं उठता। विश्व स्तर पर अल्पसंख्यक उसी वर्ग को माना गया है जो विदेश से आया है। जब यहाँ रहनेवाले आज के ईसाई और मुसलिम भारतीय हैं तब उन्हें पराया मानना ठीक नहीं है। उन्हें अल्पसंख्यक कहने से पराएपन का भाव उजागर होता है। इस देश में रहनेवाले जब सभी एक हैं, उनकी नागरिकता एक है और सभी राष्ट्र की संतानें हैं तब बहुसंख्यक और अल्पसंख्यक जैसा भेद करना न्यायिक नहीं है। 'अल्पसंख्यक' शब्द देश की एकता को कमजोर करता है और अपने तथा पराए की अलगाववादी भेद-रेखा खींचता है। इसलिए इस विभाजन पर फिर से विचार किया जाना चाहिए। आर्थिक लाभ को बहुत महत्त्व न देते हुए स्वयं के अस्तित्व के लिए बहुसंख्यक समाज का विश्वास अर्जित करने हेतु वे स्वयं को अल्पसंख्यक शब्दावली से मुक्त कर लें।

भारत एक धर्मनिरपेक्ष देश है, इसलिए यहाँ किसी की धार्मिक आस्था को कोई खतरा नहीं है। भारतीय संविधान में धार्मिक स्वतंत्रता को मौलिक अधिकार के रूप में स्वीकार किया गया है, जिसकी रक्षा की गारंटी उच्चतम न्यायालय ने दी है। इसलिए आस्था भिन्न होते हुए भी यहाँ के बहुसंख्यक समाज के साथ रहने और जीवन व्यतीत करने में कोई दिक्कत नहीं है। टकराव की बात तब आती है जब या तो अपने धर्म को उन्मादी बनाकर प्रदर्शित किया जाता है या फिर स्वयं को सांस्कृतिक रूप से किसी अन्य देश से जोड़ा जाता है। भारतीयता को अपनाने की प्रक्रिया का नाम ही भारतीयकरण है। लेकिन हम देखते हैं, इस शब्द के प्रयोग मात्र से ही आलोचना और विरोध का वातावरण पैदा हो जाता है। अल्पसंख्यक आयोग ने पिछले दिनों यह प्रयास किया कि ईसाई और मुसलिम संगठनों की बातचीत हिंदू संगठनों के साथ हो, ताकि आपस में कोई मतभेद हों तो वे समाप्त किए जा सकें। राष्ट्रीय स्वयंसेवक संघ ने इस प्रयास का स्वागत किया और स्वयं आर.एस.एस. के वर्तमान सरसंघचालक श्री कुप्पहल्ली

सीतारामैया सुदर्शन ने वार्त्तालाप करने में पहल की। संघ प्रारंभ से ही ईसाई और मुसलमानों के भिन्न-भिन्न घटकों से मिलता रहा है और अपने हिंदुत्व की विशाल अवधारणा से इन समुदायों के लोगों को अवगत कराता रहा है। लेकिन जहाँ ईसाई समुदाय वार्त्तालाप के मसले पर अंतर्विरोध के दौर से गुजर रहा है वहीं मुसलिम समुदाय की बहुत बड़े पैमाने पर प्रतिक्रिया सामने नहीं आई। सुदर्शनजी जहाँ भी जाते हैं वे मुसलमानों से मिलकर उनके विचार जानने का प्रयास करते हैं और संघ के विचारों से अवगत कराते हैं। सुदर्शनजी इस बात पर अधिक जोर देते हैं कि संवाद होते रहना चाहिए। हिंदुओं की ओर से तो यह पहल होती है, लेकिन मुसलमान अब भी हिचकिचाते हैं। राष्ट्रवादी मुसलमानों से मिलने में उन्हें दिलचस्पी है। उनका मानना है कि इस प्रकार का वर्ग मुसलिम समाज में मौजूद है, लेकिन वह बिखरा हुआ है। उसे संगठित करना समय की आवश्यकता है। २४ दिसंबर, २००२ को नई दिल्ली में राष्ट्रवादी मुसलिमों के इसी प्रकार के एक ईद मिलन समारोह में सुदर्शनजी के साथ संघ के अन्य वरिष्ठ अधिकारियों एवं तत्कालीन सरकार के केंद्रीय मंत्रियों ने जिनमें श्री आडवाणीजी, मुरली मनोहर जोशी, सुषमा स्वराज, जयवंती बेन मेहता और राम नाइक सहित अनेक केंद्रीय मंत्री भी उपस्थित थे। मुसलिम समाज का बड़ा वर्ग उस समारोह में उपस्थित था। मौलाना वहीदुद्दीन, फतेहपुरी के शाही इमाम मौलाना मुकर्रम, इमाम संगठन के अध्यक्ष मौलाना इलियास जमीली एवं निजामुद्दीन दरगाह के सूफी एवं सज्जादा नशीन शामिल हुए थे। दोनों समाज के बीच लगभग तीन घंटे तक चर्चा होती रही। इस समारोह में मुसलिम आई.ए.एस., विदेश विभाग के कुछ लोग और बड़ी संख्या में दोनों समाजों के बुद्धिजीवी उपस्थित थे। इस समारोह में भी सुदर्शनजी ने यही कहा कि मुसलिम जन इस देश के ही हैं तो वे अल्पसंख्यक किस प्रकार हो सकते हैं। उनका दूसरा मुद्दा था कि इसलाम का आतंकवादी चेहरा तो बार-बार सामने आता है, लेकिन यदि उसका शांति और सौहार्दवाला चेहरा है तो वह भी सामने आना चाहिए। संघ के इन प्रयासों की दोनों समाजों में मुक्त कंठ से प्रशंसा की जा रही है।

मुसलिमों की एक बड़ी शोकांतिका यह है कि उन्होंने लोकतंत्र को स्वीकार नहीं किया है। इसलिए न केवल भारत के मुसलिम समाज में बल्कि मुसलिम देशों में भी लोकतांत्रिक व्यवस्था नहीं पनप सकी। आज इसलामी जगत् इसलिए कट्टरता और संकीर्णता के दायरे में साँस ले रहा है जिससे आतंकवाद जैसी समस्या पैदा हुई है। लोकतांत्रिक व्यवस्था न होने के कारण उसमें धर्मनिरपेक्षता

नहीं पनपती है। इसलिए मुसलिम समाज में कोई जनमत तैयार होना कठिन हो जाता है। सरकार अथवा बहुसंख्यक समाज भारतीय मुसलमानों में उनकी कौन सी संस्था अथवा संगठन से बात करे? पर्सनल लॉ बोर्ड यदि कुछ स्वयंभू मौलानाओं का झुरमुट है तो मिल्ली कौंसिल और बाबरी मसजिद एक्शन कमेटी राजनीति में पिटे हुए मोहरे और जड़-विहीन मौलानाओं के संगठन हैं। न तो इनके चुनाव होते हैं और न ही उनका कोई संविधान होता है, इसलिए मुसलिम जनता स्वयं को दिशाहीन स्थिति में पाती है। इस स्थिति में सरकार, संघ अथवा अल्पसंख्यक आयोग बात करे तो किससे करे?

ईसाई संगठनों से बातचीत करते समय सुदर्शनजी ने बार-बार यह आग्रह किया है कि चर्च का भारतीयकरण होना चाहिए। उनके द्वारा रखे गए इस विचार का कुछ लोगों ने विरोध किया है। लेकिन हमारी मान्यता है कि 'भारतीय' और 'हिंदू' दोनों ही पर्यायवाची शब्द हैं; क्योंकि दोनों ही शब्द राष्ट्रीयता-बोधक हैं, न कि जाति, संप्रदाय अथवा पंथ-बोधक। सुदर्शनजी का यह आग्रह नया नहीं है। दक्षिण अफ्रीका से लौटने के बाद १९१६ में महात्मा गांधी ने मद्रास में ईसाई समुदाय के सम्मेलन में इसी प्रकार का आग्रह किया था। श्री सुदर्शनजी का यह विचार भी यहाँ प्रासंगिक है कि उपासना का तरीका बदलने से राष्ट्रीयता और संस्कृति नहीं बदल जाती। ईसाई मत और इसलाम दुनिया के तमाम देशों में फैले हैं। इन देशों में इन मतों के माननेवालों ने न तो अपने पूर्वजों से नाता तोड़ा है और न अपनी संस्कृति से मुँह मोड़ा है। तब भारत के मुसलमान और ईसाई इस प्रकार के आचरण के आग्रह को संदेह की दृष्टि से क्यों देखते हैं? अफगानिस्तान, मलेशिया, तुर्की, इंडोनेशिया और ईरान जैसे देश अपनी प्राचीन संस्कृति पर गर्व करते हैं और उसे आज भी अपनाए हुए हैं। तब भारतीय मुसलमान ऐसा क्यों नहीं कर सकता? चर्च ऑफ इंग्लैंड की स्थापना पोप के शासन से मुक्ति पाने का प्रथम सफल प्रयास था। चर्च ऑफ स्कॉटलैंड भी उसी समय स्थापित हुआ था। डेनमार्क ने अपने राष्ट्रीय चर्च का नाम लूकेरियन चर्च दिया है, जो अब चर्च ऑफ डेनमार्क बन गया है। रशियन चर्च एवं अफ्रीकन नेशनल चर्च भी स्थापित हो चुके हैं। भारत में राष्ट्रीय चर्च की नींव तो उसी दिन पड़ गई थी जब १९६५ में तत्कालीन प्रधानमंत्री श्री लाल बहादुर शास्त्री ने नगालैंड में सक्रिय पादरी स्कॉट को भारत से निकाल दिया था। लेकिन बाद की सरकारों ने इस प्रक्रिया को तेज नहीं किया। बीसवीं शताब्दी के प्रारंभ में तुर्की में मजहबी खलीफा को पदभ्रष्ट करके अतातुर्क कमाल पाशा ने इसी प्रकार की राष्ट्रवादी

सरकार तुर्की में स्थापित की थी। इसलिए जब तक ईसाइयत और इसलाम अपनी कट्टरता छोड़कर राष्ट्रीय प्रवाह में शामिल नहीं होते तब तक उनके अल्पसंख्यकवाद की धार भोथरी नहीं हो सकती।

पिछले दिनों आप्रवासी भारतीयों के सम्मेलन में भारत सरकार ने मूल भारतीय आप्रवासियों को नागरिकता देने की घोषणा की है। भारतीय संविधान में अब तक केवल एक नागरिकता का ही प्रावधान है। भारत सरकार भली प्रकार जानती है कि भारत से बाहर गए भारतीय भावनात्मक रूप से भारत की राष्ट्रीयता से जुड़े हुए हैं। इसलिए यदि उनकी भावना को दृष्टि में रखते हुए उन्हें मर्यादित ढंग की नागरिकता प्रदान की जाती है तो इससे देश के विकास को बल मिलेगा। आप्रवासी भारतीय आज भी लाखों डॉलर भारत में प्रतिवर्ष भेजते हैं। दुनिया में असंख्य देश हैं जो दोहरी नागरिकता धराते हैं। इसलिए ऐसा करना कोई नई बात नहीं होगी। भारत सरकार ने इस मामले में बड़ी सावधानी बरती है। उन्हीं देशों के नागरिकों को अपनी नागरिकता दी है जिनकी सीमाएँ भारत से नहीं मिलती हैं। इसके साथ ही अभी हाल में तो इसका लाभ केवल यूरोप और अमेरिका के आप्रवासी भारतीयों को ही मिलेगा। इस घोषणा को कार्यान्वित करने के लिए भारत सरकार को १९५२ के नागरिकता संबंधी कानून में संशोधन करना पड़ेगा। जब संसद् में यह कानून बनेगा उस समय इस पर विस्तृत चर्चा होगी। कानून के लाभ और हानि का ब्योरा उस समय मिल सकेगा। सरकार उन बातों पर विशेष ध्यान देगी जो आज घुसपैठिए बनकर भारत की नागरिकता प्राप्त करना चाहते हैं।

भविष्य में यदि कोई सरकार इसका दायरा विस्तृत करके सभी देशों में रह रहे भारतीयों के लिए दरवाजे खोल दे तो फिर इसका कुप्रभाव पड़ना निश्चित है। भारत से पाकिस्तान गए मुहाजिर इसका लाभ उठाने से नहीं चूकेंगे। आज यह स्थिति है कि यदि सौ पाकिस्तानी अस्थायी व़ीजा पर भारत आते हैं तो उनमें से अस्सी ही लौटते हैं। पाकिस्तान के इन अवैध नागरिकों की संख्या भारत सरकार बार-बार दरशाती रहती है। लेकिन फिर भी उनको पकड़ पाना कठिन होता है। यदि दोहरी नागरिकता के दरवाजे इनके लिए खुल गए तो फिर क्या स्थिति होगी, इसका अनुमान लगाया जा सकता है। यही स्थिति बँगलादेशियों की है। इस समय डेढ़ करोड़ से भी अधिक बँगलादेशी अवैध रूप से भारत में रह रहे हैं, फिर तो मूल भारतीय होने का अधिकार होने के नाते आधा बँगलादेश भारत में घुस सकता है। यही स्थिति श्रीलंका में रहनेवाले तमिल भारतीयों की

है। उनके प्रवाह से तमिलनाडु और दक्षिण के राज्य उफनने लगेंगे। आज जो सरकार सत्ता में है वह भली प्रकार से इन संकटों को पहचानती है, इसलिए उसका बंदोबस्त किया है। लेकिन इस बात की कोई गारंटी नहीं कि आनेवाले दिनों में भी यह सावधानी बरती जाएगी। अल्पसंख्यक वोट के सहारे जीनेवाले राजनीतिक दल यह विचार करने लगेंगे कि इससे तो हमारा भला हो जाएगा। आज तक जिन लोगों को अल्पसंख्यक बतलाकर इसका लाभ भारत के राजनीतिक दल उठाते रहे हैं, आनेवाले कल में उनके हाथों में यह लाइसेंस आ जाएगा। इसलिए यह अल्पसंख्यकवाद एक बहुत बड़ा खतरा बन जाएगा। देश में बाहर से घुसपैठ करके और फिर नागरिकता प्राप्त करके इन अल्पसंख्यकों की तादाद न बढ़े, इसका बंदोबस्त करना अनिवार्य है।

साल भर पहले ब्रिटिश सरकार ने एक श्वेत-पत्र जारी किया था, जिसमें संकल्प लिया गया था कि समाज की विविधता ब्रिटेन की सरकार में झलकनी चाहिए। यही सोचकर वहाँ एक विशेष अधिकारी को नियुक्त किया गया कि ब्रिटिश कॉलेजों में पढ़नेवाले अल्पसंख्यकों को परामर्श दे कि वहाँ उन्हें किन-किन विभागों में नौकरियाँ और पदोन्नति के अवसर शीघ्र मिल सकते हैं। इंटरनेट के माध्यम से यह जानकारी भी माँगी गई कि रक्षा सेवाओं में अल्पसंख्यकों की दिलचस्पी है या नहीं। पता चला है कि ब्रिटेन में रहनेवाले अल्पसंख्यक सेना में भरती होने के उत्सुक नहीं रहते हैं। यह अनुभव केवल ब्रिटेन का हो, ऐसी बात नहीं है, किसी भी देश में बसनेवाले अल्पसंख्यक अपने देश की रक्षा सेवाओं के प्रति न तो जाग्रत् होते हैं और न ही उन्हें किसी प्रकार की दिलचस्पी है। इसलिए अपना अल्पसंख्यकवाद वे बहुसंख्यकों के कंधों का सहारा लेकर बचाना चाहते हैं, लेकिन देश की सुरक्षा के लिए उनका योगदान नहीं के बराबर होता है। अल्पसंख्यक जब सभी वस्तुओं में अपना हिस्सा अधिक-से-अधिक बँटाना चाहते हैं तो फिर सेना में भी उनका अनुपात ठीक-ठीक होना चाहिए। ब्रिटेन में बसे अल्पसंख्यक सिविल सेवा में १० प्रतिशत हैं। प्रशासकीय अधिकारियों में वे ३ प्रतिशत के आस-पास हैं। ब्रिटेन में अल्पसंख्यकों का प्रतिशत ६.४ है, लेकिन सेना में .०७ से भी कम हैं। उक्त आँकड़े विश्व के अल्पसंख्यक समाज का प्रतिनिधित्व करते हुए यह बतलाते हैं कि उन्हें अपने देश, जिसमें वे रह रहे हैं उसकी सुरक्षा से कोई लेना-देना नहीं है।

अल्पसंख्यकों को अंकुश में रखने के लिए लगभग सभी देश इस बात से सहमत हैं कि उन्हें राजनीतिक अधिकार नहीं दिए जाने चाहिए, क्योंकि राजनीतिक

अधिकार मिलते ही वे देश में शासन करने का सपना देखने लगते हैं। आपने इस लक्ष्य की पूर्ति के लिए फिर वे अनेक मार्ग अपना लेते हैं। लेकिन राष्ट्र संघ से लेकर उसके आदेशानुसार बने मानव अधिकार आयोग तक सबसे पहले उन्हें राजनीतिक अधिकार देने की बात करते हैं। इस पर से संघर्ष की शुरुआत होती है। देखा यह गया है कि अपने सांस्कृतिक अधिकारों से अल्पसंख्यकों को अपने राजनीतिक अधिकारों में अधिक दिलचस्पी होती है। अल्पसंख्यकों का एक चरित्र यह भी देखा जाता है कि वे राजनीतिक रूप से बड़े सतर्क और जागरूक होते हैं। इसलिए हर देश में उनके अपने समाचार-पत्र और मीडिया के अन्य साधन हैं। किसी भी देश को किस समाज की भाषा, वेशभूषा और त्योहार से भला क्या आपत्ति हो सकती है; लेकिन जब आपकी यह पहचान राजनीतिक स्वरूप लेने लगती है तब अल्पसंख्यकवाद के खतरे खड़े हो जाते हैं।

□

अल्पसंख्यकवाद से किस प्रकार निपटा जाए?

अल्पसंख्यकवाद वैश्विक प्रश्न होने के बावजूद राष्ट्र संघ जैसी संस्था भी इसे हल करने के उपाय नहीं बतला सकी है। केवल आयोग नियुक्त कर देने से यह मामला नहीं निपट सकता है। चाहे आज यह समस्या अंतरराष्ट्रीय दिखलाई पड़ती है, लेकिन इसका स्वरूप हर देश में अलग-अलग है। विश्व के प्राय: हर देश ने अपने संविधान, संस्कृति और मानव अधिकार के तहत इस मामले पर विचार किया है और अपनी क्षमतानुसार इसका समाधान खोजने का प्रयास किया है। दुनिया में ऐसे असंख्य उदाहरण हैं जब किसी देश की सरकार ने अल्पसंख्यकों के तुष्टीकरण करने का प्रयास किया तब अल्पसंख्यक वर्ग ने इसे सरकार की कमजोरी समझकर उसे ब्लैकमेल करने की कोशिश की। ऐसे उदाहरणों की भी कमी नहीं है जब अल्पसंख्यकों की एकजुटता को समाप्त करने और उनके प्रभाव पर अंकुश लगाने के लिए किसी देश की सरकार ने कड़े कानून बनाए तब विश्व जनमत भी उस देश के विरुद्ध हो गया और अल्पसंख्यकों की सुरक्षा के लिए मानवता की दुहाई दी जाने लगी। यानी यह समस्या न तो नरमी से हल हो सकती है और न ही गरमी से। इसके लिए यह आवश्यक है कि बीच का मार्ग निर्धारित किया जाए।

दुनिया के मानचित्र पर जब नजर दौड़ाते हैं तो पता चलता है कि इस समस्या से छुटकारा पाने के लिए लोगों ने तीन प्रकार के उपाय किए हैं। पहले वे देश हैं जो अपने यहाँ देश से अधिक महत्त्व धर्म को देते हैं। उनके कायदे-कानून और उनकी शासन व्यवस्था में धर्म का बोलबाला है। इसलिए जो धर्म कहता है उसके अनुसार वे अपने यहाँ बसे अल्पसंख्यकों के प्रश्न का हल ढूँढ़ते हैं। इसलामी देशों में इसलामी शरीयत सर्वोपरि है, इसलिए शरीयत गैर-मुसलिमों को कोई भी अधिकार नहीं देती है। कोई भी गैर-मुसलिम अपने यहाँ न तो इन

अल्पसंख्यकों को राजनीतिक अधिकार देते हैं और न ही धार्मिक अधिकार। अरब भूखंड में अरब लीग के १८ देश हैं, जहाँ लाखों ईसाई और हिंदू रहते हैं, लेकिन इन लोगों को न तो नागरिकता दी जाती है और न ही किसी प्रकार के राजनीतिक अधिकार। उन्हें अपने धर्म के मामले में भी कोई छूट नहीं है। वे वहाँ रहनेवाले हिंदू को न तो राखी का त्योहार मनाने देंगे और न ही दीपावली और गणेश चतुर्थी। इसी प्रकार ईसाई सार्वजनिक तौर पर न तो क्रिसमस मनाएँगे और न ही नववर्ष की धूमधाम कर सकेंगे। इन अल्पसंख्यकों को धार्मिक त्योहारों पर अवकाश देने का तो सवाल ही पैदा नहीं होता। वे न तो मसजिदें बना सकते हैं और न ही चर्च। हिंदुओं के अंतिम संस्कार के लिए कोई श्मशान की व्यवस्था नहीं है। गैर-मुसलिम उनके यहाँ केवल काम करनेवाला वर्ग है, इसलिए उसके प्रति किसी तरह की छूट के वे अधिकारी नहीं हैं। इसलामी देश केवल और केवल इसलाम के आदेशानुसार अपना शासन चलाते हैं, इसलिए वे अल्पसंख्यकों को न तो आनुवंशिक आधार पर और न ही धर्म तथा भाषा के आधार पर कोई अलग वर्ग मानकर उन्हें सुरक्षा प्रदान करते हैं। इसलामी कायदे-कानून के रखवाले अपने यहाँ किसी मानव अधिकारवाले को फटकने भी नहीं देते। आज तक वहाँ न जाने क्रूरता के कितने मामले बने हैं, लेकिन किसी एक की भी जाँच-पड़ताल नहीं हुई है। चूँकि वे आधुनिक दुनिया में होनेवाले परिवर्तन के अंतर्गत अपने व्यवहार को नापते-तौलते नहीं हैं, इसलिए उनके शब्दकोश में 'समधर्म समभाव', 'सहिष्णुता' और 'मानवता' जैसे शब्द नहीं मिलते हैं।

ऐसा भी नहीं है कि इसलामी शरीयत ने गैर-मुसलिमों के लिए कोई बात नहीं कही हो। स्वयं पैगंबर हजरत मोहम्मद के समय में मक्का और मदीना में रहनेवाले यहूदियों के लिए अनेक आदेश पढ़ने को मिलते हैं। मुसलिम शासक गैर-मुसलिमों के धर्मों के प्रति उदार बनें और उनके राज में उन्हें पूर्ण सुरक्षा मिले, इसकी चर्चा अनेक हदीसों में पढ़ने को मिलती है। लेकिन गैर-मुसलिमों को इसलामी राज में राजनीतिक और धार्मिक अधिकार नहीं दिए जा सकते, यह बात भी अपनी जगह अटल है। युद्ध जीत लेने के बाद उस देश की गैर-मुसलिम जनता के साथ किस प्रकार का व्यवहार किया जाए, महिलाओं और बच्चों के साथ किस प्रकार मानवता बरती जाए और लूट के माल में किस प्रकार मानवीय संवेदना का ध्यान रखा जाए, यह सबकुछ जीतनेवाले शासक के विवेक पर निर्भर रहता है। गैर-मुसलिमों पर जजिया (कर) लगाना मुसलिम शासकों के लिए एक सामान्य बात थी।

अरब भूखंड के देश जहाँ अपने धर्म को सर्वोपरिता देते हैं वहीं अपनी संस्कृति को भी सम्मान देते हैं। लेबनान से निकाले गए ईसाइयों के प्रति अरब शासक और अरबी जनता का मन उदार था, क्योंकि वे उनके जैसे कपड़े पहनते थे और उनकी जैसी बोली बोलते थे। जहाँ कहीं कबाइली लोग हैं वे आज भी अपने धर्म से अपने कबीलों की परंपरा और मान्यताओं को अधिक स्थान देते हैं। इसलिए धार्मिक रूप से कबाइली अल्पसंख्यक अलग धर्म से संबंधित होने के बावजूद बहुसंख्यक धर्म के कबाइलियों से संघर्ष में नहीं उतरते। इन दोनों के जोड़ने का काम संस्कृति करती है। पाकिस्तान के बलूचिस्तान में २५ हजार हिंदू हैं; लेकिन चूँकि वे किसी-न-किसी कबीले से जुड़े हैं, इसलिए मुसलिम बहुसंख्यकवाले इस प्रदेश में उनकी स्थिति पंजाबी और सिंधी हिंदुओं से बेहतर है। एक तो उनको पहचाना नहीं जा सकता और दूसरी बात यह कि सांस्कृतिक प्रवाह में घुले-मिले होने के कारण दोनों वर्गों में दूरी नहीं दिखलाई पड़ती। संस्कृति धर्म से महान् और विशाल है, इसलिए धार्मिक कट्टरता को भी संस्कृति के सामने सीस नवाना पड़ता है।

दूसरी श्रेणी पाश्चात्य देशों की है, जहाँ धर्म तो है लेकिन उन्होंने अपने देश को धर्म से ऊँचा और ऊपर रखा है। आधुनिकता में साँस लेने के लिए वे किसी भी अवरोध को अपने यहाँ जन्म नहीं देना चाहते हैं। इसलिए अपने लिखित अथवा अलिखित संविधान के माध्यम से वे एक ही नागरिकता और एक ही कानून में विश्वास रखते हैं। अमेरिका, इंग्लैंड और फ्रांस जैसे देश ईसाई बहुमत के होने के उपरांत भी वहाँ दुनिया के सभी धर्मों के माननेवाले हैं। इसलिए अपने धर्म को परे रखकर अपने राष्ट्र-हित के उन्होंने कानून और नियम बनाए हैं। इन देशों में किसी भी धर्म के कानूनों को मान्यता नहीं दी जाती। न तो वहाँ मुसलिम पर्सनल लॉ है और न ही यहूदी व पारसियों के कानून। अमेरिका में अमेरिकन कानून ही सब पर लागू होता है। वहाँ धर्म की स्वतंत्रता है; लेकिन यह स्वतंत्रता केवल उपासना-पद्धति और कर्मकांड तथा त्योहारों के प्रति है। कोई भी धर्मावलंबी अपनी धार्मिक पद्धति के अनुसार निकाह कर सकता है, मंदिर में जाकर विवाह कर सकता है, लेकिन निकाह को रजिस्टर्ड कराना उसके लिए अति आवश्यक है। विवाह के समय यदि नागरिकता और राष्ट्रीयता का सवाल खड़ा होता है तो उसे अमेरिकन कानून के तहत ही निपटाना होगा। यदि तलाक कोर्ट के द्वारा होता है तो भरण-पोषण के कानून अमेरिकन नियम के अनुसार ही तय होंगे। वहाँ धार्मिक रूप से संपत्ति का बँटवारा नहीं हो सकता।

कहने का अर्थ यह कि चाहे कोई अल्पसंख्यक हो या बहुसंख्यक, वह केवल अमेरिकन कानून के तहत ही व्यवहार का पात्र होगा।

अमेरिका में १८ प्रतिशत नीग्रो होने के बावजूद उन्हें अल्पसंख्यक श्रेणी में मान्य नहीं किया गया है। इसी प्रकार सारी दुनिया से गए वहाँ हजारों लोग हैं। उनमें भारत से लेकर चीन और पाकिस्तान से लेकर लातीनी देशों के हजारों लोग हैं। इनमें कोई हिंदू है तो कोई मुसलमान, कोई बौद्ध है तो कोई अन्य धर्म का। लेकिन इसके बावजूद हम देखते हैं कि वहाँ न तो किसी अन्य देश के कायदे-कानूनों को लागू किया जाता है और न ही किसी धार्मिक कानून के लागू करने की गुंजाइश है। अमेरिका में केवल सभी अमेरिकन हैं। इसलिए वहाँ न तो कोई अल्पसंख्यक है और न कोई बहुसंख्यक। नीग्रो ने किंग मार्टिन लूथर के नेतृत्व में यह समस्या उठाई थी; लेकिन हम देखते हैं कि अमेरिका सरकार ने बड़ी दूरदर्शिता के साथ अमेरिकन कानून के तहत इस समस्या का समाधान कर लिया। सभी को रोजगार और नागरिकता के समान अधिकार होंगे तो वहाँ फिर संघर्ष होने का सवाल ही पैदा नहीं होता। इतने बड़े देश ने केवल समान कानून और समान सुविधाओं के तहत इस मामले को हल कर लिया।

ब्रिटेन और फ्रांस ने भी इस समस्या का समाधान समान नागरिक कानून के तहत ही किया। हम देखते हैं कि इन देशों में जब भी आवाज उठती है, वह मुसलिम अल्पसंख्यकों के द्वारा ही उठाई जाती है। मुसलिम इन देशों में सह शिक्षा का विरोध तो नहीं कर सकते, क्योंकि उन्हें अपने धर्म के अनुसार शालाएँ चलाने का अधिकार नहीं है। लेकिन स्कूल में लड़कियों के गणवेश को लेकर वहाँ यह समस्या उठती रहती है। कट्टरवादी मुसलिम परिवारों का यह आग्रह रहता है कि उनकी लड़कियाँ शाला में खुले सिर नहीं जाएँगी। उनके सिर पर स्कार्फ बँधा हुआ रहना चाहिए। अनुशासन के प्रति समर्पित शालाओं के संचालक तो इसकी आज्ञा नहीं देते, लेकिन कुछ उदारवादी संस्थाएँ इसे स्वीकार कर लेती हैं। सिख समाज के साथ भी यही कठिनाई थी। ब्रिटेन, कनाडा और अन्य पश्चिमी राष्ट्रों ने उनकी यह माँग स्वीकार कर ली है। वे उनकी परंपरा के अनुसार केश, कटार और कड़ा पहनने की आज्ञा दे देते हैं। कटार इतनी छोटी होती है कि उसके प्रति किसी को आपत्ति नहीं होती। धर्म की पहचान के नाम पर वहाँ की सरकारें यह बरदाश्त कर लेती हैं, लेकिन अपने कानून और राजनीतिक अधिकारों के रूप में इन बातों को मान्य नहीं करतीं। कहने का अर्थ

यह है कि पश्चिमी राष्ट्र अपने संविधान और कानून के तहत अल्पसंख्यक और बहुसंख्यक का भेद नहीं करते। उन्हें कोई विशेष रूप से धार्मिक और राजनीतिक अधिकार नहीं दिए जाते। समान कानून का राज होने के कारण वहाँ अल्पसंख्यकों ने अपने अस्तित्व के नाम पर बहुत सिर नहीं उठाया है। जब भी उठाया है तो उसे सरकार ने अपने समान कानून के तहत ही इसे निपटाया है।

साम्यवादी देशों ने तो इस सिद्धांत को ही मान्य नहीं किया है। अल्पसंख्यक और बहुसंख्यक का भेद मिटाने के लिए उन्होंने जनसंख्या के स्थानांतरण से भी परहेज नहीं किया है। स्टालिन, ख्रुश्चेव और ब्रजन्नेव ने तो रूस में मुसलिम बहुल जनतावाले भागों की जनसंख्या को साइबेरिया तथा अपने अन्य प्रदेशों में बड़े पैमाने पर स्थानांतरित कर दिया। आज चीन तिब्बत की आबादी को इसी प्रकार दूसरे स्थान पर ले जाकर बसा रहा है। लेकिन देखा यह गया है कि उक्त अनुभव सुखद और सफल नहीं रहा है। एक धर्म के माननेवालों की जनसंख्या यदि एक स्थान पर रहेगी तो वे अपनी अलगाववादी वृत्ति के कारण नया देश बनाने के लिए आवाज बुलंद करने लगेंगे। इसलिए साम्यवादी शासकों ने यह नियम बनाया कि समान धर्मियों को एक स्थान पर नहीं रखा जाना चाहिए। जनसंख्या के स्थानांतरण से लोगों में क्षोभ और आक्रोश बढ़ने लगा, जिसका नतीजा यह हुआ कि सोवियत रूस में छह इसलामी रियासतों ने साम्यवादी सरकार को कभी सहयोग नहीं दिया, जिसका नतीजा यह हुआ कि रूस का विघटन हो गया। सन् १९२२ में लेनिन ने जिस सिद्धांत के आधार पर विशाल सोवियत यूनियन की बुनियाद डाली और द्वितीय महायुद्ध के बाद उसका सपना भी साकार होने लगा, लेकिन साम्यवादी दार्शनिकों और चिंतकों को यह पता नहीं था कि उनकी यह तिलिस्मी दुनिया बीसवीं शताब्दी समाप्त होने . पहले ही समाप्त हो जाएगी। उज्बेकिस्तान, आरमिनिस्तान, किरगिस्तान, तुर्कमेनिस्तान और तजाकिस्तान जैसी कुल मिलाकर छह रियासतें अपनी पूर्व स्थिति में पहुँच जाएँगी। आज उसी रास्ते पर चेचन्या चल रहा है। यानी साम्यवाद का फौलादी शस्त्र अल्पसंख्यकों को बहुसंख्यक के प्रवाह में शामिल नहीं कर सका। संस्कृति के स्थानीय आधार और इसलाम को अपनी पहचान बनाकर ये सारे प्रदेश बगावत करते रहे। इस प्रकार यदि सोवियत रूस विभाजित हुआ है तो वह अल्पसंख्यकों की ताकत के आधार पर ही हुआ है। पाकिस्तान निर्माण के बाद अल्पसंख्यकों की यह दूसरी विजय है, जिन्होंने धर्म को राष्ट्र से महान् माना। यहाँ एक बात और देखने को मिलती है कि इन राष्ट्रों

में इसलाम कोई कट्टरवादी रूप में नहीं है। धर्म के स्थान पर वे अपनी संस्कृति, वंश और कबीलों को अधिक महत्त्व देते हैं।

सवाल यह है कि क्या रूस की तरह चीन भी विफल होगा? चीन के झियांग प्रांत में मुसलिम बहुसंख्यक के रूप में हैं। समय-समय पर वहाँ यह आंदोलन उठता रहता है। फिलहाल तो चीन के फौलादी शासक इसे जोर-जबरदस्ती और अपनी क्रूरता से दबा देने में सफल हो जाते हैं। तिब्बत के बहुसंख्यकों को वे उनकी मूल धरती से हटाने का आंदोलन चला रहे हैं। तिब्बत में हान जाति के लोगों को बसाया जा रहा है, लेकिन फिर भी यह कह पाना कठिन है कि चीन की यह नीति बहुत अधिक दिनों तक सफल होगी। कहने का तात्पर्य यह कि साम्यवाद ने भी अल्पसंख्यकवाद के सामने घुटने टेक दिए हैं। भारत के राज्य पश्चिम बंगाल में जहाँ पिछले कई वर्षों से मार्क्सवादी साम्यवादियों की हुकूमत है, उन्हें भी पिछले दिनों यह अनुभव हुआ है कि पश्चिम बंगाल में बढ़ते मदरसों की संख्या और उनकी गतिविधि राज्य सरकार के लिए चिंता की बात है। भारत में जो साम्यवादी पक्ष मुसलिमों की हर जायज और नाजायज माँग पर अपनी मोहर लगा देते हैं, उन्हें भी अपने प्रदेश में इन क्रिया-कलापों के लिए विचार करना पड़ रहा है। कुल मिलाकर साम्यवादी रणनीति अल्पसंख्यक समस्या को हल करने में बुरी तरह से असफल रही है।

आजादी के पश्चात् भारत सरकार ने जिस प्रकार की नीति अल्पसंख्यक समुदाय के लिए अपनाई है उसके संबंध में तो हम बहुत गहराई से पिछले पृष्ठों में अध्ययन कर चुके हैं। लेकिन देखने में यह आया कि इससे अल्पसंख्यकवाद तेजी से बढ़ा है, जिसके गंभीर परिणाम हम अलग-अलग क्षेत्रों में देख चुके हैं। अल्पसंख्यक और बहुसंख्यक के बीच की खाई को पाटने के लिए आजादी से पहले भारत में सूफी-संतों का आंदोलन चला। भक्तिकाल के कवियों और दार्शनिकों ने ईश्वर के आगे सभी को समान बतलाकर आध्यात्मिक ढंग से इस समस्या के समाधान करने की कोशिश की। बहुत हद तक वे इसमें सफल भी हुए। लेकिन देश के स्वतंत्रता आंदोलन में जब दो राष्ट्रों के सिद्धांत की वकालत मुसलिम समुदाय के कुछ अग्रणी नेताओं ने की तब इस प्रयास पर पानी फिर गया। कट्टरता और जुनून की लपटें आकाश तक पहुँचने लगीं, जिसमें भारत की आध्यात्मिक एकता जलकर भस्म हो गई।

यह सूफीवाद का ही परिणाम था कि बाहर से आनेवाले आक्रांताओं ने भारतीय संस्कृति को अपना लिया। भारत में जिनका धर्मांतरण हुआ वे तो

भारतीयता के प्रवाह में पहले से ही थे। इसलिए हम देखते हैं कि भारत में मुसलिम त्योहारों पर हिंदुस्तानी संस्कृति का जबरदस्त प्रभाव है। शिवरात्रि और शबे-बरात मनाने का ढंग एक जैसा लगता है। शिव मरघट के देवता हैं, इसलिए धर्मांतरण के पश्चात् भी भारतीय उपखंड के मुसलमान ने शबे-बरात के दिन कब्रिस्तान में जाकर अपने पूर्वजों को श्रद्धांजलि अर्पित करने की रस्म जारी रखी। उत्तरी भारत में शिवरात्रि गरमी का पहला दिन होता है, इसलिए उस दिन पानी का मटका बदला जाता है, चौका लीपा जाता है और नए गेहूँ की फसल आ जाने से उसका मीठा पकवान (हलवा) बनाया जाता है। शिवरात्रि के दिन महिलाएँ उपवास रखती हैं। गुजरात और उत्तर भारत के मुसलिम समाज में शबेबरात मनाने का लगभग यही ढंग है। रमजान की ईद, जिसे ईदुलफितर कहा जाता है, उस दिन 'क्षीर खुरमा' बनाने का रिवाज है। अपनी धरती के गेहूँ की सिवईं, अपने पशु का दूध, उसके साथ अरब की मुख्य पैदावार खजूर का समावेश करके वह इस पेय को तैयार करता है। यदि इसमें पूर्ण रूप से अरबी प्रभाव होता तो उस दिन मांसाहार का अधिक उपयोग होता। लेकिन भारत की जलवायु और यहाँ रहनेवाले गैर-मुसलिमों को अपने त्योहारों में बराबर का शरीक करने के लिए उसने ऐसा पकवान तैयार किया जिसको सभी अपना सकें। मुसलिमों के निकलनेवाले जुलूस, दरगाहों का वातावरण आदि सभी में पूर्णतः भारतीयता है। बोली और वेशभूषा एक जैसी होने के कारण यह पता ही नहीं लगता कि इसमें बहुसंख्यक कौन है और अल्पसंख्यक कौन? भारतीय संगीत और चित्रकला को जिस प्रकार मुसलिमों ने आत्मसात् किया, उसे देखकर यही कहा जा सकता है कि यहाँ दोनों वर्गों में कोई दूरी अथवा मतभेद नहीं हैं। भारतीय ईसाई तो अब राष्ट्रीय चर्च की माँग करने लगे हैं, इसलिए वहाँ भी यह अलगाव सांस्कृतिक आधार पर कम होते जाना स्वाभाविक है। सांस्कृतिक एकता, जो कल तक इस अल्पसंख्यकवाद की रामबाण ओषधि थी, वह आज भी उतनी ही प्रभावी हो सकती है; लेकिन ज्यों ही इसलामी पुरातनवाद की हवाएँ चलीं तो सबकुछ बदल गया और यह समस्या इतनी तीव्र हुई कि उससे सारा देश जूझने लगा। इसलिए देश के दार्शनिक और बुद्धिजीवी आज भी इस मिश्रित संस्कृति को ही इसका सबसे बड़ा इलाज मानते हैं। इसी उद्‌देश्य की पूर्ति के लिए महान् सूफियों ने हिंदी बोली को अरबी लिपि में लिखकर उर्दू को जन्म दिया। जिस एकता के लिए यह भाषा जनमी थी, दुर्भाग्य से वही भाषा पाकिस्तान का आंदोलन चलाने में सबसे अग्रणी रही। इसलिए इस देश की

धरती में जनमी यह भाषा यहाँ पराई सी लगने लगी। धार्मिक उन्माद की आँधी और आतंकवाद के झंझावात ने इस महान् विरासत पर हमेशा के लिए प्रश्नवाचक चिह्न लगा दिया।

वर्तमान में भारत सरकार क्या करे? जब यह सवाल पूछा जाता है, तब एक ही बात कही जा सकती है कि भारत में केवल समान नागरिक कानून को लागू करके इस समस्या को हल किया जा सकता है। भारत के संविधान में दिए गए मौलिक अधिकारों में धर्म की स्वतंत्रता का अधिकार है। इसके अतिरिक्त अनुच्छेद २९ और ३० में अल्पसंख्यकों के अधिकारों की विस्तार से चर्चा है। संविधान में पर्सनल लॉ की व्यवस्था की गई है। भारत में पिछले पचास सालों से यह सबकुछ अल्पसंख्यकों को दिया जाता है, लेकिन इसके बावजूद अल्पसंख्यक संतुष्ट नहीं होते। कभी वे आरक्षण चाहते हैं और कभी मानव अधिकार आयोग के नाम पर इतनी अधिक छूट-छाट कि देश का बहुसंख्यक वर्ग उनके सामने गौण बन जाए। राज्य और केंद्र सरकार ने सबकुछ देकर देख लिया है, फिर भी अल्पसंख्यकों की माँगों का प्रवाह नहीं थमता है। संविधान बनानेवालों को इस बात का भलीभाँति अनुमान था, इसलिए राज्यनीति के निर्देशक सिद्धांतों में अनुच्छेद ४४ के तहत इस बात की व्यवस्था की गई थी कि एक विशेष अवधि के पश्चात् देश में समान नागरिक कानून की व्यवस्था की जानी चाहिए। सभी धर्म और सभी जाति एवं भाषा के लोग भारतीय नागरिक हैं, इसलिए उनमें समानता और एकता पैदा करने के लिए संपूर्ण देश में एक ही कानून का होना अनिवार्य है। समय-समय पर सुप्रीम कोर्ट ने अपने फैसलों में भी इस बात पर जोर दिया और संसद् से यहाँ तक पूछा कि इस दिशा में अब तक सरकार ने क्या किया है, इसकी जानकारी उच्चतम न्यायालय को दी जाए। लेकिन देवेगौड़ा सरकार ने न्यायालय के इस आदेश को ठुकरा दिया और यह कहा कि संसद् से उच्चतम न्यायालय को पूछने का कोई अधिकार नहीं है। सन् १९८६ के शाहबानो मामले के बाद सारे देश में इसकी चर्चा शुरू हो गई। भारतीय जनता पार्टी ने इसे अपने घोषणा-पत्र में भी मुद्दा बनाया। लेकिन एन.डी.ए. की सरकार ने इसे अपने कार्यक्रम में शामिल नहीं किया। यह बात लोग बड़ी तीव्रता से महसूस करते हैं कि पर्सनल लॉ संविधान से ऊपर नहीं हो सकता। अनेक प्रांतों के उच्च न्यायालय की खंडपीठ और पूर्ण पीठ में भी यह मामला उठाया जा चुका है। मुंबई उच्च न्यायालय के सम्मुख न्यायमूर्ति धानुका ने लड़के और लड़की के बीच संपत्ति के विभाजन के मामले में यह प्रश्न उठाया था।

अब भी इसी प्रकार के अनेक मामले सुप्रीम कोर्ट के विचाराधीन हैं। लेकिन सरकार की नीति स्पष्ट नहीं होने के कारण अब तक इस बारे में कुछ भी नहीं किया जा सका है। इसलिए देश के सभी नागरिकों पर समान कानून लागू करके ही अल्पसंख्यकवाद की धार को भोथरा किया जा सकता है।

संविधान में दी गई मध्यवर्ती सूची के तहत कोई भी राज्य चाहे तो अपनी कानूनी मर्यादा के अनुसार अपनी सीमा में समान नागरिक कानून लागू कर सकता है। लेकिन इससे कोई समस्या का हल नहीं निकलेगा। उदाहरण के लिए, यदि कोई राज्य धर्मांतरण-विरोधी बिल पास करता है और अपनी सीमा में उसे लागू करता है तो उसे अप्रभावी बना देना बहुत सरल है। तमिलनाडु ने धर्मांतरण-विरोधी बिल पास कर लिया, तब भी यदि किसी को धर्म-परिवर्तन करना है तो वह पड़ोसी राज्य में जाकर कर सकता है और फिर अपने राज्य में लौट सकता है। एक ओर तो ईसाई मिशनरी धड़ल्ले से धर्मांतरण कराते हैं और दूसरी ओर आँकड़ों में यह दरशाते हैं कि ईसाइयों की संख्या का प्रतिशत घट रहा है। यह दोनों तथ्य अपने आप में विरोधाभासी हैं। इसका सीधा अर्थ यह होता है कि मिशनरियों के विरुद्ध शोर न मचे, इसलिए ईसाई संख्या को जानबूझकर छिपाया जा रहा है। अल्पसंख्यक की परिभाषा देते समय भी हर धर्म के लोगों के लिए उसका प्रतिशत पिछली जनगणना के आँकड़ों को ध्यान में रखकर ही करना होगा। उदाहरण के लिए, यदि यह तय हो जाता है कि १० प्रतिशत जनसंख्या धरानेवाले को अल्पसंख्यक कहा जाएगा, तब यदि आज भारत में ३.५ प्रतिशत ईसाई हैं तो वे यह दावा कर सकते हैं कि अभी हमारी जनसंख्या में ७ प्रतिशत की वृद्धि का अधिकार हमें संविधान देता है। इसलिए किसी भी प्रकार के मार्ग अपनाकर हम अपनी जनसंख्या बढ़ा सकते हैं। पारसी और यहूदियों के लिए न तो देश में परिवार नियोजन लागू होता है और न ही उनकी वर्तमान जनसंख्या के आधार पर कोई प्रतिशत तय हो सकता है। इसलिए अल्पसंख्यक की परिभाषा तय करते समय उस वर्ग की वर्तमान स्थिति को ध्यान में रखकर ही निर्णय लेना होगा। यह कार्य बड़ा विकट है, लेकिन सरकार को तो एक न एक दिन यह करना ही होगा।

जब तक दुनिया रहेगी, अल्पसंख्यक तो किसी-न-किसी रूप में रहेंगे ही। यह एक नैसर्गिक प्रक्रिया है, इसलिए अल्पसंख्यकों के अस्तित्व को नकारा नहीं जा सकता। अल्पसंख्यक शब्द में कोई बुराई नहीं है, लेकिन जब मुट्ठी भर लोगों की अपने स्वार्थ और अपनी सुविधाओं के तहत उठनेवाली माँगें यदि

एक दर्शन तथा विचारधारा में बदल जाती हैं और जिस कारण उस देश का बहुसंख्यक दु:खी हो जाता है तब यह मामला अत्यंत संगीन हो जाता है। अल्पसंख्यकवाद मानव सभ्यता के लिए धोखा है, इसलिए हर जागरूक समाज और देश का इसके प्रति सतर्क और सावधान रहना स्वाभाविक है।

□

संदर्भ-सूची

१. इंटरनेशनल इन साइक्लोपीडिया ऑफ सोशल साइंसेज—मेकमिलन एंड फ्री प्रेस
२. द प्रोटेक्शन ऑफ माइनॉरिटीज—जे.एन. लोपोंज
३. नेशनल माइनॉरिटी क्लाउट
४. १९५० में राष्ट्र संघ के महामंत्री का ज्ञापन
५. १९४८ में राष्ट्र संघ द्वारा पारित प्रस्ताव संख्या २१७
६. १९६६ का इंटरनेशनल कन्वेंशन
७. गोपाल स्वामी आयंगर द्वारा प्रस्तुत महिला बिल
८. अहमदियों के संबंध में गठित मुनीर आयोग की रपट
९. १९६५ में पाकिस्तान के राष्ट्रपति द्वारा शत्रु संपत्ति संबंधी अध्यादेश
१०. उच्चतम न्यायालय का शाहबानो संबंधी निर्णय
११. १९८६ का मुसलिम महिला संबंधी पारित कानून
१२. मसीह हिंदुस्तान में
१३. मॉडर्न इंडिया एंड द वेस्ट द्वारा यूरोपियन यात्री मनुषी
१४. बाला साहब देशपांडे द्वारा स्थापित वनवासी परिषद्
१५. भवानी शंकर नियोगी आयोग की रपट
१६. वधवा आयोग
१७. दैनिक बंबई समाचार
१८. माइनॉरिटी कमीशन एक्ट-१९९२
१९. ह्यूमन राइट कमीशन एक्ट-१९९३
२०. जेसस अमंग द लास्ट शीप
२१. दि इंडियन क्रिश्चियन द्वारा डॉ. नेल्सन सुधीर शिराज

२२. भारत की जनगणना संबंधी रपट १९८१-१९९१
२३. सुप्रीम कोर्ट द्वारा अल्पसंख्यकों की शैक्षणिक संस्थाओं के संबंध में दिया गया निर्णय
२४. स्टेट्स ऑफ माइनॉरिटीज इन साउथ एशिया—आई.एस.बी.एन. ८१-७२७३-८१-०
२५. रिलीजियस माइनॉरिटीज इन साउथ एशिया, भाग १ मुनीरुल हुसैन, लिपि घोष
२६. कायदे आजम और उनके सियासी रोफोका—इकबाल अहमद सिद्दीकी, प्रकाशक यू.के. प्लाजा फेडरल, कराची
२७. श्रीगुरुजी समग्र दर्शन
२८. समान नागरिक कानून की दस्तक—स्वयं लिखित, आस्वाद प्रकाशन, मुंबई

□

विश्व मानचित्र पर इसलामी देश

Muslim Countries

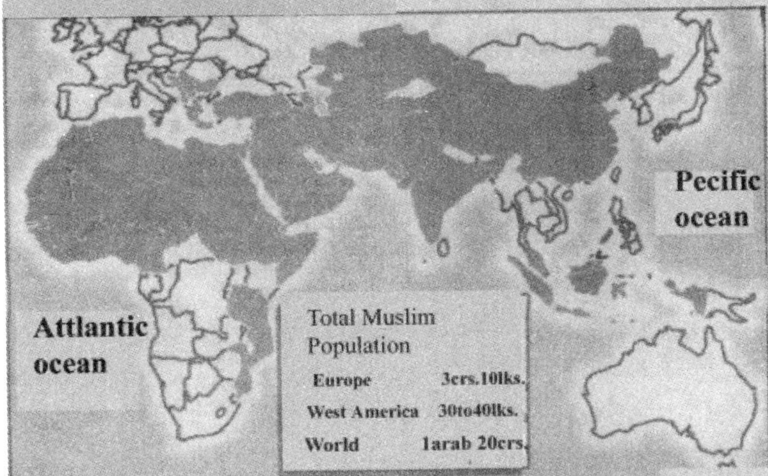

Total majority of Muslim Countries.

Country	Muslim's population	Country	Muslim's population	Country	Muslim's population
Afganistaan	8crs.80lks.	Naijeriya	4crs.	Indonasiya	18crs.20lks.
Yman	1crs.60lks	Algeriya	2crs.90lks.	Pakistaan	13crs.70lks.
Saudi arab	1crs.60lks.	China	2crs.90lks.	Bangladesh	11crs.50lks.
Uzbekistaan	1crs.60lks.	Moracco	2crs.90lks	Hindustaan	10crs.80lks.
Malesiya	1caror	Iraq	2crs.10lks.	Iran	6crs.40lks.
Maali	90lks.	sudaan	2crs.	Turky	6crs.10lks.
Tunashiya	90lks.	Ethupiya	1crs.80lks.	Eygpt	5crs.90lks.

Majourity of Muslim's

City university of newyark 1997 Wolrd mapbook2000

विभिन्न देशों में बसी मुसलिम जनसंख्या का प्रतिशत

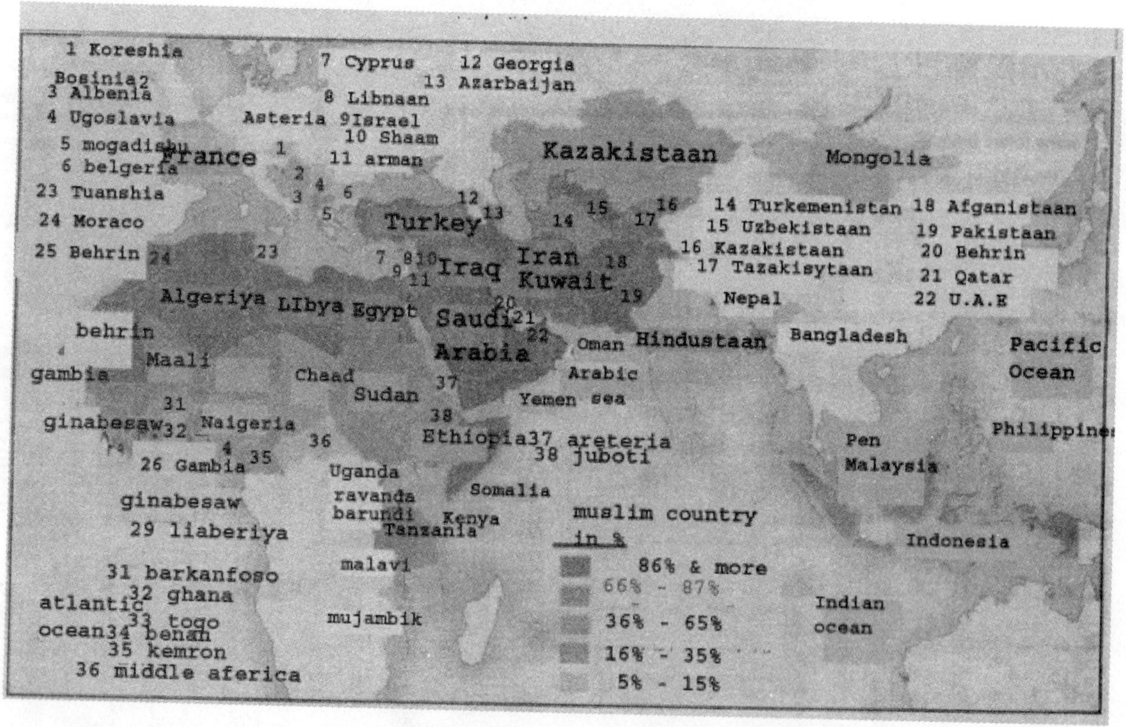

राष्ट्रीय एकात्मता का विश्लेषण

(भारत के प्रधानमंत्री पं. जवाहरलाल नेहरू द्वारा अपने राष्ट्र की भावात्मक एकता दृढ़ करने के उद्देश्य से दिल्ली में सन् १९६१ में, २८ सितंबर से १ अक्तूबर तक, विज्ञान भवन में एक नेशनल इंटिग्रेशन कॉन्फ्रेंस (राष्ट्रीय एकता सम्मेलन) बुलाई गई थी। देश भर के १५३ विचारकों को, जिनमें केंद्रीय मंत्रियों, प्रदेशों के मुख्यमंत्रियों, लोकसभा में विभिन्न राजनीतिक दलों के प्रमुख नेताओं, विश्वविद्यालयों के कुलपतियों, शिक्षाविदों, वैज्ञानिकों, प्रमुख उद्योगपतियों का समावेश था, आमंत्रित किया गया था। परिषद् में कुल १३० सज्जनों ने भाग लिया था।

परिषद् के प्रथम दिवस पर राष्ट्रपति डॉ. सर्वपल्ली राधाकृष्णन् का उद्घाटन भाषण हुआ। उन्होंने अपने भाषण में एक संस्कृत वचन, 'तं वर्षं भारतन्नाम भारती यत्र सन्ततिः' उद्धृत किया।

इसी परिषद् में नेशनल इंटिग्रेशन काउंसिल (राष्ट्रीय एकता परिषद्) स्थापित करने का निर्णय किया गया तथा उसके अध्यक्ष पद पर प्रधानमंत्री की नियुक्ति की गई।

सन् १९६२ में २ तथा ३ जून को नेशनल इंटिग्रेशन काउंसिल की प्रथम बैठक हुई, जिसमें यह निर्णय किया गया कि राष्ट्रीय स्वयंसेवक संघ के सरसंघचालक श्रीगुरुजी को समिति की कार्यवाही में आमंत्रित किया जाए। वह निर्णय समिति द्वारा प.पू. श्रीगुरुजी को पत्र से सूचित किया गया। श्रीगुरुजी ने पंजाब प्रांत संघचालक मा. लाला हंसराजजी गुप्त और उत्तर प्रदेश के प्रांत संघचालक मा. बै. नरेंद्रजित सिंहजी को अपनी ओर से इस समिति की बैठकों में भाग लेने के लिए भेजा था।

समिति के विचार-विनिमय में भाग लेते समय किन बातों पर चर्चा होनी

चाहिए, इस संबंध में मार्गदर्शन हेतु श्रीगुरुजी ने कुछ विचार लिपिबद्ध कर रखे थे, जिन्हें यहाँ उद्धृत किया जा रहा है।

इसमें प.पू. श्रीगुरुजी ने अपनी मर्मग्राही दूरदृष्टि से गण्यमान्य नेताओं द्वारा कहे जानेवाले कम्युनलिज्म (सांप्रदायिकता), मेजॉरिटी एंड माइनॉरिटी कम्युनलिज्म (बहुसंख्यकों और अल्पसंख्यकों की सांप्रदायिकता), लॉयल्टी टू रिलिजन इन कॉन्ट्राडिक्शन टू ऑर इन अपोजिशन टू द लॉयल्टी टू कंट्री (राष्ट्र-निष्ठा से विरुद्ध या विभक्त संप्रदाय-निष्ठा), सेक्युलरिज्म (धर्मनिरपेक्षता) आदि शब्दों का मूलग्राही विश्लेषण कर राष्ट्रीय स्वयंसेवक संघ को अभिप्रेत हिंदू जीवन-दृष्टि की अभिव्यक्ति संक्षेप में की है।)

अध्याय-१

१. भारतीय राष्ट्र-जीवन पुरातन है। एक तत्त्वज्ञान के अधिष्ठान से निर्मित समान जीवनादर्शों से युक्त एक सांस्कृतिक परंपरा से जनजीवन परस्पर संबद्ध है। ईसाई या इसलाम के आक्रमणकारी आगमन के बहुत पूर्व से विद्यमान है। अनेक पंथ, संप्रदाय, जातियाँ या कभी-कभी अनेक राज्यों में विभक्त-सा दृश्यमान होते हुए भी उसकी एकात्मता अविच्छिन्न रही है। जिस मानव समूह की यह एकात्म जीवनधारा रही है, उसे 'हिंदू' नाम से संबोधित किया जाता है। अतः भारतीय राष्ट्र-जीवन हिंदू राष्ट्र-जीवन है।

२. राष्ट्रीय एकात्मता का विचार इसी शुद्ध भूमिका में से होना चाहिए। इस वास्तव राष्ट्रधारा से, उसकी परंपरा-आशा-आकांक्षाओं से एकरसता का निर्माण ही इंटिग्रेशन (एकरसता) है।

३. इस राष्ट्रीय अस्मिता को पुष्ट एवं सबल करनेवाले कार्य ही राष्ट्रीय हैं। इस अस्मिता से अपने को पृथक् मानकर इस राष्ट्र की आशा-आकांक्षाओं के विपरीत, उनके विरुद्ध आकांक्षाओं को धारण कर अपने को पृथक् अधिकारों की माँग करनेवाले समूह कम्युनल (सांप्रदायिक) कहे जाने चाहिए। अपने विभक्त अधिकारादि की पूर्ति के हेतु राष्ट्र के जन-समूह पर आघात करनेवाले—यह आघात धर्मांतरण के रूप में, श्रद्धा-स्थानों को ध्वस्त या अपमानित करने के रूप में, महापुरुषों को अवगणित करने के रूप में या अन्य किसी रीति से हों—राष्ट्र-विरोधी माने जाने चाहिए।

४. भारत में हिंदू किसी भी प्रकार सांप्रदायिक (कम्युनल) नहीं कहा जा

सकता। वह सदैव संपूर्ण भारत की भक्ति करनेवाला, उसकी उन्नति तथा गौरव के हेतु परिश्रम करने के लिए तत्पर रहा है। भारत के राष्ट्र-जीवन के आदर्श (व्हैल्यूज) हिंदू-जीवन से ही प्रस्थापित हुए हैं। अतः वह राष्ट्रीय है, कम्युनल (सांप्रदायिक) कदापि नहीं।

५. बहुसंख्यकों की सांप्रदायिकता (मेजॉरिटी कम्युनलिज्म)—यह कल्पना निरी भूल है। जनतंत्र में बहुसंख्यकों के मत को व्यावहारिक जीवन में सर्वमान्य मानना आवश्यक है। अतः बहुसंख्यकों का व्यावहारिक अस्तित्व राष्ट्रीय अस्तित्व माना जाना उचित है। इस दृष्टि से भी हिंदू-जीवन तथा उसके उत्कर्ष हेतु किए प्रयत्न राष्ट्रीय हैं, सांप्रदायिक नहीं। मेजॉरिटी कम्युनलिज्म (बहुसंख्यकों की सांप्रदायिकता) यह प्रयोग जनतांत्रिक भाव के विरुद्ध है। परकीय राज्य में परकीय राज्यकर्ता सब जनता को दास तथा विभिन्न जातियों (कम्युनिटीज) में विभक्त मानने के कारण वे मेजॉरिटी, माइनॉरिटी कम्युनलिज्म जैसे शब्दों का प्रयोग करते हैं। उनकी दृष्टि से यह ठीक हो सकता है, परंतु स्वराज्य में मेजॉरिटी का ही प्रभुत्व रहना उचित होने के कारण मेजॉरिटी कम्युनलिज्म शब्द प्रयोग तर्क के, न्याय के, सत्य के विरुद्ध है।

६. हिंदू सदैव परमतों का समुचित आदर करता रहा है। उपासना की भिन्नता को वह राष्ट्रीय ऐक्य का विरोधक नहीं मानता। उपासना पद्धति के अत्यधिक आग्रह का बहाना बनाकर ऐहिक जीवन में पार्थक्य की नीति को ग्रहण करने का तथा विशेष अधिकारों की माँग से राष्ट्र-जीवन पर आघात करने की प्रवृत्ति का दृढ़ता से विरोध करना उसका स्वाभाविक परम कर्तव्य है।

७. ऐसी प्रवृत्तियों (राष्ट्र-जीवन पर आघात करने की प्रवृत्ति) का पोषण करना, उनको धारण कर चलनेवाले समूहों की राष्ट्र-विरोधी माँगों को पूरा कर उनकी संतुष्टीकरण की नीति अपनाना,तात्कालिक लाभ के लिए उनसे लेन-देन करते रहना, उनके संतुष्टीकरण हेतु राष्ट्रीय जीवन प्रवाह के स्वाभिमान को, श्रद्धाओं को, हित-संबंधों को चोट पहुँचाने की चेष्टा करना राष्ट्र-जीवन का मारक है। राष्ट्रीय एकात्मता इन चेष्टाओं से कभी सिद्ध नहीं हो सकती।

८. इन विपरीत राष्ट्रहित विरोधी भावनाओं का विरोध करने की सत्प्रवृत्ति को हिंदू समाज की सांप्रदायिकता कहना बड़ी भूल है, सत्य का विपर्यास

करना है। विपर्यस्त बुद्धि का लक्षण है। वस्तुतः ऐसा विरोध करना प्रत्येक राष्ट्रीय वृत्तिवाले नागरिक का प्रमुख कर्तव्य है।

९. कम्युनलिज्म के अनेक प्रकार दिखाई देते हैं। जिसकी जीवन-धारा से भारतीय राष्ट्र की अभिव्यक्ति होती है, उस हिंदू जनसमूह के विपक्ष में खड़े अन्य मतावलंबी एक प्रकार से कम्युनल हैं। हिंदू समाज के अंतर्गत उसी की बहुमुखी प्रतिभा से निर्मित पंथ अपने मूल को, प्रेरणास्रोत को, अपने उद्‌गम को, उद्‌गम के हेतु को विस्मृत कर अपने आपको हिंदू समाज तथा धर्म से विभिन्न मानकर उस आधार पर राजनीतिक, आर्थिक आदि ऐहिक जीवन के विशेषाधिकारों की माँग करनेवाले तथा इन माँगों की पूर्ति कराने हेतु हिंदू समाज से पृथक् होने की घोषणा तथा अन्य अनिष्ट प्रकार के आंदोलनों का अवलंब करनेवाले दूसरे प्रकार का कम्युनलिज्म है। वंश (रेस) भिन्नता की मिथ्या भावना के आधार पर विभक्तता की माँग, तत्पूर्त्यर्थ शेष समाज के प्रति विद्वेष, घृणा तथा हिंसा का व्यवहार करनेवाले का तीसरे प्रकार का कम्युनलिज्म है। स्पृश्यास्पृश्य, ब्राह्मण-अब्राह्मण आदि जाति (कास्ट) विषयक विवाद, विद्वेष, ऐहिक स्वार्थ, विशेषाधिकारादि भावों को लेकर चलनेवाला यह चौथा कम्युनलिज्म का प्रकार है। भाषिक गुटों का अपने निकटस्थ अन्य भाषिकों से स्पर्धा-कटुता, द्वेष आदि का व्यवहार पाँचवाँ कम्युनलिज्म है। लिंग्विस्टिक माइनॉरिटीज (भाषाई अल्पसंख्य) यह शब्द प्रयोग इसी में से उत्पन्न हुआ है। प्रांतीयता की संकुचित भावना से प्रेरित हो अन्य प्रांत के निवासियों के प्रति अयोग्य व्यवहार छठा प्रकार है। दक्षिण-उत्तर, पंजाबी-गैर पंजाबी, मराठी-गुजराती-कन्नड़ विवाद, बंगाल-बिहार-उत्कल विवाद आदि इसी के उदाहरण हैं। चुनाव के स्वार्थ हेतु जाति, पंथ, भाषा आदि की उत्तेजना निर्माण कर विद्वेष के बीज को बढ़ावा देना यह बड़ा व्यापक एवं अति भयावह ऐसा सातवाँ प्रकार है, जिसके दोषी शासकीय दल से लेकर अनेक राजनीतिक दल हैं। यह जब तक विद्यमान रहेगा, अन्य किसी प्रकार का कम्युनलिज्म दूर होना असंभव है। इस सातवें प्रकार की प्रवृत्ति का त्याग करने से अन्यान्य प्रकारों का उपाय करने में कम कठिनाई का अनुभव होगा। और भी छोटे-बड़े प्रकार हो सकते हैं। कुछ प्रमुख प्रकारों का उल्लेख किया गया है।

१०. इससे स्पष्ट होगा कि कम्युनलिज्म के कुछ प्रकार धर्ममत यानी पंथ को आधार बनाकर पनपते हैं तो शेष शुद्ध ऐहिक जीवन के (सेक्युलर) स्वार्थ के आधार पर निर्माण होकर चलते हैं। अत: यह कहना कि सेक्युलरिज्म का विरोधी भाव कम्युनलिज्म है, भ्रमपूर्ण है। वास्तविकता तो यही है कि धर्म के क्षेत्र में धर्ममत भिन्नता से कोई संघर्ष साधारणतया नहीं होता। संघर्ष भौतिक स्वार्थ के जीवन में—सेक्युलरिज्म में—ही परस्पर स्पर्धा के कारण उत्पन्न होता है।

११. धर्म विचार संकुचित कहना तथा आर्थिक संबंधों को व्यापक घोषित करना युक्ति, बुद्धि और इतिहास से सिद्ध नहीं होता है। ईसाई मत की व्याप्ति के अंतर्गत अनेक संकुचित आर्थिक हित-संबंधों से निर्मित अनेक राष्ट्र-राज्य यूरोप तथा अमेरिका में दिखाई देते हैं। एक इसलाम के व्यापक स्वरूप में संकुचित आर्थिक, वांशिक राज्य चल रहे हैं। एक व्यापक सनातन धर्म (इसमें वैदिक-अवैदिक आदि सब एतद्‌देशीय मतों का अंतर्भाव है) के अंतर्गत आज भी भारत, नेपाल आदि अनेक आर्थिक जीवन पर आधारित राज्य विद्यमान हैं। इससे स्पष्ट है कि धर्ममत का अनुसरण व्यापकता तथा आर्थिक हित-संबंध संकुचितता बनानेवाले हैं।

१२. धर्म तो नित्य व्यापक, संपूर्ण जीवन की व्यवस्था देनेवाला इंटर्नल लॉ ऑफ लाइफ है। धर्म के अंतर्गत उपासना विशेष भी आर्थिक स्वार्थ जीवन से व्यापक रह सकते हैं, यह उपर्युक्त उदाहरणों से स्पष्ट है। छोटे संप्रदाय या पंथ-उपपंथ का अतिरेकी अभिमान मात्र आर्थिक आदि ऐहिक हित-संबंधों की समानता, एकता में संकुचितता के भाव उत्पन्न कर ऐहिक जीवन में कटुता तथा संघर्ष निर्माण करनेवाला बन सकता है। अत: यह अभिमान अतिरेक हेय (त्याज्य) है।

१३. धर्म, समाज, राष्ट्र आदि को गौण मानकर केवल आर्थिक हित-संबंधों के आधार पर ही ऐक्य निर्माण करने का कोई सोचता हो तो वह एकता किसी भूभाग मात्र के लिए सीमित न रहकर पृथ्वी के मानवों के आर्थिक हित-भिन्नता के आधार पर जगद्‌व्यापी गुटों (क्रॉस सेक्शंस) के रूप में ही हो सकेगा। फिर नेशनल इंटिग्रेशन का कोई अर्थ या मूल्य रहता नहीं।

१४. व्यावहारिक जीवन में राष्ट्र से समरसता निर्माण करते समय उपासना-पद्धति विशेष का नाश अभिप्रेत नहीं है, उसकी व्यावर्तकता (Exclusiveness) तथा असहिष्णुता (Intolerance) के अवगुणों का नाश मात्र अभिप्रेत है। भाषाओं का नाश अभिप्रेत नहीं, उसके दुरभिमान से निर्मित विभक्तता के भाव का (Separatism-Desire to secede) नाश अभिप्रेत है।

उपाय

१. भारत के विशुद्ध हिंदू राष्ट्र-जीवन के सत्य का असंदिग्ध उद्घोष कर उसे पुष्ट, बलिष्ठ, वैभवयुक्त, सार्वभौम, निर्भय बनाना संपूर्ण भारत की जनता का सर्वश्रेष्ठ कर्तव्य है—यह शिक्षा जाति-पंथ निर्विशेष प्रत्येक व्यक्ति को दें। इस राष्ट्र की उत्कट भक्ति सब में जगाएँ।

२. अहिंदू व्यक्तियों की उपासना-पद्धति को सन्मान्य एवं सुरक्षित रखते हुए भी राष्ट्र की परंपरा, इतिहास, जीवन-धारा, आदर्शों, श्रद्धाओं के प्रति आत्मीयता एवं आदर रखने का, अपनी आकांक्षाओं को राष्ट्र की आकांक्षाओं में विलीन करने का संस्कार उन्हें प्रदान करने का प्रबंध करें।

३. ऐहिक क्षेत्र में सब नागरिक एक जैसे हैं, इस सत्य का पूर्णरूपेण पालन करें। जाति, पंथ आदि के गुट बनाकर नौकरियों में, आर्थिक सहायता में, शिक्षा मंदिरों के प्रवेश में, किसी भी क्षेत्र में, किसी भी प्रकार के विशेषाधिकार (राइट्स एंड प्रिविलेजेस) पूर्णतया बंद करें। माइनॉरिटी, कम्युनिटीज की बातें करना, उस ढंग से सोचना एकदम बंद करें।

४. स्वतंत्र राष्ट्र के व्यवहार के लिए उसकी अपनी भाषा होती है। संविधान ने राष्ट्र की अनेक भाषाओं में से सुविधा व सरलता की दृष्टि से हिंदी को स्वीकार किया है। उसे सरलता के नाम पर दुर्बोध करना तथा उसका उर्दूकरण करना—यह राष्ट्र की सार्वभौम स्वतंत्रता में सांप्रदायिकता और सांप्रदायिक तुष्टीकरण (कम्युनलिज्म एंड कम्युनल अपीजमेंट) की मिलावट करना है। राष्ट्र की राज्य व्यवहार-भाषा से यह व्यवहार या परकीय भाषा-दासता के भाव में देश को जकड़नेवाली अंग्रेजी को राज्यभाषा के समकक्ष बनाने का व्यवहार, राष्ट्रभक्ति के विशुद्ध भाव को नष्ट करनेवाला है। राष्ट्रभक्ति की उत्कटता पर ही एकात्म भाव सर्वथा अवलंबित होने के कारण भाषा संबंधी ये दुर्नीतियाँ त्वरित बंद हों।

५. एक देश, एक समाज, एक भावात्मक जीवन, एक ऐहिक हित-संबंध, एक राष्ट्र, अतएव इस राष्ट्र का व्यवहार एक राज्य के द्वारा एकात्म शासन

के रूप में व्यक्त होना स्वाभाविक है। आज की संघात्मक (फेडरल) राज्य-पद्धति पृथक्‌ता की भावनाओं का निर्माण तथा पोषण करनेवाली, एक राष्ट्र-भाव के सत्य को एक प्रकार से अमान्य करनेवाली अतएव विच्छेद करनेवाली है। इसको जड़ से ही हटाकर तदनुसार संविधान शुद्ध कर एकात्म शासन प्रस्थापित हो।

६. धार्मिक दृष्टि से जितने प्रकार के आघात या अतिक्रमण होते हैं जैसे पूजा स्थानों का विध्वंस, मूर्तिभंजन, गोहत्या, किसी भी सार्वजनिक या वैयक्तिक स्थान पर पीर कब्र, दरगाह, मजार, क्रॉस आदि अनधिकार रूप से खड़ा करना, अन्यायपूर्ण व्यवहार से धार्मिक शोभायात्रा आदि को रोकना, मार-पीट करना, धमकियाँ देना, इनका निवारण करने के स्थान पर प्रत्यक्ष या परोक्ष रूप में इन अन्यायों का पृष्ठ-पोषण करना, प्रोत्साहन देना यह आज की शासकीय नीति कटुता उत्पन्न करनेवाली होने से इसका अविलंब त्याग कर ऐसे अन्यायों को दृढ़ता से दूर करने की नीति का पालन करना प्रारंभ हो।

७. हिंदू के लिए धर्म की पुकार भारत में ही है। धर्मक्षेत्रों का आकर्षण उसे भारत में ही देश भर भ्रमण करने के लिए प्रेरित करता है। उसकी ऐहिक कामनाएँ भारत से ही संबद्ध हैं। अर्थात् उसकी अंतर्बाह्य परिपूर्ण निष्ठा भारत पर ही है। अतः धर्म और देश आदि के आकर्षणों का उसके जीवन में परस्पर विरोध हो ही नहीं सकता, सदैव एकरूपता रहती है। उसमें डिह्वाइडेड लॉयल्टी (विभक्तनिष्ठा) नहीं है, लॉयल्टी टू रिलिजन इन कांट्राडिक्शन टू ऑर इन अपोजिशन टू द लॉयल्टी टू कंट्री—राष्ट्र-निष्ठा से विरुद्ध या विभक्त संप्रदाय-निष्ठा—हिंदू के संघर्ष में सर्वथा असंभव है। उसके शुद्ध राष्ट्रीय समाज होने का यह सुदृढ़ प्रमाण है। उसे कम्युनल कहकर जिनकी डिह्वाइडेड (विभक्त) और कभी-कभी क्वश्चनवेल लॉयल्टीज (संदेहास्पद निष्ठाएँ) हैं, उनके स्तर पर लाकर हिंदू को खड़ा करना अन्यायपूर्ण, अविवेकपूर्ण है।

८. हिंदू का अन्य मत में धर्मांतर होना एकनिष्ठ राष्ट्रभक्ति के स्थान पर विभक्तनिष्ठता यानी निष्ठाहीनता उत्पन्न होना है। देश, राष्ट्र की दृष्टि से यह घातक है। अतः इस पर रोक लगाना आवश्यक है। यह धर्मांतर सोचकर, तत्त्वज्ञान आदि के अध्ययन-तुलना के पश्चात् होता नहीं है। अज्ञान का लाभ उठाकर, दारिद्र्य का लाभ उठाकर, बहला-फुसलाकर,

प्रलोभन देकर किया जाता है, अतः इसमें सद्भाव से किसी उपासना-मत का अंगीकार नहीं है। सद्भाव-रहित—इस प्रकार को रोकना न्याय है, अज्ञान, दारिद्र्य से पीड़ित अपने बांधवों की उचित रक्षा का आवश्यक कर्तव्यपालन है।

९. हिंदू तत्त्वज्ञान सर्व-संग्राहक होने से अहिंदू समाजों को आत्मसात् करने की उसमें शक्ति है। मान्यवर पं. नेहरू ने इसको ध्यान में रखकर ही कहा था कि पूर्वेतिहास में आक्रमणकारी के रूप में आए हुए शक-हूणादि को अपने राष्ट्र-जीवन में हिंदू ने जैसा समाविष्ट किया था वैसा ही मुसलिम, ईसाई आदि का समावेश करना उचित है। मान्यवर पंडितजी ने इस भाषण में राष्ट्रीय एकता प्रस्थापना का, सर्व संप्रदायों के एकीकरण का, उनमें एकनिष्ठता निर्माण करने का सत्य मार्ग प्रदिष्ट किया है। परंतु हिंदू को अवगणित कर हिंदू-विरोधी तत्त्वों को गर्वोद्धत आक्रमणों में भी संतुष्टीकरण की नीति से अधिक उद्धत एवं आक्रमणशील बनाने से, हिंदू स्वत्व, परंपरा को अपमानित कर हिंदू को निर्वीर्य स्वसंरक्षण करने में भी अक्षम बनाने की आज की विकृत नीति से इस सत्य मार्ग का त्याग ही नहीं, उसे नष्ट करना भी हो रहा है। यह विकृति दूर करना तथा अनविच्छिन्न राष्ट्र-निष्ठा का अनुसरण करनेवाले हिंदू का वास्तविक स्थान मान्य कर अन्यों को उस मान्यता के अनुरूप उससे समरस बनाने की नीति अपनाना अनिवार्य रूप से आवश्यक है।

१०. राष्ट्रीय एकता के नाम पर बनी हुई समिति ने अनेक असंतुष्ट गुटों को अपनी शिकायतें, माँगें आदि प्रकट करने का अवसर देकर विभक्तीकरण से विशिष्ट माँगों की पूर्ति होने की आशाएँ उनमें जगाई हैं। सांप्रदायिकता का निवारण करने के लिए उसकी व्याख्या बनाकर मार्ग-निर्धारण करने का दावा कर उनके स्वार्थ, तथाकथित अधिकार आदि की पूर्ति होने की अपेक्षा (आकांक्षा) उत्पन्न की है। इससे प्रत्येक संप्रदाय में आग्रह से विभक्त रहने की इच्छा बलवती हो सकती है।

राष्ट्रीय एकता प्रस्थापित करने की रट लगाने से उसका अभी अभाव है, यह धारणा जागकर दृढ़ होती जाती है। अतः अपने हेतु के मूल उद्देश्य के विपरीत ही इस समिति का अस्तित्व दिखाई देता है। अतः इसे अविलंब विसर्जित कर दिया जाए। राष्ट्रीय ऐकात्म्य के विकास के लिए यह बहुत उपकारक होगा।

उपसंहार

राष्ट्रीय स्वयंसेवक संघ हिंदू समाज का राष्ट्रीय स्वरूप पहचानकर हिंदू समाज के प्रत्येक व्यक्ति के अंतःकरण में ज्वलंत भारतभक्ति, राष्ट्रनिष्ठा जगाने का, राष्ट्रसेवार्थ सर्वस्वार्पणयुक्त शील-चारित्र्यसंपन्न जीवन अपनाने का, उसी दृष्टि से अपने गुणों का अधिकाधिक विकास करने का, सब व्यक्तियों में सामाजिक भावना, सहानुभूति, परस्पर सहकार्य, स्नेह जाग्रत् करने का, राष्ट्रसेवा में जाति-पंथ, भाषा आदि सब गौण हैं, इस सत्य को हृदयंगम कर तदनुसार व्यवहार घटित करने का, निरहंकार बुद्धि, संयमित मन तथा नियमित सूत्रबद्ध व्यवहार-कुशल सुदृढ़ शरीर के सामंजस्य से उत्पन्न होनेवाले जीवन के सर्व क्षेत्रों में अत्यावश्यक सर्व व्यवहारव्यापी अनुशासन प्रस्थापित कर सर्व व्यक्तियों को मिलाकर एकरूप, एकरस, एकात्म, समाज-जीवन, राष्ट्र-जीवन आसेतुहिमाचल पुनः प्रतिष्ठित करने का निश्चयपूर्वक प्रयत्न करता है।

संघ की कुछ माँगें नहीं हैं। किन्हीं विशेषाधिकारों के लिए छीना-झपटी नहीं है। राजनीतिक स्पर्धाओं में खड़ा रहकर सत्ता का उपभोग करने की उसकी इच्छा नहीं है। अतः वैसी नीति भी नहीं है। देश, धर्म, राष्ट्र का संवर्धन, संरक्षण करने के लिए सुसंगठित रूप से बलशाली बनकर जीवन सर्वस्व समर्पित कर अपने राष्ट्र को परम वैभवशाली, गौरव-संपन्न करने के अतिरिक्त उसकी और कोई आकांक्षा नहीं है। फलतः उसे किसी पंथ, जाति या दल से विरोध, द्वेष आदि का विचार भी स्पर्श नहीं करता। शुद्ध हिंदू होने के कारण सबके प्रति समानता, स्नेह, सहिष्णुता का व्यवहार उसका स्वभाव है। राज्य (स्टेट) का व्यावहारिक जीवन भौतिक (सेक्युलर) स्तर पर ही रहता है, यह हिंदू धारणा है। पंथादि के आधार पर विशेष पक्षपातपूर्ण अधिकारों का विचार हिंदू मत के प्रतिकूल है।

इस दृष्टि से राष्ट्र की आदिकाल से चलती आई एकात्मता का गठन कर उससे सबकी समरसता प्रस्थापित करना इसका वास्तविक उद्देश्य है। इसके संबंध में दूषित दृष्टि रखकर इसे Submersive (विध्वंसक) आदि कहकर इसे बदनाम करने का प्रयास, शासन, शासनारूढ़ दल के कितने ही महानुभाव, अन्य कुछ राजनीतिक दल, करने के कारण कुछ भ्रम फैलाए गए हैं। अन्यथा देश भर में आज हो रहा प्रांतीयता, भाषा विवाद, जातिवाद आदि का कटु दृश्य नष्ट करने में अब तक यह बहुत मात्रा में सफल होकर आज ये समितियाँ आदि बनाने की समस्या उत्पन्न ही नहीं होती।

इस सुदृढ़, संगठित, राष्ट्र पुनर्निर्माण पर दृढ़ विश्वास रख अपने इस पुनीत कार्य को पवित्र व्रत के रूप में ग्रहण कर वह कर रहा है। श्रीभगवान् की कृपा से करता रहेगा और सफल भी होगा।

□

मुसलिम नेताओं एवं बुद्धिजीवियों द्वारा 'अल्पसंख्यक' शब्द का विरोध

सर सैयद अहमद खाँ राष्ट्रीयता के आधार पर स्वयं को हिंदू कहलाने में गर्व समझते थे। हिंदू कोई धार्मिक शब्दावली नहीं है, इस बात में पूर्ण विश्वास करते थे। भारतीय राष्ट्रीय कांग्रेस के जन्म से पूर्व ३ फरवरी, १८८४ को 'इंडियन एसोसिएशन ऑफ लाहौर' ने सर सैयद अहमद खाँ की सार्वजनिक सेवाओं के सम्मान-स्वरूप एक समारोह आयोजित किया था, जिसमें बड़ी संख्या में हिंदू-मुसलिम उपस्थित थे। सभी ने सार्वजनिक सेवाओं के लिए उनकी मुक्त कंठ से प्रशंसा की। अपने सम्मान में आयोजित इस सभा में बोलते हुए सर सैयद अहमद खाँ ने कहा, ''राष्ट्र को धर्म से नहीं जोड़ा जाना चाहिए। 'हिंदू' शब्द केवल उन लोगों के लिए नहीं है जो धर्म से हिंदू हैं, बल्कि भारत में जो रहते हैं वे सभी हिंदू हैं। इसलिए हम मुसलमान भी राष्ट्रीयता के आधार पर 'हिंदू' हैं। भारतीय संस्कृति मिश्रित संस्कृति है, जो 'हिंदू नेशन' से संबोधित की जाती है।''

लेकिन १८८८ में सर सैयद अहमद खाँ का स्वर बदल गया। उन्होंने लखनऊ की सभा को संबोधित करते हुए कहा कि ''भारतीय मुसलमान को हिंदू नहीं कहा जा सकता, क्योंकि उनका धर्म और संस्कृति हिंदुओं के धर्म और संस्कृति से बिलकुल भिन्न हैं।''

(सर सैयद अहमद खाँ द्वारा के.ए. निजामी, पृष्ठ संख्या १४४)

मुसलिम लीग के लाहौर अधिवेशन में २३ मार्च, १९४० को जब पाकिस्तान बनाने संबंधी प्रस्ताव पास हो गया तब मौलाना अबुल कलाम आजाद ने अपनी तीखी प्रतिक्रिया व्यक्त करते हुए कहा कि ''द्विराष्ट्र के सिद्धांत पर

आधारित भारत को अल्पसंख्यक और बहुसंख्यक में विभाजित करना बेहूदी बात है। किसी कौम (राष्ट्र) को धर्म के नाम पर बाँटा नहीं जा सकता। 'अल्पसंख्यक' शब्द बेतुका (बिना तर्कवाला) है, जिसे कोई राष्ट्रवादी स्वीकार नहीं कर सकता।

(मौलाना साहब की भावना और शब्द कुछ भी हों, लेकिन जब भारतीय संविधान बना तो उसमें भी 'अल्पसंख्यक' और 'बहुसंख्यक' शब्दावली को जोड़ दिया गया।)

मौलाना हसरत मोहानी ने धारा ३७० के संबंध में बोलते हुए संसद् में कहा था, ''उक्त धारा मुसलमानों को अपने राष्ट्र से उसी प्रकार अलग करती है जैसा कि संविधान में 'अल्पसंख्यक' शब्द।''

डॉ. राही मासूम रजा ने 'धर्मयुग' में प्रकाशित एक लेख में लिखा है—''जब मुझे अल्पसंख्यक कहा जाता है तो मैं आश्चर्य में पड़ जाता हूँ, क्योंकि यह शब्द मुझे भारतीय संस्कृति की विरासत से अलग-थलग कर देता है। इसलिए मैं हिंदू मुसलमान हूँ—यह कहना और कहलाना अधिक उचित समझता हूँ।'' डॉ. राही मासूम रजा के इस लेख का शीर्षक था—'मैं हिंदू मुसलमान हूँ'।

□

भारत में हिंदुओं और मुसलमानों की राज्यवार संख्या

क्रम संख्या	भारत राज्य या संघ शासित क्षेत्र	जनगणना वर्ष	कुल जनसंख्या	1981-91 के संदर्भ में प्रतिशत वृद्धि	हिंदू कुल जनसंख्या	हिंदू कुल जनसंख्या का प्रतिशत	हिंदू 1981-91 के संदर्भ में प्रतिशत वृद्धि	मुसलिम कुल जनसंख्या	मुसलिम कुल जनसंख्या का प्रतिशत	मुसलिम 1981-91 के संदर्भ में प्रतिशत वृद्धि
1	2	3	4	5	6	7	8	9	10	11
	भारत	1991	81,61,69,666	23.79	67,25,99,428	82.41	22.78	9,52,22,853	11.67	32.76
	राज्य	1981	65,93,00,460		54,77,94,269	83.09		7,17,28,063	10.88	
1.	आंध्र प्रदेश	1991	6,65,08,008	24.20	5,92,81,950	89.14	24.74	59,23,954	8.91	10.66
		1981	5,35,49,673		4,75,25,681	88.75		45,33,700	8.47	
2.	अरुणाचल प्रदेश	1991	8,64,558	36.83	3,20,212	37.04	73.34	11,922	1.38	135.01
		1981	6,31,839		1,84,732	29.24		5,073	0.80	
3.	असम	1991	2,24,14,322		1,50,47,293	67.13		63,73,204	26.43	
		1981								
4.	बिहार	1991	8,63,74,465	23.54	7,11,93,417	82.42	22.72	1,27,87,985	14.81	29.50
		1981	6,99,14,734		5,80,11,070	82.97		98,74,993	14.13	
5.	गोवा	1991	11,69,793	16.08	7,56,621	64.68	16.95	81,455	5.25	48.74
		1981	10,07,794		6,46,986	64.20		41,317	4.10	
6.	गुजरात	1991	4,13,09,582	21.19	3,69,64,228	89.48	21.12	36,06,920	8.73	24.05
		1981	3,40,85,799		3,05,18,500	89.53		29,07,744	8.53	
7.	हरियाणा	1991	1,64,63,648	27.40	1,46,86,512	89.21	27.18	7,63,775	4.64	45.89
		1981	1,29,22,618		1,15,47,676	89.36		5,23,536	4.05	
8.	हिमाचल प्रदेश	1991	51,70,877	20.79	49,58,560	95.90	20.95	89,134	1.72	28.04
		1981	42,80,818		40,99,706	95.77		69,613	1.63	
9.	जम्मू व कश्मीर	1991								
		1981	59,87,389		19,30,448	32.24		38,43,451	64.19	
10.	कर्नाटक	1991	4,49,77,201	21.12	3,84,32,027	85.45	20.66	54,34,023	11.64	25.71
		1981	3,71,35,714		3,18,52,029	85.77		41,63,691	11.21	
11.	केरल	1991	2,90,98,518	14.32	1,66,68,587	57.26	12.62	67,88,364	23.33	25.40
		1981	2,54,53,680		1,48,01,347	58.15		54,09,687	21.25	

क्रम संख्या	भारत राज्य या संघ शासित क्षेत्र	जनगणना वर्ष	कुल जनसंख्या	1981-91 के संदर्भ में प्रतिशत वृद्धि	हिंदू कुल जनसंख्या	हिंदू कुल जनसंख्या का प्रतिशत	1981-91 के संदर्भ में प्रतिशत वृद्धि	मुसलिम कुल जनसंख्या	मुसलिम कुल जनसंख्या का प्रतिशत	1981-91 के संदर्भ में प्रतिशत वृद्धि
1	2	3	4	5	6	7	8	9	10	11
12.	मध्य प्रदेश	1991	6,61,81,170	26.84	6,14,12,498	92.80	26.61	32,82,800	4.96	31.21
		1981	5,21,78,844		4,85,04,575	92.96		25,01,919	4.80	
13.	महाराष्ट्र	1991	7,89,37,187	25.73	6,40,33,213	81.12	25.29	76,28,755	9.67	31.40
		1981	62,78,471		5,11,09,457	81.40		54,05,785	9.25	
14.	मणिपुर	1991	18,37,149	29.29	10,59,470	57.67	24.18	1,33,535	7.27	34.44
		1981	14,20,953		8,53,180	60.04		99,327	6.99	
15.	मेघालय	1991	17,73,778	32.86	2,60,306	14.67	8.09	61,462	3.46	48.34
		1981	13,35,819		2,40,831	18.03		41,434	3.10	
16.	मिजोरम	1991	6,89,576	39.70	34,788	5.05	(–) 1.30	4,538	0.66	105.80
		1981	4,93,757		35,245	7.14		2,205	0.45	
17.	नगालैंड	1991	12,09,546	59.08	1,22,473	10.12	10.07	20,642	1.71	74.74
		1981	7,44,930		1,11,266	14.36		11,806	1.52	
18.	उड़ीसा	1991	3,16,59,736	20.06	2,99,71,257	94.67	19.11	5,77,775	1.83	36.83
		1981	2,63,70,271		2,51,61,725	95.42		4,22,266	1.60	
19.	पंजाब	1991	2,02,81,969	20.81	69,89,226	34.46	12.73	2,39,401	1.18	42.42
		1981	1,67,88,915		62,00,195	36.93		1,68,094	1.00	
20.	राजस्थान	1991	4,40,05,990	28.44	3,92,01,099	89.09	28.09	35,25,339	8.01	41.46
		1981	3,42,61,862		3,06,03,970	89.32		24,92,145	7.28	
21.	सिक्किम	1991	4,06,457	28.47	2,77,881	68.37	30.60	3,849	0.95	18.76
		1981	3,61,385		2,12,780	67.25		3,241	1.03	
22.	तमिलनाडु	1991	5,58,58,946	15.39	4,95,32,052	88.67	15.15	30,52,717	5.47	21.14
		1981	4,84,08,077		4,30,16,546	88.86		25,19,947	5.21	
23.	त्रिपुरा	1991	27,57,205	34.30	23,84,934	86.50	30.02	1,96,495	7.13	41.84
		1981	20,53,058		18,34,218	89.34		1,38,529	6.75	
24.	उत्तर प्रदेश	1991	13,91,12,287	25.48	11,37,12,829	81.74	23.11	2,41,09,689	17.33	36.54
		1981	11,08,62,013		9,23,65,968	83.31		1,76,57,735	15.93	

क्रम संख्या	भारत राज्य या संघ शासित क्षेत्र	जनगणना वर्ष	कुल जनसंख्या	1981-91 के संदर्भ में प्रतिशत वृद्धि	हिंदू कुल जनसंख्या	हिंदू कुल जनसंख्या का प्रतिशत	1981-91 के संदर्भ में प्रतिशत वृद्धि	मुसलिम कुल जनसंख्या	मुसलिम कुल जनसंख्या का प्रतिशत	1981-91 के संदर्भ में प्रतिशत वृद्धि
1	2	3	4	5	6	7	8	9	10	11
25.	पश्चिम बंगाल	1991	6,80,77,965	24.73	5,08,63,624	74.72	21.09	1,60,75,836	23.61	36.89
		1981	5,45,80,647		4,20,07,159	76.96		1,17,43,259	21.51	
संघ राज्य क्षेत्र										
1.	अंडमान एवं निकोबार द्वीप समूह	1991	2,80,661	48.70	1,89,521	67.53	55.61	21,354	7.61	31.91
		1981	1,88,741		1,21,793	54.63		16,188	8.58	
2.	चंडीगढ़	1991	6,42,015	42.16	4,86,895	75.84	43.24	17,477	2.72	91.74
		1981	4,51,614		3,39,920	75.27		9,115	2.02	
3.	दादर एवं नगर हवेली	1991	1,38,477	33.57	1,32,213	95.48	33.45	3,341	2.41	72.93
		1981	1,03,676		99,072	95.56		1,932	1.86	
4.	दमन एवं दीव	1991	1,01,586	28.62	89,153	87.76	28.87	9,048	8.91	26.65
		1981	78,981		69,183	87.59		7,144	9.05	
5.	दिल्ली	1991	94,20,644	51.45	78,82,164	83.67	51.67	8,89,641	9.44	84.63
		1981	62,20,406		52,00,432	83.60		4,81,802	7.75	
6.	लक्षद्वीप	1991	51,707	28.47	2,337	4.52	29.91	48,765	94.35	27.75
		1981	40,249		1,799	4.47		38,173	94.84	
7.	पांडिचेरी	1991	8,07,785	33.64	6,95,981	86.16	34.56	52,867	6.64	44.20
		1981	6,04,471		5,17,228	85.57		36,663	6.07	

[स्रोत : भारत की जनगणना, शृंखला-१, १९९२ का लेख-२]

शैक्षिक रूप से पिछड़े अल्पसंख्यकों की बहुलतावाले जिलों की सूची

राज्य		जिला
उत्तर प्रदेश	१.	रामपुर
	२.	बिजनौर
	३.	मुरादाबाद
	४.	सहारनपुर
	५.	मुजफ्फरनगर
	६.	मेरठ
	७.	बहराइच
	८.	गोंडा
	९.	गाजियाबाद
	१०.	देवरिया
	११.	पीलीभीत
	१२.	बाराबंकी
	१३.	बस्ती
पश्चिम बंगाल	१४.	मुर्शिदाबाद
	१५.	मालदा
	१६.	पश्चिम दीनापुर
	१७.	वीरभूम
	१८.	नादी
	१९.	२४ परगना - उत्तर
	२०.	२४ परगना - दक्षिण

	२१.	कूच बिहार
	२२.	हावड़ा
केरल	२३.	मालाप्पुरम्
	२४.	कोजीकोड
	२५.	कन्नानोर
	२६.	पालघाट
	२७.	व्यानाद
बिहार	२८.	पूर्णिया
	२९.	कटिहार
	३०.	दरभंगा
कर्नाटक	३१.	बीदर
	३२.	गुलबर्गा
	३३.	बीजापुर
महाराष्ट्र	३४.	ग्रेटर मुंबई
	३५.	औरंगाबाद
आंध्र प्रदेश	३६.	हैदराबाद
	३७.	कुरनूल
हरियाणा	३८.	गुड़गाँव
मध्य प्रदेश	३९.	भोपाल
राजस्थान	४०.	जैसलमेर
गुजरात	४१.	कच्छ

[ध्यान दें : अल्पसंख्यकों की बहुलतावाले और क्षेत्रों को शामिल करने के लिए इस सूची की समीक्षा की जा रही है।]

□

दक्षिण भारत में चर्च की स्थापना का क्रमबद्ध इतिहास

१५९९ : दायमपूर में मलाबार चर्च

१६५३ : कूनेन क्रॉस ओथ, प्रथम मार थोमा चर्च द्वारा सम्मानित जेकोबाइट मेटरन

१६६३ : डचों द्वारा कोचीन पर विजय

१६६५ : येरूशलम के मार ग्रगोरियस का भारत आगमन

१६७२ : मार ग्रगोरियस का निधन

१६७८ : मार बेसेलियस और मार लेवेनियस का आगमन

१६८६ : द्वितीय मार थोमा का निधन

१६८८ : चतुर्थ मार थोमा सम्मानित

१७०८ : नेस्टोरियन मार गेब्रिल का आगमन

१७२८ : मार थोमा पंचम सम्मानित

१७४८ : रोम से संपर्क

१७५० : असहमति का उत्तर

१७५१ : मार बेसेलियस, मार लेवेनियस, मार ग्रोगोरियस का आगमन

१७६१ : मार थोमा पंचम सम्मानित

१७६८ : मार थोमा पंचम का निधन

१७७० : छठे मार थोमा सम्मानित

१७७३ : थोजियोर का स्वतंत्र चर्च

१७८९ : टीपू का आक्रमण

१७९५ : कोचीन में डच परास्त

१७९९ : टीपू परास्त

१८०० : त्रावणकोर में ब्रिटिश रेजीडेंट

१८१३ : कोट्टायम सेमिनरी की शुरुआत

१८१६ : सी.एम.एस. मिशन की सहायता, मई में नारेटन और दिसंबर में बेले का आगमन

१८१७ : डाक्सन का आगमन

१८१८ : फेन का आगमन

१८१९ : बेकर का आगमन

१८२५ : मार डियोनिसियस चतुर्थ सम्मानित

१८२६ : मार एथनेसियस का भारत निष्कासन

१८३० : मार डियोनिसियस सम्मानित

१८३३ : पीट का आगमन

१८३४ : वूडकोक का आगमन

१८३५ : बिशप विल्सन की यात्रा

१८३६ : मेवेलिकरा में सिनोड को कुछ लोगों द्वारा एंगलिकनस बनाने के प्रयास

एंगलीकन चर्च

१८३७ : सीरियन चर्च द्वारा सी.एम.एस. मिशनरीज को धर्म-प्रचार पर रोक

१८३८ : सी.एम.एस. गैर ईसाई में परिवर्तित

१८४३ : मार मैथ्यू का भारत आगमन

१८४६ : मार कुरीलोस को पतरियारच द्वारा भारत भेजा गया, मार एथनोसियस ईसाइयत से निष्कासित

१८४८ : मार एथनोसियस वैध मेटरन, चर्च के भीतर संशोधन

१८६४ : अम्माल का भारत दौरा

१८६५ : पुलिकोट जोसेफ सम्मानित

१८६८ : मार थोमस एथनेसियस सम्मानित

१८७३ : जेकोबाइट चर्च में सुधार और संशोधन की प्रक्रिया

१८७४ : बिशप मेलस का आगमन

त्रिचूर का नेस्टोरियन चर्च

१८७५ : नेट्रियच का भारत आगमन, मार एथनेसियस बहिष्कृत। मार डाइनोसियस पंचम को मान्यता

१८७६ : मुल्लनटुट्टी सिनोड द्वारा जेकोबाइटस को मान्यता।

१८७७ : पेट्रीयार्च की भारत से विदाई, मार एथनेसियस की मृत्यु

१८७९ : एंगलीकन डायोसिस ऑफ केरला की स्थापना

१८८९ : द मारथोमा चर्च एवेंगेलिस्टिक एसोसिएशन की स्थापना

१८९३ : मार थोमस एथानेसियस की मृत्यु

१९०९ : मार डायोनिसिस पंचम की मृत्यु

१९१० : कोट्टायम सिनोड

१९११ : द्वितीय मार थोमस एथानेसियस की मृत्यु

१९१२ : मार अब्दुल मसीह का भारत आगमन

१९३४ : कैथोलिक एनस मेट्रन का विलय मलाबार के ओर्थोडोक्स सीरियन चर्च का लिखित संविधान

१९४७ : अब्राहम मार थोमस मेटरन के रूप में सम्मानित

१९५८ : कैथोलियस पार्टी के पक्ष में सुप्रीम कोर्ट का निर्णय, द पेट्रियार्च द्वारा कैथोलिकोज को मान्यता

१९६१ : सेंट थॉमस इवेंजिकल चर्च ऑफ इंडिया।

१९६४ : पेट्रियार्च एवं कैथोलिकोज पार्टी की एकता

१९७० : पुनः विभाजन

१९७१ : सेंट थॉमस इवेजेलीकर फेलोशिप ऑफ इंडिया।

१९८१ : पेट्रियार्च पार्टी के पक्ष में अदालत का निर्णय

□

जीसस का मकबरा, श्रीनगर (कश्मीर)

उच्चतम न्यायालय में अल्पसंख्यक संबंधी अभियोग

१. सेंट स्टीफेंस कॉलेज बनाम दिल्ली विश्वविद्यालय
२. केरल एजूकेशन बिल
३. अहमदाबाद सेंट जेवियर्स कॉलेज सोसाइटी बनाम स्टेट ऑफ गुजरात
४. उन्नीकृष्णन जे.पी. बनाम स्टेट ऑफ आंध्र प्रदेश
५. स्टेट ऑफ बॉम्बे बनाम चनार बागवाला
६. सोडा सिंह बनाम नई दिल्ली म्युनिसिपल कमिश्नर
७. मोहिनी जोशी बनाम स्टेट ऑफ कर्नाटक
८. बंगलौर वाटर सप्लाई एंड सीवरेज बोर्ड बनाम ए. राजप्पा
९. आर चित्रलखी बनाम स्टेट ऑफ मैसूर
१०. माइनर पी. राजेंद्रन बनाम स्टेट ऑफ मद्रास
११. कुमारी चित्रा घोष बनाम यूनियन ऑफ इंडिया
१२. देव कॉलेज बनाम स्टेट ऑफ पंजाब
१३. स्टेट ऑफ मद्रास बनाम चंपकम दोरईराजन
१४. स्टेट ऑफ बॉम्बे बनाम बॉम्बे एजूकेशन सोसाइटी
१५. रेवे सिधाजभाई बनाम स्टेट ऑफ बॉम्बे
१६. रेवे फादर डब्ल्यू. पुरुस्ट बनाम स्टेट ऑफ बिहार

□

भारत में उन्नीसवीं और बीसवीं शताब्दी में स्थापित कैथोलिक मिशन

बेनेडिक्टाइनस

चार कंटेंप्लेटिव सिस्टरहुड संबंधी संस्थाएँ

- ब्रिजेटिंगस
- डिसकेलसेड कारमेलिटीज
- लिटिल सिस्टर ऑफ सेकरेड हार्ट
- पुअर क्लार्स

विशेष योग्यता रखनेवाले समूह

- सोसाइटीज ऑफ सेंट पाल
- ऑर्डर ऑफ दि इमीटेशन ऑफ क्राइस्ट
- रीडेंपशनिस्ट
- विनसेंटियन कोंग्रीग्रेशन
- इंडियन मिशनरी सोसाइटी

कोंग्रीग्रेशन ऑफ ब्रदर्स

- आयरिश क्रिश्चियन ब्रदर्स
- ब्रदर्स ऑफ सेंट गेब्रिल
- मिशनरी ब्रदर्स ऑफ सेंट फ्रांसिस
- इंडीजीनस कोंग्रीग्रेशन

सोसायटी ऑफ जेसस

सोसाइटीज ऑफ द ब्लेस्ड वर्जिन मैरी
इंडियन इंस्टीट्यूट ऑफ सोशल ऑर्डर, नई दिल्ली
लेबर रिलेशंस इंस्टीट्यूट, जमशेदपुर

केपुचिनस

फ्रेरियर माइनर केपुचिन इन नॉर्थ
इंडियन कमिशरिएट ऑफ केपुचिनस

फ्रेंसिसकन फरियारस माइनर

सेलसियन ऑफ डॉन बॉस्को
मिशनरीज ऑफ सेंट फ्रांसिस डीसेल्स

सोसायटी ऑफ दि डिवाइन वर्ल्ड

डिसकेल्स्ड कारमेलाइट्स
बेलजियन कारमेलाइट्स
कारमेलाइट्स (सीरियन राइट)

□

भारत में प्रोटेस्टेंट चर्च

१. बैप्टिस्ट

बैप्टिस्ट मिशनरी सोसाइटी (सीरामपोरे बंगाल)
बैप्टिस्ट जनाना सोसाइटी, केनेडियन बैप्टिस्ट तेलुगु
बैप्टिस्ट मिशनरी यूनियन ऑफ यू.एस.ए.

२. एंजलीकन

सी.एम.एस. (त्रिनिवेल्ली, बंगाल, गेंगेज प्लेनस अमृतसर, पेशावर, तेलुगु क्षेत्र
सी.एम.एस. जनाना सोसाइटी एस.पी.जी. त्रिनिवेल्ली, मद्रास, त्रिची, तंजौर नामनाड
एस.पी.जी. लेडीज एसोसिएशन
ऑक्सफोर्ड मिशन
कैंब्रिज मिशन
सोसाइटी ऑफ सेंट झोन
डेंट मिशन
चर्च ऑफ इंग्लैंड

३. स्कॉटिश

फ्री चर्च ऑफ स्कॉटलैंड (लाहौर, उफ, विल्सन)
एंडरसन ऑफ मद्रास
फ्री चर्च ऑफ स्कॉटलैंड वूमंस सोसाइटी
एस्टेबलिश्ड चर्च ऑफ स्कॉटलैंड
ऑरिजनल सेशन चर्च ऑफ स्कॉटलैंड

४. प्रेसबायटेरियन

यूनाइटेड प्रेसबायटेरियन चर्च ऑफ स्कॉटलैंड

प्रेसबायटेरियन चर्च ऑफ इंग्लैंड,

वेल्श केलवेनिस्टीक मिशन (खासी)

प्रेसबायटेरियन चर्च ऑफ दि यू.एस.ए. (उत्तर)

यूनाइटेड प्रेसबायटेरियन चर्च ऑफ यू.एस.ए.

रिफोर्म्ड (डच) चर्च इन अरकाट

५. लूथेरियनस

डेनिश मिशन (त्रावणकोर प्रथम रॉयल मिशन)

लिनजिग मिशन (जर्मन, त्रावणकोर एवं तंजौर)

डेनिश लूथेरियन मिशन दक्षिण अरकाट

स्वीडिश लूथेरियन मिशन (मदुरै, रामनाद)

अमेरिकन एवेंजिलीकल लूथेरियन मिशन (गुणतुर किस्ताना)

अमेरिकन लूथेरियन चर्च बोसारड

फेडरेशन ऑफ एवेंजिलीकल लूथेरियन चर्च (तेलुगु)

मिशनरी एवेंजिलीकल लूथेरियन चर्च (छोटा नागपुर)

६. मेथोडिस्ट

मेथोडिस्ट चर्च, नैनीताल

मैसेडिस्ट वूमेन सोसाइटी

फ्री मेथोडिस्ट

७. अन्य

लंदन मिशनरी सोसाइटी (त्रावणकोर, कोचीन, बंगाल)

ए.बी.सी.एफ.एम. (१८१२ हॉल बंबई, कल्याण, अहमदनगर, बाद में अमेरिकन मराठी से परिचित)

मिशन १८३४ मोराई अरकाट

जर्मन एवेंजेलीकल सोसाइटी इन यूनाइटेड स्टेट

बंगाल एवेंजेलीकल मिशन

चिनसुराह जनाना मिशन

सोसाइटी फॉर परमोटिंग फीमेल एजूकेशन इन दि ईस्ट सेनाना बाइबिल एंड मेडिकल मिशन
बेसेल एवेंजेलीकल मिशनरी सोसाइटी पश्चिम मद्रास और दक्षिण कर्नाटक
फेथ मिशन (बरार यू.एस.ए. द्वारा संचालित)
कुरकू मिशन
अमेरिकन वूमेन यूनियन जनाना मिशन
अमेरिकन एपीस्कोपल मिशन (कोलकाता)
डिसाइपल ऑफ क्राइस्ट
मेनोनाइट्स
ब्रीदर्न
असेंबल ऑफ गॉड
पेंटीकोस्टल चर्चेज
सॉल्वेशन आर्मी
सोसाइटी ऑफ फ्रेंड्स

□□□